Clube do Crime é uma coleção que reúne os maiores nomes do mistério clássico no mundo, com obras de autores que ajudaram a construir e a revolucionar o gênero desde o século XIX. Como editora da obra de Agatha Christie, a HarperCollins busca com este trabalho resgatar títulos fundamentais que, diferentemente dos livros da Rainha do Crime, acabaram não tendo o devido reconhecimento no Brasil.

Metta Victoria Fuller Victor

O Departamento de Cartas Mortas

ILUSTRAÇÕES POR NATHANIEL ORR

Tradução
Ulisses Teixeira

Rio de Janeiro, 2024

Copyright da tradução © 2024 por Casa dos Livros Editora LTDA. Todos os direitos reservados.
Título original: *The Dead Letter*

This edition is published by arrangement with Penzler Publishers through Yáñez, part of International Editors' Co. S.L. Literary Agency.

Todos os direitos desta publicação são reservados à Casa dos Livros Editora LTDA. Nenhuma parte desta obra pode ser apropriada e estocada em sistema de banco de dados ou processo similar, em qualquer forma ou meio, seja eletrônico, de fotocópia, gravação etc., sem a permissão do detentor do copyright.

Publisher: *Samuel Coto*
Editora executiva: *Alice Mello*
Editora: *Lara Berruezo*
Editoras assistentes: *Anna Clara Gonçalves e Camila Carneiro*
Assistência editorial: *Yasmin Montebello*
Produção editorial: *Mariana Gomes*
Copidesque: *André Sequeira*
Revisão: *Suelen Lopes e Joelma Santos*
Design gráfico de capa: *Guilherme Peres*
Projeto gráfico de miolo: *Ilustrarte Design e Produção Editorial*
Diagramação: *Abreu's System*

Dados Internacionais de Catalogação na Publicação (CIP)
(Câmara Brasileira do Livro, SP, Brasil)

Victor, Metta Victoria Fuller, 1831-1885
    O departamento de cartas mortas / Metta Victoria Fuller Victor ; tradução Ulisses Teixeira. – Rio de Janeiro : Harper-Collins Brasil, 2024.
    (Clube do crime)

    Título original: The dead letter.
    ISBN 978-65-6005-170-6

    1. Ficção norte-americana I. Título.

24-191644   CDD-813

Índices para catálogo sistemático:
1. Ficção : Literatura norte-americana   813

Aline Graziele Benitez – Bibliotecária – CRB-1/3129

Os pontos de vista desta obra são de responsabilidade de seu autor, não refletindo necessariamente a posição da HarperCollins Brasil, da HarperCollins Publishers ou de sua equipe editorial.

HarperCollins Brasil é uma marca licenciada à Casa dos Livros Editora LTDA.

Todos os direitos reservados à Casa dos Livros Editora LTDA.
Rua da Quitanda, 86, sala 601A – Centro
Rio de Janeiro, RJ – CEP 20091-005
Tel.: (21) 3175-1030
www.harpercollins.com.br

Nota da editora

Nascida na Pensilvânia, Metta Victoria Fuller — escritora americana, considerada por muitos a autora de um dos primeiros romances policiais dos Estados Unidos — era a terceira de cinco filhos. Em 1839, ela e a irmã mais velha, Frances, frequentaram um seminário feminino. Lá, começaram a escrever contos, que foram publicados em jornais locais e, posteriormente, no *Home Journal*, em Nova York. Juntas, elas se mudaram para a cidade, onde continuaram as atividades literárias.

Em 1856, Metta Fuller se casou com o editor Orville James Victor. Fuller atuou, junto ao marido, como editora do *Cosmopolitan Art Journal* e da publicação feminina *Home Mensal Beadle & Company*. Mais tarde, publicou alguns romances populares na revista, de maneira anônima.

Desde o início de sua carreira, Fuller se dedicou à literatura popular, publicando poemas, romances, contos, textos de humor e até mesmo livros de receitas. Diferente de outros escritores de ficção popular que seguiam uma fórmula única, ela era flexível e se adaptava ao gosto do público. Seus primeiros textos possuíam um viés tanto sentimental quanto social, voltando-se para assuntos como alcoolismo e escravização.

Mesmo entre seus contemporâneos, porém, ela não era tão conhecida, pois escrevia em anonimato ou sob um de seus vários pseudônimos, como Corinne Cushman, Eleanor Lee Edwards, Metta Fuller, Walter T. Gray, Sra. Orrin James, Rose Kennedy, Louis LeGrand, entre outros.

Sob a alcunha de Seeley Regester, escreveu dois romances de detetive: *O Departamento de Cartas Mortas*, em 1867, e *The Figure Eight; Or, The Mystery of Meredith Place*, em 1869. Em ambos, a narrativa gira em torno da investigação de um assassinato e da descoberta do criminoso, explorando o que a espionagem e a investigação de famílias poderosas e seus segredos podem revelar.

O Departamento de Cartas Mortas apresenta dois detetives: um profissional contratado pela polícia, chamado Burton, e um amador, o jovem advogado Redfield. Burton possui diversas habilidades, como a capacidade de enxergar a verdadeira face das pessoas, a de segui-las sem que seja notado, além da aptidão de inferir o caráter de alguém por sua caligrafia. Redfield é sensível e ético. Esta junção de um detetive perspicaz e distante a um amador emocionalmente envolvido com uma das outras personagens e membro da classe alta estabelece o padrão da ficção doméstica de detetive, que mais tarde seria seguido por diversos outros escritores.

Curiosamente, este livro tem episódios pouco comuns na literatura detetivesca contemporânea, como fantasmas, crianças clarividentes, entre outros. Além disso, pode ser, de algumas maneiras, considerado uma curiosidade histórica, como é visto no tratamento dado à personagem Leesy Sullivan, uma costureira irlandesa que acaba se envolvendo na investigação. Quando Richard encontra Leesy pela primeira vez, fica impressionado com sua aparência. À medida que aprende mais sobre ela, descobre que a mulher é inteligente, corajosa e leal, o que a torna, para Richard, um tanto quanto suspeita, pois o simples fato de uma "criada" ter uma vida particular complexa é incriminador por si só. Ainda, passagens como "conhecendo as tendências desonestas dos servos espanhóis", reforçam ainda mais sob quais olhares os trabalhadores imigrantes eram observados.

Apesar disso, *O Departamento de Cartas Mortas* é um verdadeiro retrato histórico, pois podemos ver as balsas e docas da nebulosa cidade de Nova York de 1850, o dinheiro circulante e as experiências científicas do sr. Burton, que mostram como, naquela época, a fronteira entre a ciência, a fé e o sobrenatural era quase inexistente.

Agora, a HarperCollins Brasil apresenta *O Departamento de Cartas Mortas*, pela primeira vez no Brasil, com tradução de Ulisses Teixeira e posfácio de Tanto Tupiassu.

Boa leitura!

O DEPARTAMENTO
DE CARTAS MORTAS

PARTE I

1. A CARTA

Parei abruptamente o trabalho. Mais de um ano de experiência no Departamento de Cartas Mortas me deu uma velocidade mecânica nos movimentos de abrir, conferir e classificar o conteúdo dos envelopes diante de mim; e, longe de haver algo animador para a curiosidade ou interessante para a mente, o emprego era de caráter bastante enfadonho.

Moças cujas cartas de amor foram extraviadas e homens ímpios cujos planos foram delimitados por escrito para seus cúmplices não devem se sentir apreensivos em relação aos olhos curiosos do correio: nada além de objetos de valor material os atraem — o sentimento não é valorizado, e eles dão atenção somente a ativos tangíveis na forma de notas promissórias, moedas de ouro, cheques, joias, miniaturas e similares. Ocasionalmente, um escrivão sério sorri de forma sarcástica diante do caráter ridículo de alguns dos artigos trazidos à luz; às vezes, talvez, ele encara com ponderação uma rosa esbranquiçada, um conjunto de violetas pressionadas, uma simples almofadinha de alfinetes ou um marcador de páginas, desejando que a missiva tivesse chegado ao destino apropriado. Não posso responder por outros funcionários, que talvez não tenham nem uma dose de sentimentalismo e imaginação para investir durante a rotina maçante de um escritório público, mas, quando trabalhava no correio, era culpado, de tempos em tempos, de tal insensatez — e, ainda assim, passava como o homem mais frio e cínico de todos.

A carta que eu segurava, paralisado, após a interrupção repentina de meus movimentos ágeis, estava em um envelope muito bem lacrado, amarelado pelo tempo, direcionado, com uma caligrafia peculiar, a "John Owen, Peekskill, Nova York". A data do carimbo era de "18 de outubro de 1857" — o que dava a ela dois anos de existência. Não sei que magnetismo foi transmitido através dela, colocando-me, como dizem os mais sensitivos, *en rapport* com a mensagem; eu ainda não havia aberto o envelope, e a única coisa em que poderia pensar como causa de minha atração era que, na data indicada no carimbo, eu morava em Blankville, a pouco mais de trinta quilômetros de Peekskill.

Ainda assim, não havia desculpa para minha agitação; eu não era um curioso contumaz e não contava com um "John Owen" em meu círculo de amizade. Permaneci sentado, com uma expressão tão estranha no rosto, que um de meus colegas, notando-a, exclamou de maneira jocosa:

— O que foi, Redfield? Um cheque de cem mil?

— Não sei, ainda não abri — respondi distraído, e, em seguida, cortei o invólucro, impelido por alguma influência irresistível e fortemente definida a ler a folha de papel manchada pelo tempo.

Ela dizia:

Caro senhor, é uma pena ter que desapontá-lo. Não pude executar sua ordem, pois todos os envolvidos descobririam. Que dia maravilhoso — bom para tirar uma fotografia. O velho amigo que lhe apresentei não dirá nem uma palavra sequer, e é melhor que não o visite. Da próxima vez que lhe der um abraço, não procure no bolso esquerdo o palito de dentes quebrado que emprestei a ele. Ele merece. Se estiver no lugar do pagamento, não estarei lá, pois não cumpri a ordem, tendo desistido de meu projeto

de emigração, muito contra minha vontade. Então,
reaja de acordo. Perdoe-me por suas perspectivas
serem tão pouco promissoras e, faça-me fé, com a
mais alta estima,

Seu NEGOCIADOR DESAPONTADO.

Para explicar por que esta breve epístola, incompreensível e desinteressante por si só, me afetou tanto, devo voltar aos dias em que foi escrita.

2. EVENTOS DE UMA NOITE

Era o final da tarde de um dia outonal nublado e de muita ventania quando deixei o escritório de John Argyll, advogado, na companhia dele, para tomar chá e passar a noite com sua família. Eu era estudante de Direito e recebia mais do que a gentileza comum da parte dele, devido a uma amizade que existira entre ele e meu falecido pai. Quando jovens, os dois começaram a vida nas mesmas circunstâncias: um morrera cedo, exatamente quando a fortuna começou a lhe sorrir; o outro viveu para desfrutar de merecida prosperidade. O sr. Argyll nunca deixou de demonstrar interesse no filho órfão de seu amigo. Ajudara minha mãe ao me proporcionar uma educação universitária e me acolhera em sua firma para que pudesse completar meus estudos. Embora não morasse em sua casa, era quase um membro da família. Sempre havia um lugar para mim à mesa, com liberdade total para ir e vir. Na ocasião, como era sábado, os Argyll esperavam que eu fosse até a casa com o patriarca e ficasse até o domingo, se assim quisesse.

Apertamos o passo conforme algumas poucas gotas das escuras nuvens começavam a cair sobre nós.

— Será uma noite chuvosa — disse o sr. Argyll.

— Pode ser que o tempo melhore — falei, observando uma abertura nas nuvens a oeste, através da qual o sol poente derramava um riacho prateado.

Ele balançou a cabeça, duvidoso, e subimos os degraus da casa para escapar da ameaça de temporal.

Na sala de estar, encontramos James, sobrinho do sr. Argyll, um jovem praticamente de minha idade, descansando no sofá.

— Onde estão as jovens?

— Ainda não desceram dos domínios divinos, tio.

— Imagino que vão se arrumar até cansar... é sábado à noite, se bem me lembro — disse o pai, indulgente, sorrindo e dirigindo-se à biblioteca.

Sentei-me à janela oeste e observei a tempestade se aproximando. Não gostava muito de James Argyll, nem ele de mim, de forma que, por mais que nos colocassem juntos, nossos diálogos continuavam forçados. Porém, naquela ocasião, ele parecia estar com um humor excelente e persistia em conversar sobre diversos assuntos, apesar de minhas respostas breves. Estava imaginando quando Eleanor apareceria.

Até que o momento enfim chegou. Ouvi seu vestido de seda farfalhando na escada, e meus olhos a encontraram ao entrar no cômodo. Vestia-se com um cuidado fora do comum, e seu rosto estampava um sorriso brilhante e esperançoso. A expressão não era para um de nós. Talvez James tenha pensado nisso; eu com certeza pensei, sofrendo em segredo — com uma pontada aguda da dor de que me envergonhava e lutava internamente para controlar.

Ela nos saudou de forma agradável, mas com um ar preocupado que não era lisonjeiro à nossa vaidade. Inquieta demais para se sentar, a moça caminhava de um lado para outro na sala, parecendo irradiar luz conforme se movimentava, como uma joia rara — tão luzidio era seu rosto e tão bela sua roupa. Sorrisinhos surgiam em seus lábios, pequenos trinados eram cantarolados, como se não estivesse consciente dos observadores. Ela tinha o direito de estar alegre e aparentava irradiar sua própria beleza e felicidade.

Então, Eleanor foi até a janela e parou ao meu lado, uma explosão de glória que fluía através das nuvens que se cerravam rapidamente, envolvendo-a em uma atmosfera dourada, tingindo seus cabelos pretos de roxo, enrubescendo suas bochechas claras e as pérolas ao redor do pescoço. O perfume de rosas que havia colocado no busto misturou-se à luz, e, por um instante, fiquei encantado e subjugado. Contudo, os olhos azul-escuros não olhavam para mim — eles observavam as intempéries.

— Que hora para chover — disse ela, e, enquanto a leve nuvem de irritação cobria seu rosto, a escuridão da noite se fechou sobre o brilho do sol poente de forma tão repentina, que quase não conseguíamos discernir um ao outro.

— A chuva não vai impedir Moreland — respondi.

— É claro que não... mas não quero que ele fique ensopado no caminho da estação até aqui. Além disso, Billy preparou a carruagem por causa da tempestade.

Naquele momento, uma lufada feroz de vento atingiu a casa com tanta força que a fez tremer, e, em seguida, a chuva caiu com um estrondo ensurdecedor. Eleanor tocou o sino para chamar a criada.

— Diga para a cozinheira se certificar de que teremos chocolate para o jantar... e creme para os pêssegos — ordenou à criada, que viera acender as luminárias a gás.

A jovem sorriu; ela sabia, assim como a patroa, quem gostava de chocolate e pêssegos com creme. O amor de uma moça, por mais qualidades sublimes que tenha, nunca falha nos sensíveis e carinhosos instintos domésticos ao promover o conforto e os gostos pessoais do dono desse sentimento.

— Não deveríamos ter nos incomodado em usar nossos vestidos novos — reclamou Mary, a irmã mais nova, que seguira Eleanor pela escada. — Ninguém virá esta noite.

Tanto James quanto eu contestamos ao sermos classificados como "ninguém". A bela jovem falou todas as coisas alegres que queria, nos dizendo que decerto não deveria ter colocado o vestido azul de seda e nem ter arrumado o cabelo para nós...

— Ou mesmo para Henry Moreland... ele nunca olha para mim depois do primeiro minuto. Pessoas noivas são tão bestas! Gostaria que Eleanor e ele acabassem logo com isso. Se vou ser madrinha, quero...

— São novas possibilidades, srta. Molly — brincou o primo. — Venha! Toque a nova polca para mim.

— Você não conseguiria ouvi-la se eu tocasse. A chuva é que está tocando uma polca esta noite, e o vento dançará conforme a música.

Ele riu em alto e bom som — mais alto do que a metáfora preguiçosa justificava.

— Vamos ver se conseguimos fazer mais barulho que a tempestade — desafiou James, indo até o piano e dedilhando as peças mais estrondosas de que conseguia se lembrar. Eu não era músico, mas me parecia que havia mais desacordes do que as leis da harmonia permitiam. Mary, então, colocou as mãos sobre as orelhas e foi até o canto mais distante da sala.

Pela meia hora seguinte, choveu a cântaros, as janelas balançando conforme o vento soprava em todas as direções. James continuava ao piano, e Eleanor ainda andava de lá para cá, dando olhadas em seu pequeno relógio de pulso.

De repente, ocorreu uma daquelas pausas que precedem a nova eclosão de uma tempestade. Como se tivesse se sobressaltado por uma calmaria repentina, James Argyll parou de tocar; e, naquele instante, o apito estridente da locomotiva encerrou o silêncio com um poder fora do comum, conforme o trem da noite atravessava a curva da montanha a poucas centenas de metros e corria para dentro da estação na parte mais baixa do vilarejo.

Há algo de sobrenatural no grito de uma "águia a vapor", sobretudo quando ouvido à noite. Parece algo senciente, com vontade própria, irredutível e irresistível; e seu brado é ameaçador e desafiante. Naquela noite, ele se sobressaiu à tempestade de forma prolongada e triste.

Não sabia como soava aos outros, mas para mim, cuja imaginação já estava sendo moldada pela tempestade e pela presença da mulher que eu amava perdidamente, o silvo veio com um efeito avassalador; ele preencheu o ar, mesmo o ar leve e perfumado da sala, com um lamento lúgubre. Era ameaçador... mas não sei o que ameaçava. Advertia em relação a algum desastre estranho e despercebido, e, então, terminava com um brado desesperador, com tanta angústia mortal que coloquei um dedo em cada ouvido. Talvez James sentisse algo semelhante, pois se levantou da banqueta do piano, deu duas ou três voltas pela sala e se largou no sofá. Por um bom tempo, ficou sentado com os olhos fechados, sem falar e se mexer.

Eleanor, com uma postura típica das donzelas, pegou um livro e fingiu lê-lo; não ia querer que seu amado soubesse como tinha permanecido inquieta ao aguardar por sua chegada. Apenas Mary esvoaçava como um beija-flor, aprofundando-se nas coisas mais doces, na música, nas flores, no que quer que contivesse mel; e me provocando de tempos em tempos.

Afirmei que amava Eleanor. Eu a amava em segredo, silêncio e pesar, contra meu bom senso e minha vontade. Tinha quase certeza de que James também a amava, e sentia pena dele; uma solidariedade que me foi ensinada pelo meu próprio sofrimento, embora nunca tenha gostado do rapaz. Ele me parecia ter um temperamento muito mal-humorado, além de ser egoísta; porém, devo me repreender pela falta de caridade; podem ter sido as circunstâncias que o deixaram taciturno — ele era dependente do tio —, e sua infelicidade o fazia parecer pouco amável.

Eu a amava sem uma gota de esperança. Eleanor era noiva de um jovem cavalheiro que lhe era plenamente merecedor: de conduta impecável, alta posição social e caráter imaculado. Por mais que os muitos admiradores da jovem pudessem invejar Henry Moreland, não podiam antipatizar com ele. Ver o casal junto era como presenciar uma dessas "combinações perfeitas" — em idade, personalidade, circunstâncias mundanas, beleza e cultura, uma correspondência rara.

O sr. Moreland trabalhava no banco do pai, na cidade de Nova York. Eles eram donos de uma casa de campo em Blankville, e foi durante sua semana de folga no verão que ele conheceu Eleanor Argyll.

Naquela época do ano, os negócios o mantinham na cidade, mas ele tinha o hábito de vir toda tarde de sábado para passar a noite na casa do sr. Argyll. O noivado de dois anos acabaria em breve, visto que o casamento se aproximava. Em seu aniversário de dezenove anos, em dezembro, Eleanor estaria casada.

Outra meia hora se passou, e o esperado visitante não chegou. Em geral, ele não demorava mais de quinze minutos após a chegada do trem; e eu percebia que sua noiva observava sem parar o relógio, embora mantivesse o olhar fixo no livro.

— Venham, vamos tomar chá, estou faminto — convocou o sr. Argyll, saindo da biblioteca. — Fiz uma longa viagem após o jantar. Eleanor, não adianta esperar mais, ele não virá esta noite. — O pai beliscou a bochecha da filha para tentar animá-la após a decepção. — Uma chuvinha não assustava os namorados quando eu era garoto.

— Uma *chuvinha*, papai! Nunca vi um dilúvio desses; além disso, não foi culpa da tempestade, claro, pois ele já teria pegado o trem antes de ela começar.

— É claro! É claro! Defenda seu amado, Ella. É isso mesmo! Mas pode ser que já estivesse chovendo lá... a tempestade vem daquela direção. James, está dormindo?

— Logo veremos — disse Mary, retirando a mão do rosto do primo. — Ora, James, qual é o problema?

A pergunta dela fez com que todos nós olhássemos para o rapaz. Seu rosto tinha a palidez de cinzas e seus olhos brilhavam como pedaços de carvão.

— Problema algum! Peguei no sono — respondeu ele, rindo e se colocando de pé. — Molly, me dá a honra? — Então, ela aceitou o braço que lhe foi oferecido, e fomos tomar chá.

A visão de uma mesa bem-arrumada, cujo assento na cabeceira Eleanor ocupava, com a prataria, as luzes e o odor do chocolate dominando a fragrância mais leve do chá foi o bastante para expulsar os pensamentos sobre a tempestade que caía lá fora, poupando consciência suficiente para aumentar o prazer do luxo do lado de dentro.

Mesmo Eleanor não poderia permanecer fria diante da calidez e do conforto daquele momento; as lágrimas, que a princípio ela mal conseguiu conter de seus olhos azuis, cessaram. Ela se esforçou para parecer feliz e foi bem-sucedida em ser muito encantadora. Acho que ainda mantinha esperanças de que ele tivesse se atrasado e que haveria uma correspondência para ela no correio, explicando sua ausência.

Para variar, a moça, em geral gentil e amável, foi egoísta. Por mais severa que estivesse a tempestade, insistiu em mandar um criado até o posto do correio, pois não aguentaria o suspense até segunda-feira. E ela mal acreditaria na afirmação do criado, que, ao retornar, revelou que tinha conferido a correspondência, mas que não havia novas mensagens.

Voltamos à sala e tivemos uma noite alegre.

Um toque de desgosto e o medo de que pudéssemos suspeitar do quanto estava desapontada fizeram Eleanor parecer mais animada do que de costume. Ela contou tudo que lhe pedi, tocou algumas músicas deliciosas, respeitou a inteligência dos outros com réplicas mais perspicazes e brilhantes; as rosas desabrocharam em suas bochechas, as estrelas brilharam em seus olhos. Não era uma euforia feliz, eu sabia que o orgulho e a solidão pairavam ao fundo, mas aquilo a deixava muito bonita. Eu me perguntei o que Moreland sentiria ao vê-la tão bela — quase fiquei triste por ele não estar ali.

James, da mesma forma, tinha um humor exultante.

Já era tarde quando nos retiramos. Minha cabeça fervilhava com pensamentos, assim, permaneci acordado por horas. Nunca ouvi um barulho de chuva como o daquela noite — a água parecia estar caindo de forma sólida — e, vez ou outra, o vento chacoalhava a mansão imponente como se fosse uma criança. Não consegui dormir. Havia algo de horrível na tempestade. Se fosse supersticioso, diria que os espíritos estavam à solta.

Um homem saudável, de imaginação vívida, mas sem nervosismo ou medo do desconhecido; ainda assim, fui estranhamente afetado. Tremi na cama macia, o apito agudo da locomotiva permanecendo em meu ouvido, *algo além da chuva parecia estar batendo nas janelas*. Ah, meu Deus! Depois, soube o que era. Era uma alma humana, desencarnada, demorando-se no lugar da Terra que lhe era mais querido. O restante da casa dormia bem, até onde eu podia julgar pelo silêncio e repouso profundo.

Perto do amanhecer, senti sono. Quando acordei, a chuva tinha passado, o sol brilhava, o chão estava coberto por vívidas folhas outonais arrancadas das árvores pelo vento e pela água. O dia prometia. Livrei-me daqueles pensamentos sombrios, vesti-me rapidamente, pois o sino que indicava que o café havia sido servido tocava, e desci, juntando-me à família de meu anfitrião à mesa. No meio de nossa alegre refeição, a campainha tocou. Eleanor se remexeu na cadeira; o pensamento de que seu amado poderia ter ficado no hotel ao lado da estação por causa da chuva devia ter passado por sua cabeça, pois um rubor leve surgiu em suas bochechas, e ela involuntariamente passou as mãos pelas tranças escuras como se quisesse dar a elas um toque mais gracioso. O criado entrou, dizendo que um homem à porta gostaria de falar com o sr. Argyll e o sr. Redfield.

— Ele diz que é importante e que não pode esperar, senhor.

Nós nos levantamos e fomos para o vestíbulo, fechando a porta do salão de café da manhã às nossas costas.

— Sinto muitíssimo... Trago más notícias... Espero que não... — falou o mensageiro do hotel, gaguejando.

— O que foi? — perguntou o sr. Argyll.

— O jovem cavalheiro que vem para cá... seu nome é Moreland, se não me engano... foi encontrado morto na estrada hoje de manhã.

— Morto?!

— E querem a presença dos senhores para a investigação. O corpo está seguro conosco. Acham que ele teve um ataque... não há marcas ou qualquer coisa assim.

O sr. Argyll e eu trocamos olhares, nossos lábios tremiam, ambos pensando em Eleanor.

— O que devo fazer?

— Não sei, sr. Argyll. Não tive tempo para pensar.

— Não posso... Não posso...

— Nem eu... ao menos ainda não. Sarah, diga às jovens que tivemos de sair a negócios... e nem se atreva a mencionar o que ouviu aqui. Não deixe que entrem até voltarmos... e não permita que vejam a srta. Eleanor. Seja prudente.

Seu rosto assustado não prometia muita discrição.

Fomos às pressas para o hotel, já cercado por muita gente, e descobrimos que a mensagem angustiante era verdadeira. No saguão, dentro de uma sala particular, estava o corpo de Henry Moreland! O legista e mais dois médicos já tinham chegado, e todos acreditavam que ele havia morrido de causas naturais, pois não havia a mínima indicação de violência. O rosto parecia tranquilo como se estivesse dormindo, mal conseguimos acreditar que ele estava morto até tocarmos na testa gelada, sobre a qual se acumulavam mechas de cabelos castanhos, bagunçados pela água da chuva.

— O que é isso? — indagou um deles, conforme começamos a retirar as roupas úmidas do cadáver, para fins de um exame mais completo.

Era uma facada nas costas. Nem uma gota de sangue, apenas um buraco triangular no capote, passando pelas roupas e entrando no corpo. A investigação logo revelou a natureza do ferimento mortal; havia sido dado por um punhal ou estilete fino e afiado. O ataque fora tão firme e forte que tinha perfurado o pulmão, e a lâmina, ao atingir uma costela, chegara a se quebrar, pois cerca de dois centímetros da ponta foram encontrados na ferida. A morte deve ter sido instantânea. A vítima desabara com o rosto virado para o chão, sangrando internamente, o que explicava o fato de não haver sangue perceptível na primeira busca; e, como caiu, Moreland ficou deitado durante toda a tempestade daquela noite miserável. Quando descoberto, após o amanhecer, estava caído numa passagem ao lado da rua que levava na direção da casa do sr. Argyll, sua bolsa de viagem próxima. A bolsa estava intocada, assim como o relógio e o dinheiro que carregava, deixando claro que roubo não era o objetivo do assassino.

Uma facada nas costas durante a escuridão dupla da noite e da tempestade! Que inimigo de Henry Moreland faria isso com ele?

Era inútil repetir, naquele momento, as diversas conjecturas que cresciam em nossa cabeça ou que continuaram a ocupar a mente de toda a comunidade por semanas. Logo uma teoria se tornou a favorita de todos: a de que Moreland tinha morrido de um ataque destinado à outra pessoa. Nesse meio-tempo, a notícia se espalhou pelo vilarejo como um furacão, acabando com a calma daquela manhã de domingo, abalando a mente das pessoas de forma mais feroz que a tempestade havia feito com as frágeis folhas. Assassinato! E aquele assassinato, naquele lugar — a menos de cem metros de um dos lugares mais movimentados pelo homem, em uma rua tranquila — repentino, certeiro, não provocado! As pessoas olhavam por cima do ombro conforme andavam, ouvindo os passos do homicida em cada brisa. Assassinato! A ideia assustadora e distante assumiu inesperadamente uma forma real — e parecia ter percorrido a cidade, entrando em cada casa, pairando em cada lareira.

Enquanto a investigação prosseguia, o sr. Argyll e eu pensávamos mais em Eleanor do que em seu noivo assassinado.

— Que coisa miserável, Richard — falou ele. — Estou tão nervoso que não consigo realizar qualquer tarefa. Pode mandar um telegrama para os pais dele?

Os pais dele — eis mais tristeza. Nem tinha pensado nos dois. Escrevi a mensagem pesarosa, que devia ter derretido os fios de comiseração ao ser transmitida.

— E, agora, vá falar com Eleanor. Ela não deve receber a notícia via estranhos, e não posso... Richard! Conte a ela, sim? Logo seguirei para casa, depois que conseguir acertar tudo para que o pobre Henry seja enviado para lá no instante em que a investigação terminar.

Ele apertou minha mão com força, olhando para mim de modo tão suplicante, que, por mais contrário que fosse à ideia, não tinha como recusá-la. Senti como se estivesse caminhando com pés congelados conforme saía da câmara de horror para o exterior pacífico banhado pelo sol, pelo mesmo caminho que *ele* tinha feito e pelo local em que caíra e permanecera tantas horas sem ser descoberto, ao redor do qual uma multidão se aglomerava, incomodada, agitada, mas não barulhenta. O solo arenoso já tinha filtrado a chuva, de forma que estava quase seco; não havia pista alguma sobre os passos do assassino, de onde veio ou para onde foi — as pegadas que poderia ter deixado no cascalho foram limpas pela tempestade. Algumas poucas pessoas procuravam cuidadosamente a arma que servira de instrumento para a morte e que se quebrara no ferimento, pensando que ela poderia ter sido descartada nas imediações.

3. A FIGURA ABAIXO DAS ÁRVORES

Conforme me aproximava da velha mansão dos Argyll, ela nunca me pareceu tão bela. A morada era a personificação da prosperidade tranquila. Majestosa e ampla, erguia-se no meio de grandes carvalhos antigos, cujos troncos devem ter se enrijecido após um século de crescimento e cujas folhas vermelhas, que caíam devagar, queimavam sob a luz do sol. Embora o vilarejo tenha se estendido até ali e circundado o terreno, ainda mantinha o ar de um lugar do interior, pois o gramado era espaçoso e os jardins, bastante extensos. A casa era de pedra, em um estilo colossal, ainda que gracioso, com janelas ensolaradas e pórticos aprazíveis que em nada eram lúgubres.

É estranho como emoções opostas podem se agrupar na alma ao mesmo tempo. A visão daquelas nobres árvores me fez lembrar da imagem requintada do poema "Carvalho falante", de Tennyson.

"Ah, cobre teus joelhos com samambaias,
E as sombras do caminho estival!
Por muito tempo teu ramo mais alto discernirá
A cobertura do lugar estival!"

Eu me perguntei se Henry não havia repetido aquelas palavras enquanto caminhava com Eleanor entre a luz dourada e as sombras bruxuleantes sob os ramos daquelas árvores. Lembrei-me de como, certa vez, em minha loucura, antes de saber que ela era prometida a outro, idolatrei a maior de todas, nas palavras apaixonantes de Walter. Naquele momento, olhando para aquela árvore antiga, percebi com os olhos, embora não muito com a mente, que havia escoriações frescas no tronco. Pensei... se é que de fato pensei alguma coisa... que era trabalho da tempestade, pois inúmeros galhos foram arrancados por todo o arvoredo, e o chão estava coberto de folhas caídas havia pouco.

Durante o caminho, tive um vislumbre de Eleanor em uma janela do andar superior e a ouvi cantando baixinho para si mesma, conforme se movia por seus aposentos. Parei como se tivesse levado um golpe; como poderia me obrigar a dar-lhe a má notícia naquela manhã gloriosa? Ai de mim! De todas as casas no vilarejo, talvez aquela fosse a única que ainda estivesse livre da sombra — uma sombra que, uma vez estabelecida, nunca mais desapareceria.

Entre todos os corações ainda imperturbados pelo trágico evento, ali estava aquele que mais certamente definharia — o jovem coração, naquele momento tão cheio de amor e bênção, cantarolando hinos pela abundância de sua gratidão a Deus por sua própria deliciosa felicidade.

Ah, eu preciso... eu preciso! Entrei por uma janela aberta de um pórtico da biblioteca. James estava lá, com suas roupas de igreja, o livro de preces e o lenço sobre a mesa, lendo o jornal vespertino de ontem. Ao vê-lo, fiquei levemente aliviado; seu tio e eu havíamos nos esquecido dele no meio de nossas angústias. Era bastante ruim ter que passar a qualquer indivíduo uma notícia como aquela, mas qualquer atraso para encontrar Eleanor era ardentemente bem-vindo. Ele olhou para mim com curiosidade — meus modos eram suficientes para indicar que havia algo errado.

— O que foi, Richard?

— Horrível... uma coisa horrível!

— Pelo amor de Deus, o *que* aconteceu?

— Moreland foi assassinado.

— Moreland! Como? Aqui? De quem suspeitam?

— E o sr. Argyll quer que eu conte a Eleanor. Mas você é primo dela, James. Não seria a pessoa mais apropriada?

Tinha esperanças de que pudesse lhe passar a responsabilidade.

— *Eu?!* — exclamou ele, apoiando-se em uma prateleira de livros a seu lado. — Eu! Ah, não, não. Eu seria a pessoa menos apropriada! Pois pareceria bem ao lhe dar a notícia, não? — E exibiu um sorriso sem graça, embora tremesse da cabeça aos pés.

Se achei suas maneiras estranhas, não pensei nisso — a natureza pavorosa do choque enervara todos nós.

— Onde está Mary? — perguntei. — É melhor contarmos a ela primeiro e tê-la conosco. De fato, gostaria...

Virei-me para a porta que dava para o vestíbulo, a fim de procurar a irmã caçula conforme falava, mas as palavras morreram em meus lábios. Eleanor estava ali parada. Havia entrado para pegar um livro e, evidentemente, ouvira o que se passara entre nós. Ela estava tão branca quanto o vestido que usava.

— Onde ele está?

A voz dela soava quase natural.

— No hotel Eagle — respondi, sem refletir, grato por ela demonstrar tanto autocontrole e por aquela terrível comunicação ter acabado.

Ela deu meia-volta e atravessou o corredor às pressas, percorrendo o caminho em direção ao portão. Com suas pantufas finas, o cabelo descoberto, fugaz como uma visão do vento, ela fugiu. Corri atrás dela. De nada adiantaria permitir que se chocasse com aquela visão inesperada e horrível. Conforme corria pela rua, peguei-a pelo braço.

— Solte-me! Preciso ir até ele! Não vê que ele precisa de mim?

Ela se esforçou para se livrar de mim, observando a rua com olhos cansados. Pobre coitada! Como se algo ainda pudesse ser feito após aquela morte. Seu coração chocado ainda não tinha ido além da ideia de que, se Henry fosse ferido ou assassinado, precisaria da noiva a seu lado. Ela deveria ir até o amado e confortá-lo diante dessa calamidade. Eleanor ainda teria que aprender que esse mundo e as coisas desse mundo — mesmo ela — não significavam mais nada para Henry.

— Volte, Eleanor. Logo o trarão para cá.

Tive que erguê-la com os braços e carregá-la de volta para a casa.

No vestíbulo, encontramos Mary, que ouvira a história de James e se debulhou em lágrimas e soluços ao ver a irmã.

— Não querem que eu fique perto dele — reclamou Eleanor, olhando para ela.

Senti-a relaxar em meus braços e percebi que tinha desmaiado. James e eu a levamos até o sofá, enquanto Mary procurava a governanta.

Havia prantos barulhentos por toda a mansão; a criadagem admirava o jovem cavalheiro com quem sua patroa deveria se casar, e, como de costume, deram uma demonstração completa de seus poderes de terror e simpatia. Entre choros e lágrimas, a moça inconsciente foi levada a seus aposentos.

James e eu percorremos os longos cômodos e pórticos, esperando por novidades sobre sua recuperação. Depois de um tempo, a governanta desceu e nos informou de que a srta. Argyll recuperara a consciência, ao menos o suficiente para abrir os olhos e observar o entorno, mas que não havia falado coisa alguma e que sua aparência estava horrível.

Foi naquele momento que o sr. Argyll voltou. Após ter sido informado do ocorrido, dirigiu-se ao quarto da filha. Com extrema sensibilidade, passou a ela os detalhes já conhecidos do assassinato; seus olhos derramando lágrimas ao ver que nem uma gota de umidade abrandava o olhar fixo e estranho da moça.

Amigos chegavam e partiam sem que ela os recebesse.

— Gostaria que todos se retirassem, menos você, Mary — pediu ela, após algum tempo. — Pai, pode me avisar quando...

— Sim... sim. — Ele lhe deu um beijo e deixou Eleanor com a irmã.

Horas se passaram. Alguns de nós fomos até a sala de jantar e bebemos o chá mais forte que a governanta havia preparado, pois nos sentíamos fracos e nervosos. Os pais do rapaz chegariam no trem da noite, só havia uma viagem aos domingos. Enquanto isso, as sombras se aprofundavam sobre a casa hora após hora.

Já era fim de tarde quando o corpo foi removido do hotel, onde acontecera a investigação do legista. Pedi a James que fosse comigo e cuidasse do transporte até a casa do sr. Argyll, mas ele se recusou, alegando estar fraco demais para sair.

Conforme a triste procissão chegou ao jardim em frente à mansão com seu fardo, observei, no meio da multidão que se reunia ali, uma mulher de olhos escuros cujo rosto, mesmo naquele tempo de preocupação, chamou minha atenção. Era bela e jovem, embora no momento estivesse delgada e extremamente pálida, com um olhar feroz, fixo na carga encoberta, com mais do que assombro e curiosidade.

Não sei por que a notei de forma tão particular, por que seu rosto estranho me impressionou tanto. Ela começou a vir em nossa direção, mas então retornou. Pelo vestido e aparência geral, parecia trabalhar no comércio. Nunca a tinha visto.

— Aquela moça — disse o cavalheiro ao meu lado — está agindo de forma estranha. E, para falar a verdade, ela estava no trem que veio de Nova York na tarde de ontem. Não o mesmo do pobre Moreland, o anterior. Eu mesmo estava a bordo e a notei, pois ela se sentou à minha frente. Parecia estar com algum problema na cabeça.

Eu raramente me esqueço de rostos e nunca me esqueci do dela.

Vou descobrir quem ela é, determinei.

Entramos e depositamos nossa carga na sala dos fundos. Pensei em Eleanor, pois ela havia caminhado naquele cômodo 24 horas antes, uma visão ardente de amor e beleza triunfante. Ah, 24 horas antes o barro diante de mim estava resplandecente de vida, tão ávido, tão brilhante de esperança da alma dentro de si! Naquele momento, nem todas as horas seriam suficientes para restaurar a inquilina daquela morada. Quem se atreveu a assumir a responsabilidade de expulsar, ilegalmente e com violência, a alma humana da casa?

Tremia enquanto me fazia essa pergunta. Em algum lugar estava escondida uma criatura culpada, com o coração em chamas pelo fogo do inferno, com o qual se colocara em contato.

Então meu coração parou — todos, com exceção da família, foram retirados do cômodo —, pois o sr. Argyll acompanhava Eleanor. Com passos lentos, apoiada no braço dele, a jovem entrou, porém, quando seu olhar se fixou nos traços rígidos abaixo da mortalha, foi adiante, lançando-se sobre o cadáver de seu amado. Antes, ela estava em silêncio, mas então começou um murmúrio de aflição tão dilacerante, que nós, que escutávamos, desejamos ficar surdos antes que nossos ouvidos percebessem tons e frases que não poderiam ser esquecidos. Seria inútil para mim, um homem, com linguagem e pensamento de homem, tentar repetir o que aquela mulher de coração partido disse para o amante morto.

Não eram tanto as palavras, e, sim, o tom lamentável.

Ela conversava com Henry como se ele estivesse vivo e pudesse ouvi-la. Estava determinada a fazer com que o noivo a escutasse e sentisse seu amor apesar da morte sombria que havia entre eles.

— Ah, Henry — disse Eleanor, com a voz baixa e carinhosa, afastando os cachos da testa dele com a mão —, seu cabelo ainda está molhado. E pensar que você permaneceu deitado lá a noite inteira... a noite inteira... no chão, sob a chuva, e eu não fazia ideia! Eu, que dormi em minha cama confortável... dormi de verdade, e você, deitado na tempestade, morto. Essa é a coisa mais estranha, que me faz pensar... pensar como *pude*! Diga que me perdoa por isso, querido... por dormir, você sabe, enquanto você estava lá fora. Pensava em você quando retirei a rosa de meu vestido à noite. Sonhei com você o tempo todo, mas, se soubesse onde estava, teria ido descalça, teria ficado ao seu lado e teria mantido seu rosto livre da chuva, seus cabelos tão, tão lindos, dos quais gosto tanto e quase nunca me atrevi a tocá-los. Foi cruel de minha parte dormir. Acredita que me irritei por não ter vindo ontem à noite? Foi isso que me deixou despreocupada... não porque estivesse feliz. Irritada com você por não ter vindo, quando não poderia ter vindo porque estava morto!

Eleanor deu uma risada.

Conforme o riso baixo e horrível perpassou o cômodo, o sr. Argyll, com um grunhido, levantou-se e se retirou; não conseguindo suportar mais. Com um receio perturbador de que a razão de Eleanor estivesse abalada, falei com Mary, e nós dois tentamos erguê-la e persuadi-la a sair dali.

— Ah, não tentem me afastar dele de novo — implorou ela, com um sorriso trêmulo que nos deixou mal. — Não se preocupe, Henry. Eu *não* vou... *não* vou! Vão colocar minha mão na sua e me enterrar com você. É tão curioso que estava tocando piano e usando meu vestido novo, sem imaginar que você estava tão perto de mim... morto... assassinado!

Os beijos; os toques leves e gentis nas mãos e na testa, como se ela pudesse machucá-lo com o carinho que não conseguia manter dentro de si; os olhos que o observavam sem parar, como se esperassem uma resposta; o sorriso miserável em seu rosto pálido — estas eram as coisas que assombravam aqueles que as viam em sonhos futuros.

— Não diga que me perdoa por cantar ontem à noite. Não diga uma palavra para mim... porque você está morto... quer dizer... porque você foi morto... assassinado!

O eco da última palavra reconvocou sua razão errante.

— Meu Deus! Assassinado! — exclamou Eleanor, levantando-se de repente, com um aspecto horrível. — Quem você acha que fez isso?

O primo estava de pé próximo a ela, e o olhar da moça recaiu sobre ele ao fazer a pergunta. A aparência e as maneiras foram demais para a sensibilidade extenuada do rapaz; ele se afastou, pegou meu braço e desmaiou, inconsciente. Não me surpreendi. A sensação de todos era a de que não seria possível aguentar mais.

Indo até o médico da família, que esperava em outro aposento, implorei-lhe que usasse sua influência para retirar a srta. Argyll do cômodo e acalmar seus sentimentos e sua memória antes que o cérebro se rendesse à pressão pela qual estava passando. Após dar algumas orientações sobre o que fazer com James, ele foi conversar com a moça com tanta sabedoria e tato que o risco à sua sanidade pareceu ter passado. O médico a persuadiu a tomar um pó que ele próprio administrou; mesmo assim, argumento algum poderia incitá-la a deixar o barro inerte.

A chegada da família foi o ato final da tragédia do dia. Incapaz de suportar mais, saí para a noite e caminhei pelo gramado. Sentia minha cabeça quente, e o ar frio me fez bem. Apoiei o corpo no tronco do carvalho, cuja sombra escura bloqueava as luzes das estrelas, embora meus pensamentos estivessem ocupados pelos eventos recentes. Quem era o assassino? A pergunta revolvia em meu cérebro, ressurgindo a todo momento, tão constante quanto o nascer do sol pela manhã. Meu treinamento, como estudante de Direito, ajudava minha mente a se fixar em qualquer circunstância que pudesse suscitar suspeitas.

Será que foi aquela mulher?, mas não, a mão de uma mulher não poderia ter dado aquele golpe certeiro e poderoso. Parecia mais o trabalho de uma mão *experiente* — ou, se não, ao menos foi dado de forma deliberada e premeditada. O assassino arquitetara o feito, ficara de olho na vítima e esperara pela hora certa. Até então, não havia pista alguma sobre a parte culpada; por mais ousado que tenha sido o ato, cometido no início da noite, no meio de uma comunidade agitada, ele fora fatalmente bem-sucedido, e seu autor desaparecera de maneira tão completa que era como se a terra o tivesse engolido. Ninguém, até aquele momento, poderia formar qualquer conjectura plausível, mesmo em relação ao *motivo*.

Em nome de Eleanor Argyll — em nome dela, a quem eu amava, cuja felicidade vi naquele dia se transformar em ruínas, jurei me empenhar ao máximo para descobrir e levar o assassino à justiça. Não sei por que esse propósito me dominou com tanta firmeza. A sentença do culpado não restauraria a vida que havia sido tomada, as batidas do coração prematuramente interrompidas, e não traria consolo algum aos enlutados. Ainda assim, se a descoberta significasse devolver a Henry Moreland o mundo do qual ele foi tão cruelmente expulso, eu dificilmente seria mais determinado na busca. Somente com a ação poderia sentir alívio da opressão que pesava em mim. Não poderia dar vida aos mortos — mas a justiça falava em voz alta, para que nunca permitisse que esse ato fosse esquecido, até que tivesse executado a vingança divina da lei ao autor do crime.

Enquanto estava lá, no silêncio e na escuridão, ponderando sobre o assunto, ouvi um farfalhar leve das folhas secas no chão e senti, mas não vi, uma figura passar por mim. Poderia ter pensado se tratar de um dos criados, não fosse o cuidado evidente em seus movimentos. Então, onde as sombras das árvores eram menos alongadas, notei uma pessoa caminhando sorrateiramente até a casa. Em seguida, ela passou por um espaço aberto, a luz das estrelas revelando sua silhueta e o vestuário de uma mulher. Contudo, no instante seguinte, ela voltou para a escuridão, onde permaneceu por um tempo, sem suspeitar de minha proximidade, estendido sob a árvore e observando a mansão. Aparentemente satisfeita de que não havia alguém por perto — já era quase meia-noite —, ela se aproximou, com passos leves, ora parando, ora se afastando, de uma das janelas no lado oeste da casa, onde brilhava a luz solene das velas mortuárias. Sob a abertura de vidro, ela se agachou. Não conseguia ver se estava se ajoelhando. Deve ter passado mais de uma hora parada naquela posição; eu, também em silêncio, observei o canto escuro em que ela se encontrava. Então, no instante em que se colocou entre mim e a janela, sua silhueta ficou clara na luz, e foi quando concluí que deveria ser a jovem cujo comportamento estranho no portão chamara minha atenção. Claro que não vi seu rosto, mas o corpo alto e magro, o chapéu preto e o movimento nervoso eram os mesmos. Fiquei perplexo com conjecturas vãs.

Não pude deixar de conectá-la ao assassinato ou à vítima de alguma maneira, por mais vaga que fosse tal ideia.

Por fim, ela se levantou, deteve-se por um momento e foi embora, passando perto de mim com os passos leves e sussurrantes outra vez. Fui impelido a esticar a mão e segurá-la; seu comportamento era suspeito; ela deveria ser presa e investigada, ao menos para provar sua inocência diante das circunstâncias. A ideia de que, ao segui-la, poderia encontrar algum esconderijo onde provas estariam guardadas ou cúmplices escondidos paralisou minha mão.

Com nossos passos no mesmo ritmo, para que o farfalhar das folhas não me denunciasse, fui atrás da mulher. Quando ela atravessou o portão, me escondi atrás de uma árvore, para que não olhasse para trás e me visse; então fui adiante, acompanhando-a sob a sombra da cerca.

Ela se apressou na direção do local do assassinato, mas, ao chegar perto, notou que algumas pessoas, apesar de já passar da meia-noite, ainda permaneciam ali. Então deu meia-volta e passou por mim. Esperei um pouco, tomei coragem e, sem alarmá-la, também me virei, perseguindo-a pela rua longa e silenciosa, até ela alcançar a parte mais movimentada e pobre do vilarejo, onde entrou em uma rua lateral e desapareceu em um cortiço, cuja entrada estava aberta. Eu deveria ter procurado a polícia de imediato e feito buscas no lugar, mas, de forma insensata, resolvi esperar pelo raiar do dia.

Na caminhada de meu retorno, encontrei James Argyll na trilha para a casa, perto do pórtico da frente.

— Ah, é você? — perguntou, após eu ter falado com ele. — Achei que era... era...

— Você não é supersticioso, é, James? — indaguei, pois sua voz indicava que estava assustado.

— Você me deu uma sensação confusa e desagradável quando apareceu — respondeu ele, com uma risada. — Como podemos rir nessas circunstâncias? Onde estava a essa hora da noite, Richard?

— Pegando um pouco de ar fresco. A casa estava me sufocando.

— A mim também. Não consegui descansar. Saí para poder respirar.

— Já está quase amanhecendo — falei, e fui até meus aposentos.

Sei quem estava de vigília, sem comida e sem descanso, na câmara da morte, porta para a qual meus passos me conduziam; porém, por mais que meu coração estivesse machucado, não tinha palavras de conforto para uma tristeza como a dela — então segui em frente.

4. CASA DOS MORELAND

Diversas circunstâncias menores me impossibilitaram de procurar a mulher que havia agitado minhas suspeitas no dia anterior até mais ou menos as nove da manhã, quando encontrei um oficial da polícia e fomos, sem compartilhar nossos planos com os outros, ao cortiço já mencionado.

Embora Blankville não fosse um vilarejo grande, havia, como em quase toda cidade afortunada com uma estação de trem, um quarteirão pobre em que a porção mais humilde de sua população trabalhadora residia. O cortiço ficava nesse quarteirão — um prédio de três andares, ocupado por meia dúzia de famílias, a maior parte delas de trabalhadores irlandeses que encontraram emprego nos arredores da estação. Vi a moça estranha subir até o segundo andar na luz tênue da noite anterior, então fomos até lá e batemos na primeira porta que encontramos. Ela foi aberta por uma mulher de meia-idade e aparência decente que segurava a maçaneta enquanto aguardava que revelássemos nossa missão; mas nós dois entramos no apartamento antes de dizer qualquer coisa. Uma olhadela rápida mostrou um cômodo que parecia inocente o bastante, com a mobília ordinária típica desses lugares — um fogão, uma cama, uma mesa etc., mas nenhum outro ocupante. Havia um armário, cuja porta estava aberta, mostrando um jogo de pratos e víveres modestos — não havia uma despensa ou outro lugar para guardá-los. Eu tinha certeza de que vira a moça entrar naquele cômodo no topo da escada, então falei:

— Sua filha está em casa, madame?

— Minha sobrinha, o senhor quer dizer?

Notei um toque irlandês, embora a mulher falasse com pouco sotaque e evidentemente fosse uma velha residente de nosso país — de certa maneira, *americanizada*.

— Ah, ela é sua sobrinha? Suponho que sim... uma moça alta com olhos e cabelos escuros.

— É a Leesy. Os senhores desejam algo dela?

— Sim — respondeu o oficial, rapidamente tirando o assunto de minhas mãos. — Gostaria de um conjunto de seis camisas com cabeções finos e costurados. — Ele havia notado uma máquina de costura barata perto da janela e um bocado de musselina rústica em uma cesta próxima.

— Sinto muito em desapontá-los, mas Leesy não está aqui agora, e eu quase nunca me meto a fazer o trabalho mais fino. Só costuro as camisas dos operários da estrada de ferro que não têm esposas para fazer isso por eles... mas os cabeções mais elegantes... — Eu duvidava que fossem realmente elegantes. — Para falar a verdade, a máquina dá pontos bons... se não fossem pelos botões!

— Onde está Leesy? Ela mora com a senhora?

— Sempre que não tem lugar para ficar. É órfã, a pobrezinha, e não está no sangue de um Sullivan abandonar as próprias raízes. Eu a criei desde que era pequenina, com cinco anos... e providenciei os estudos também. Leesy sabe ler e escrever como as moças da alta sociedade.

— A senhora não disse onde ela está, sra. Sullivan.

— Está fazendo os trabalhos mais requintados em uma loja chique de Nova York: gorros, colarinhos, mangas e as lindas bainhas... ela tem *bom gosto*, e o trabalho não é tão difícil quanto a costura comum... Recebe quatro dólares por semana e paga dois dólares e cinquenta centavos para ficar em um lugar agradável e elegante. Tem esperança de ser promovida ao cargo de chefe de costura e receber sete dólares por semana daqui a alguns meses. Estava aqui para passar o domingo comigo, faz isso com frequência, e voltou no trem das seis da manhã... com certeza vai chegar uma hora atrasada. Tentei convencê-la a passar o dia, a pobrezinha parecia tão cansada. Não tem sido ela mesma há muito tempo... parece estar em declínio... é o trabalho com a agulha, acho. Anda tão nervosa que a notícia do assassinato ontem quase a matou. Foi uma coisa horrível, não foi, cavalheiros? Não consegui pregar o olho pensando naquele pobre rapaz e na moça adorável com quem iria se casar. Um rapaz tão fino, generoso e educado!

— A senhora o conhecia?

— Se eu o conhecia? Tão bem quanto meu próprio filho, se tivesse um! Não que já tivesse falado com ele, mas o rapaz passava aqui com frequência a caminho da casa do pai e da casa do sr. Argyll. Além disso, Leesy fez serviços de costura para a família dele nos dois verões que passaram aqui e foi paga em dobro. Quando ela ia embora, ele perguntava, rindo daquela maneira elegante: "E quanto recebeu por dia, srta. Sullivan, ao passar essas horas longas e quentes aqui?", e ela respondia: "Cinquenta centavos, e agradeço à sua mãe pelo belo pagamento". Ele, então, colocava a mão no bolso e tirava uma moeda de ouro de dez dólares e dizia: "As mulheres são muito mal pagas por seu serviço! Que vergonha! Se não recebeu um dólar por dia, srta. Sullivan, não recebeu nem um centavo. Não tenha medo de aceitar... é seu dever". E era por isso que Leesy não o tirava da cabeça... ele pensava tanto nos pobres... Deus o abençoe! Como alguém poderia fazer aquilo com o rapaz?

Olhei para o policial e notei seus olhos perscrutando meu rosto. Era evidente que o mesmo pensamento havia passado por nossa cabeça, mas era uma suspeita que manchava a imaculada memória de Henry Moreland, e, de minha parte, expulsei a ideia assim que ela brotou em minha mente. Era típico dele pagar regiamente pelo trabalho de uma costureira de saúde frágil, e era atípico dele levar vantagem de sua ignorância ou gratidão, o que poderia resultar em uma vingança tão desesperada por seus erros. O pensamento era um insulto a ele e à nobre mulher que seria sua esposa. Corei diante da fantasia intrusiva e indesejável; o oficial, porém, sem conhecer o falecido tão bem e talvez sem ter uma ideia tão exaltada de sua hombridade quanto eu, pareceu achar que ali havia um fio a ser seguido.

— A senhora acha que Leesy pensava muito nele, não, sra. Sullivan? — Ele se sentou em uma cadeira e usou um tom amigável e fofoqueiro. — Todos falam bem dele. Então, ela costurava para a família?

— Seis semanas todo verão. Sempre ficaram satisfeitos com a costura dela... Leesy é rápida e eficaz com a agulha! Ela faria camisas lindas para o senhor, se estivesse aqui.

— Quando ela foi morar em Nova York?

— No início do último inverno. Faz quase um ano agora. Algo pareceu passar pela cabeça dela... Leesy estava estranha, com saudades. Quando disse que queria ir para a cidade arrumar trabalho, pensei em deixá-la ir mesmo, pois achei que a mudança poderia fazer bem a ela. Mas a menina está muito doente e tosse terrivelmente a noite inteira. Acho que ela pegou uma gripe naquela noite da última tempestade, já que veio caminhando da estação até aqui. Estava encharcada quando chegou e branca como um lençol, tão fraca que, quando os vizinhos trouxeram as notícias de ontem, deu um grito e desmaiou de imediato. Não me surpreendi por ficar tão abalada. Eu mesma ainda estou tremendo.

Lembrei-me do cavalheiro que primeiro mencionara a garota dizendo que ela viera no trem matutino de sábado, mas não consegui juntar essa informação com a moça vindo da estação de noite. Precisava fazer a pergunta de uma forma que não levantasse suspeitas.

— Se ela veio no trem das seis horas, então deveria estar no mesmo trem que o sr. Moreland.

— Acredito que estava no trem das sete... sim, estava. Eram 7h30 quando ela chegou... e estava chovendo a cântaros. Leesy não o viu, perguntei a ela ontem.

— Em qual loja de Nova York ela está empregada? — inquiriu o oficial.

— No número três da Broadway — respondeu ela, nomeando uma loja entre a Wall Street e a Canal Street. — Os senhores estão a esperando por algum motivo? — perguntou a mulher, de repente, olhando para nós com olhar aguçado, como se enfim tivesse lhe ocorrido que nossas questões eram bastante diretas.

— Ah, não — respondeu meu companheiro, levantando-se. — Eu estava um pouco cansado e pensei em descansar meus pés por um tempo. Agradeço se puder me dar um copo d'água, sra. Sullivan. Então não pode costurar as camisas?

— Se achasse que conseguiria fazer as casas dos botões...

— Talvez sua sobrinha possa fazê-las durante a próxima visita, se quiser pegar o trabalho — sugeri.

— Ora, ela poderia! E ficaria feliz por fazer algo por sua velha tia. Foi esperteza sua dizer isso. Devo ir até sua casa para tirar as medidas, senhor?

— Vou mandar alguém quando estiver pronto. Suponho que sua sobrinha pretende visitá-la no próximo sábado?

— Bem, na verdade, não tenho como dizer. É muito caro vir toda semana, mas ela com certeza estará aqui antes que as seis camisas estejam prontas. Bom dia, senhores... e não ouviram mais nada sobre o assassinato, imagino?

Respondemos que nada mais foi descoberto e descemos até a rua. Enquanto caminhávamos, combinamos que o policial iria até Nova York e colocaria alguns detetives no rastro de Leesy Sullivan. Informei-o sobre a discrepância entre a chegada da moça à cidade e a chegada à casa da tia. Ou a mulher nos enganou, ou sua sobrinha só foi para casa muitas horas depois de chegar a Blankville. Acompanhei-o até a estação, onde fizemos algumas perguntas que nos convenceram de que ela tinha chegado no sábado de manhã, permanecido uma ou duas horas no banheiro feminino e então seguido na direção da cidade.

Havia o suficiente para justificar uma investigação mais aprofundada. Custeei, com meu próprio dinheiro, as despesas do oficial e o pagamento do detetive de Nova York, acrescentando que outras bonificações poderiam ser oferecidas, e esperei até vê-lo partir em sua missão.

Então, me virei para ir ao escritório, mas com o coração enojado diante da ideia de seguir com a rotina ordinária de negócios no meio de tanta infelicidade — tanto que meus passos se desviaram dos caminhos familiares! Não havia coisa alguma a ser feita, naquele momento, para ajudar ou confortar os aflitos. Naquela tarde, o corpo seria levado para a cidade a fim de ser sepultado, o que aconteceria no dia seguinte na tumba da família em Greenwood. Até o momento de sua remoção, não havia qualquer coisa que a amizade pudesse fazer a serviço dos enlutados. Meu conselho usual para males mentais era uma longa e vigorosa caminhada; naquele instante, sentia que só poderia respirar sob o sol forte, de tão apertado e gelado que estava meu espírito.

A casa de veraneio dos Moreland ficava a pouco mais de um quilômetro e meio da mansão Argyll, fora do vilarejo propriamente dito, em uma colina que dava para o rio. Era cercada por belos jardins e oferecia uma das mais primorosas vistas do rio Hudson.

"Com um espírito em meus pés
Me levando quem sabe para onde?"

Na direção desse lugar agora vazio e solitário — solitário, acredito, com a exceção do jardineiro e sua esposa, que moravam em um chalé no fundo dos jardins e que permaneciam lá o ano inteiro; ele para cuidar do ambiente externo, ela para fazer serviços de governanta na mansão fechada.

O lugar nunca pareceu tão bonito para mim, nem mesmo em junho, quando as folhas e flores desabrocham, do que naquela ocasião. As geadas ganharam lindas matizes nas copas das árvores que se destacavam aqui e ali; na parte de trás da casa, estendendo-se até o portão sul, pelo qual entrei, um arvoredo de bordos e olmos brilhava sob o sol de outono; o gramado da frente ia até a beira da água, que fluía em um riacho azul e divino, com barcos brancos pitorescos no meio dele. No jardim, pelo qual eu naquele momento andava, ainda havia muitas flores reluzentes: margaridas amarelas, rosa e roxas, crisântemos, algumas dálias que foram cobertas pela geada e amores-perfeitos escondidos sob as folhas largas. A intenção do jovem casal era tornar aquela casa sua morada permanente após o matrimônio, indo para a cidade apenas durante alguns meses do inverno. Tinha ouvido falar que, na semana seguinte, Eleanor viria para ajudar Henry a escolher a nova mobília.

Lá estava a mansão, banhada pela rica luz do sol; o jardim cintilava com flores e o rio, com ondas; tão cheia, por assim dizer, de *vida* inconsciente e alegre, enquanto seu mestre esperava por um apertado caixão em um quarto escuro. Nunca a incerteza das intenções humanas me impressionou tanto quanto no momento em que olhei para a imponente residência e pensei no futuro próspero que chegara a um fim tão terrível. Peguei um punhado de amores-perfeitos — eram as flores favoritas de Eleanor. Conforme me aproximava da casa pelo jardim, chegava perto do pórtico que se estendia pela face oeste, antes de perceber que ela estava ocupada. Sentada no lado de fora, com um dos braços envolvendo um dos pilares e o chapéu na grama a seus pés, contemplei a costureira atrás da qual despachei o oficial para Nova York. Ela não me notou, e tive a oportunidade de analisar o rosto da mulher sobre a qual recaíam minhas suspeitas enquanto não estava ciente de meu olhar e sua alma permanecia exposta, na segurança da solidão. A impressão que ela me dava era de desespero. Aquilo ficou claro com suas atitudes e sua expressão. Não era luto ou remorso — era puro desespero. Permaneci em silêncio por cerca de meia hora, observando-a. Durante todo aquele tempo, ela não mexeu as mãos ou as pálpebras; observava apenas a grama a seus pés. Quando recorro a minha memória, eu a vejo, fotografada, sobre o gramado — cada prega do vestido escuro, feito de algo parecido com lã penteada, gasto, porém arrumado; o xale preto, bordado, apertado sobre os ombros magros, que tinham a ligeira e habitual curvatura daqueles que usam a agulha para ganhar a vida; o cabelo azeviche penteado para trás, a palidez e rigidez marmórea do rosto e da boca.

Era um rosto feito para expressar sentimento. E, embora o único sentimento agora fosse o desespero, tão intenso que mais parecia apatia, eu podia ver como o queixo redondo e os lábios grossos poderiam se derreter em humores mais leves. A testa era baixa, mas clara, combinando com o rosto oval formado pelas bochechas e pelo queixo; as sobrancelhas eram escuras e bastante pesadas. Lembrei-me do olhar sombrio que vi no dia anterior, e poderia adivinhar suas chamas ocultas.

Era uma moça que atrairia interesse a qualquer momento, e me perguntei em silêncio o que havia emaranhado o fio de seu destino na teia brilhante de uma fortuna superior, que naquele momento estava subitamente entrelaçada com o manto da morte. Todos os movimentos dela me faziam querer confirmar sua conexão, se é que havia alguma, com a tragédia. Parecia-me que, se pudesse ver seus olhos, antes que a moça se conscientizasse de estar sendo observada, eu poderia dizer se haveria culpa ou apenas luto em seu coração; portanto, permaneci quieto, esperando. Mas me equivoquei em relação a meus poderes, ou os olhos me enganaram. Quando ela ergueu o olhar, no momento em que um navio a vapor contornava a base da montanha que descia para o rio a leste, e, de repente, encontrou o meu, a menos de dez passos dela, vi apenas profundezas escuras e insondáveis vertendo uma angústia tão intensa, que meu próprio olhar recaiu sob seu poder.

Ela não se assustou ao me ver, como pensei que faria uma pessoa culpada, enterrada em devaneios autoacusadores — a ideia de que um estranho a confrontava pareceu penetrar devagar sua consciência. Quando ergui meus olhos, que haviam afundado sob a intensidade dos dela, a moça estava indo rápido na direção do pórtico a oeste.

— Srta. Sullivan, esqueceu sua boina.

Com um instinto feminino, ela arrumou o cabelo desgrenhado com a mão, voltou devagar e pegou a boina, que eu estendia para ela, sem falar nem uma palavra sequer. Hesitei em relação ao que fazer em seguida. Queria me dirigir a ela — lá estava a moça, a meu alcance, e eu deveria me certificar, tanto quanto possível, das suspeitas que criei. Poderia lhe causar um dano irreparável ao tornar públicos meus sentimentos, caso ela fosse inocente na ajuda ou instigação do crime cometido, ainda que houvesse circunstâncias que dificilmente poderiam ser passadas sem contestação. Sua ausência inexplicável no sábado, das três da tarde até uma hora após o crime ser cometido, a afirmação da tia de que ela estava na cidade e o fato de eu tê-la encontrado naquele lugar, além da visita à meia-noite à janela e as outras coisas que observei, eram suficientes para justificar uma investigação. No entanto, se eu a alarmasse prematuramente, teria chances menores de surgir com provas, e seus cúmplices, se havia algum, poderiam tomar providências para se proteger melhor. De qualquer maneira, eu a faria falar e encontraria o que havia em sua voz.

— Sua tia me disse que a senhorita tinha ido para Nova York — falei, andando ao seu lado após ela dar meia-volta.

— Ela assim pensou. Veio me procurar, senhor?

Leesy parou e olhou para mim como se esperasse que eu explicasse por que estava ali.

Isso também não parecia ser atitude de alguém culpado.

— Não. Vim para dar uma caminhada. Suponho que nossos pensamentos nos levaram à mesma direção. Este lugar será do interesse de muitos de agora em diante.

— Interesse! O interesse da curiosidade vulgar! Isso vai lhes dar algo para mexericar! Odeio pensar nisso!

Ela falava mais para si mesma do que para mim, enquanto um raio de fogo era lançado daquelas órbitas pretas; no instante seguinte, seu rosto se acalmou, voltando para a quietude passional.

Seu discurso não era típico de sua posição. Lembrei-me do que a tia mencionara sobre a educação que dera para a sobrinha e decidi que a mente da moça era uma daquelas que iam além de suas circunstâncias — aspirante, ambiciosa —, e que essa natureza podia tê-la levado à infelicidade atual. Bastava um olhar para me assegurar de que ela estava infeliz e, talvez, até fosse culpada.

— Eu também odeio. Não gosto de que o luto de meus amigos fique sujeito ao olhar frio e curioso dos outros.

— Ainda assim, é um privilégio ter o direito de lamentar. A dor da bela noiva não é nada comparada à angústia que alguns sentem. Há pessoas que a invejam.

Não foram as palavras, mas sim a voz embargada e selvagem que lhes deu efeito; a moça falou e ficou em silêncio, como se estivesse consciente de que a verdade foi arrancada dela, indo parar nos ouvidos de um estranho. Alcançamos o portão, e ela parecia ansiosa para escapar, mas eu o segurei com a mão, encarando-a enquanto dizia:

— Pode ter sido a mão da inveja que arrancou o cálice da fruição de seus lábios. A jovem vida dela murchou para nunca mais florescer. Posso apenas imaginar uma miséria no mundo maior do que a da noiva: a miséria da pessoa culpada que tem *assassinato* escrito na alma.

O rosto de Leesy se contraiu em um espasmo; e ela tentou empurrar o portão, que eu ainda segurava.

— Ah, por favor, não — disse a jovem. — Deixe-me passar.

Abri o portão e ela disparou, fugindo pela estrada que contornava a parte posterior da colina, como se perseguida por um inseto que a ferroava. Seu caminho não a levava ao vilarejo, então não esperava vê-la novamente naquele dia.

Dois minutos depois, a esposa do jardineiro surgiu no portão, vinda da estrada. Ela estivera visitando o cadáver de seu jovem mestre, os olhos vermelhos de tanto chorar.

— Como está, sr. Redfield? Que tempos horríveis, não? Meu coração sangra em meu peito, mas não consegui verter uma lágrima no quarto onde ele estava, deitado lá como se estivesse vivo, e a srta. Eleanor sentada ao seu lado como uma estátua. Fiquei gelada ao vê-la... não poderia falar nem se minha vida dependesse disso. O pai e a mãe estão destroçados também.

— Como está a srta. Eleanor nesta manhã?

— Deus sabe! Ela não faz coisa alguma além de ficar lá sentada, o mais silenciosamente possível. Não é algo bom, acho. "Água parada apodrece." Estão evitando a hora em que terão que remover o corpo da casa... pensam que ela vai perder a cabeça.

— Não, não — respondi, tremendo por dentro. — A sanidade de Eleanor é boa e poderosa demais para ser desfeita dessa maneira, mesmo com um golpe tão forte.

— Quem saiu do portão enquanto eu dobrava a esquina? Era aquela moça de novo?

— Está falando de Leesy Sullivan?

— Sim, senhor. O senhor a conhece? Ela age de forma muito estranha, em minha opinião. Estava aqui no sábado, sentada na casa de veraneio, completamente sozinha até a chuva começar a cair... Imagino que tenha ficado ensopada ao voltar para casa. Não pensei muito sobre isso, era sábado e achei que ela estava de folga, e muita gente gosta de vir até aqui, é tão agradável. Mas não sei o que a trouxe novamente para cá hoje. O senhor sabe?

— Não. Encontrei-a sentada sob o pórtico com vista para o rio. Talvez tenha vindo dar uma caminhada e parou aqui para descansar. Ela, provavelmente, deve se sentir em casa, pois já costurou muito para a família. Para mim, a moça é uma completa estranha; até então, nem tinha falado com ela. A senhora a conheceu quando ela estava na casa?

— Não devo ter falado com ela mais de dez vezes. Eu não ficava muito na casa, e ela estava sempre trabalhando. Parecia rápida com a agulha e cuidava da própria vida. Acho que era bem orgulhosa para uma costureira... a moça é bonita, e acho que sabe disso. Mas está ficando mais magra e, no sábado, percebi que havia manchas vermelhas em suas bochechas de que não gostei... parecia tuberculose.

— A família a trata com alguma gentileza em particular?

Era o máximo que eu conseguia vocalizar de meus sentimentos.

— O senhor sabe que todos os Moreland são generosos e gentis com os que estão abaixo deles. Sei que Henry insistiu mais de uma vez, quando a família estava de saída, para que a srta. Sullivan ocupasse um lugar na carruagem... mas nunca quando ele estava sozinho. Ouvi-o dizendo para a mãe que a pobre garota parecia cansada, como se precisasse de ar fresco e um pouco de liberdade. A velha senhora de coração bondoso ria do filho, mas fazia o que ele dizia. Era do feitio dele. Porém, apostaria minha vida eterna que o rapaz nunca se aproveitou dos sentimentos dela, se é isso que está pensando, sr. Redfield.

— Eu também, sra. Scott. Ninguém poderia ter mais respeito pelo caráter daquele jovem cavalheiro do que eu. Eu me arrependeria de insultar sua memória mais rápido do que se ele fosse meu irmão. Mas, como a senhora disse, há algo estranho nas ações da srta. Sullivan. Sei que posso contar com sua discrição, sra. Scott, pois já ouvi muitos elogios sobre ela; não diga nem uma palavra aos outros, nem mesmo para seu marido, mas fique de olho caso ela volte para cá. Relate para mim as ações dela e a que lugares ela vai.

— Farei isso, senhor. Mas não penso mal da moça. Ela pode ter sido infeliz a ponto de ter em alta consideração a gentileza com que era tratada pelo jovem patrão. Se for esse o caso, sinto pena dela... dificilmente poderia evitar, a pobrezinha. Henry Moreland era um jovem cavalheiro amado por muitos.

Ela cobriu os olhos com o lenço em uma nova explosão de lágrimas. Desejando-lhe um bom-dia, virei-me na direção do vilarejo, sem saber o que fazer a seguir. A sra. Scott era norte-americana e confiável, senti que era a melhor detetive que poderia colocar naquele local.

No caminho para casa, passei pelo escritório e resolvi entrar. Encontrei o sr. Argyll sozinho, a cabeça apoiada na mão, o rosto ansioso e cansado e as sobrancelhas franzidas em profundos pensamentos. Assim que me viu, ele se levantou, fechou a porta e sussurrou:

— Richard, outra coisa estranha aconteceu.

Olhei para ele, com medo de perguntar.

— Fui roubado. Levaram dois mil dólares.

— Quando e como?

— Não sei. Quatro dias antes, saquei essa quantia em cédulas do Park Bank. Coloquei o bolo de notas, da maneira que as recebi, na escrivaninha de minha biblioteca, em casa. Tranquei a gaveta, e a chave guardei em meu bolso. Estava trancada, como de costume, toda vez que verifiquei. Há quanto tempo o dinheiro sumiu, não sei dizer; desde que o coloquei lá, só fui conferir uma hora atrás. Precisava de um montante para gastos nessa tarde e notei que o bolo havia desaparecido.

— O senhor não pode tê-lo colocado em outro lugar?

— Não. Tenho uma gaveta para o dinheiro e guardo-o lá. Lembro com clareza suficiente. Foi roubado. — E ele se sentou na cadeira com um suspiro pesado. — O dinheiro era para minha pobre Eleanor. Seu vestido de casamento ficaria pronto nesta semana, e os dois mil dólares eram para renovar o local da cerimônia no bosque. Não me importo tanto com a perda... ela não precisa mais do dinheiro... mas é algo singular... bem nesse momento!

Ele olhou para mim, com suspeitas indefinidas vagando em sua mente.

— Quem sabia que o senhor tinha esse dinheiro?

— Ninguém em que eu consiga pensar, com exceção de meu sobrinho. Ele sacou o montante para mim quando foi para a cidade na quarta-feira passada.

— Conseguiria identificar o dinheiro?

— Não completamente. Só me lembro de que havia uma nota de quinhentos dólares no bolo, uma impressão recente do Park Bank. Eles, provavelmente, ainda têm o número de série. O restante eram notas de vários valores e bancos. Só consigo pensar em uma coisa que parece provável. James deve ter sido seguido da cidade por um ladrão profissional, que o viu sacando o dinheiro e ficou de olho nele, esperando por uma oportunidade até colocá-lo na gaveta. A chave é do tipo comum, que poderia ser duplicada com facilidade, e somos tão descuidados nesta pacata comunidade que o ladrão pode ter entrado em praticamente qualquer hora da noite. Talvez o mesmo malfeitor tenha perseguido o pobre Henry em busca de mais dinheiro.

— O senhor se esquece de que não houve tentativa de roubar Henry.

— É verdade... é verdade. Ainda assim, o assassino pode ter se assustado antes de conseguir garantir o saque.

— No caso, ele teria retornado, pois o corpo só foi descoberto na manhã seguinte.

— Talvez, sim. Estou cansado de remoer esse assunto.

— Tente não pensar mais nisso, meu caro — falei, gentilmente. — O senhor está febril e doente. Nesta tarde, vou com amigos até a cidade e colocarei a polícia atrás do dinheiro. Vamos pegar o número de série da nota de maior valor, se possível, e investigaremos os passageiros no trem de quarta-feira que vieram com James. Já mencionou alguma coisa sobre a perda para ele?

— Não o vi desde que descobri. Pode contar a ele se encontrá-lo; e faça o possível, Richard, pois me sinto fraco como uma criança.

5. SR. BURTON, O DETETIVE

Quando saí do escritório, encontrei James na escada, pela primeira vez naquele dia. Não pude parar para informar-lhe sobre o roubo e, dizendo que o tio gostaria de vê-lo em alguns minutos, corri para a pensão, onde mal tive tempo de almoçar em meu quarto enquanto fazia uma pequena mala para ser enviada até a estação, antes de correr de volta para a casa do sr. Argyll, a fim de comparecer ao cortejo funeral que seguiria até o trem. James e eu éramos dois dos oito homens que carregariam o caixão; no entanto, nenhum de nós tinha conseguido reunir coragem para entrar no cômodo onde estava o corpo; acredito que James ainda não havia nem visto o cadáver. Ficamos do lado de fora, nos degraus do alpendre, e assumiríamos nosso fardo apenas depois de o caixão ser levado para o jardim. Enquanto estávamos lá, entre muitos outros, esperando, tive a chance de observar a palidez e a inquietude de James; ele rasgou as luvas pretas ao vesti-las, e vi seus dedos tremendo. Quanto a mim, todo o meu ser pareceu parar quando um único e prolongado grito ecoou da mansão sombria e flutuou na luz do sol até o ouvido de Deus. Estavam separando o amado de sua noiva. No instante seguinte, o caixão apareceu; assumi meu lugar ao seu lado, e fomos em direção à estação, atravessando o local em que o corpo foi encontrado. James estava um passo à minha frente e, conforme passamos por aquele lugar, alguma força interna o fez parar e então se afastar e caminhar ao redor do malfadado ponto. Notei aquilo não apenas pela confusão momentânea causada, mas porque nunca supus que James fosse suscetível a superstições.

Um vagão particular foi providenciado. James e eu ocupamos um assento. O movimento ágil do trem era contrário à ideia da morte e teve um efeito revigorante em meu companheiro, cuja palidez desapareceu, começando a reagir após sua depressão. Ele conversou comigo sobre assuntos triviais, dos quais não me lembro, em uma voz baixa, mas aguda, que fica mais fácil de distinguir com o barulho de um trem em movimento. A necessidade de satisfazê-lo, respondendo perguntas irrelevantes enquanto minha mente estava preocupada, me incomodou. Meus pensamentos se concentravam no caixão e em quem o ocupava, fazendo sua última viagem em circunstâncias tão diferentes daquelas em que havia começado, apenas dois dias antes, para encontrar a mulher que seu coração adorava, cuja mão ele nunca apertou, cujos lábios ele nunca tocou, cuja fruição de tais esperanças foram inteiramente interrompidas, cujo destino, a partir daquele momento, estava entre os caminhos misteriosos da eternidade.

Eu não poderia, nem por um segundo, sentir a mínima leveza em meu coração. Minha natureza era muito simpática, a corrente de meu sangue jovem fluía quente demais para que eu me sentisse de outra maneira além de profundamente afetado por essa catástrofe. Meus olhos verteram lágrimas internas ao ver seus pais, sentados mais à frente, as cabeças inclinadas com aquele golpe; e, ah!, meu coração derramou lágrimas de sangue ao pensar em Eleanor, deixada para trás na escuridão absoluta de uma noite que caíra durante a manhã.

Pensando *nela*, me perguntei se seu primo James conseguia se livrar dos problemas dos outros daquela forma, interessando-se por ninharias passageiras. Já disse que nunca gostei muito dele, mas eu era uma exceção à regra, pois James era querido por quase todos. Ao menos, quase nunca falhava em agradar e conquistar aqueles com quem tentava ser simpático. Sua voz era calma e bem-modulada — do tipo que, se alguém escutasse de outro apartamento, faria a pessoa querer ver o orador; suas maneiras eram graciosas e lisonjeiras.

Frequentemente, perguntava-me por que sua paixão evidente por Eleanor não havia garantido seus sentimentos antes de a moça conhecer Henry Moreland, e tinha chegado à conclusão de que era uma entre duas razões possíveis: ou a relação entre primos tinha criado nela a sensação de um irmão ou parente, ou sua excelente percepção, por ser a mulher superior que é, a fez ter inconscientemente uma estimativa real das qualidades de James. Naquele dia, senti menos afinidade por ele do que nunca, enquanto encarava seus traços sombrios e magros e via a luz de seus olhos brilhantes, instáveis e frios. Um egoísmo intenso, que atribuí em segredo a ele, estava, naquele momento, para a minha compreensão talvez aguda demais, dolorosamente aparente. Em meu coração, que ouvia seus comentários triviais e notava a ascensão de humor que ele mal se esforçava para conter, acusei-o de ficar grato por um rival ter saído de seu caminho, e que as chances para a mão de sua bela e rica prima tinham voltado a se abrir. A princípio, ele ficara chocado como todos nós; mas, depois que tivera a oportunidade de analisar o acontecimento com um olho no futuro, acredito que já estava calculando os resultados em relação às próprias esperanças e vontades. Dei-lhe as costas com uma sensação de aversão.

Depois de deixar de responder até ele ser obrigado a abandonar o monólogo, lembrei-me de que não tinha mencionado a perda de seu tio, então falei de súbito:

— Uma quantia foi roubada do sr. Argyll.

Uma expressão inexplicável apareceu em seu rosto, desaparecendo de forma tão repentina quanto tinha surgido.

— Ele me falou, pouco antes de começarmos. Disse que você vai colocar a polícia para investigar... que possivelmente a nota de quinhentos dólares será identificada. O dinheiro foi retirado da escrivaninha dele, ao que parece.

— Sim. Eu me pergunto o que vai acontecer.

— Ah! Eu também.

— Talvez *você* mesmo tenha escapado por pouco — falei. — Que bom que veio para cá em plena luz do dia; caso contrário, poderia ter sido vítima de um golpe no escuro, como o pobre Henry. O sr. Argyll acha que você pode ter sido seguido por um ladrão profissional.

— É o que ele pensa? — perguntou James, enquanto o vislumbre de um sorriso se revelou por um segundo no espelho de seus olhos; era como se houvesse uma alegria em seu coração e um reflexo de seu eu invisível tenha escapado por seus olhos, mas ele os apagou de imediato. — É estranho — disse ele. — Horrivelmente estranho, não acha? Vi o dinheiro na gaveta na noite de sexta-feira. Meu tio pediu para segurar o abajur por um momento, enquanto procurava alguns documentos, e notei o bolo de notas na gaveta, exatamente como tinha dado para ele. Deve ter sido roubado no sábado ou no domingo... é estranho... muito estranho! Deve haver um grande vilão entre nós!

Ele enfatizou essa última frase, olhando para mim com seus olhos escuros.

Havia uma suspeita em sua expressão, e baixei meu olhar. A própria inocência coraria se fosse obrigada a enfrentar o insulto da acusação. Desde a descoberta do assassinato, eu tinha muitas suspeitas extravagantes e, sem dúvida, erradas sobre várias pessoas, mas a maré tinha virado contra mim de repente. Nunca me ocorreu que, entre as dezenas de indivíduos de quem suspeitava de forma vaga e fugaz, poderia estar eu mesmo.

— Há um mistério horrível aí — declarei.

— *Humpf!* Sim, há. Meu tio Argyll é o homem perfeito para ser enganado por um de seus diversos amigos e dependentes. Ele confia em excesso nas pessoas... e lhe avisei disso. Já foi ludibriado com frequência... mas isso... é muito ruim!

Olhei para cima de novo, com o olhar afiado, para ver o que ele queria dizer. Se pretendia insinuar que *eu* estaria aberto à imputação como um dos "amigos ou dependentes" que poderia enganar um benfeitor, gostaria de entendê-lo. Sabia que o sr. Argyll era um amigo para mim, um amigo pelo qual eu era grato, mas não era dependente de sua generosidade como seu sobrinho, e o sangue quente correu para meu rosto, o fogo para os meus olhos, enquanto respondia à expressão fria de James com um olhar altivo.

— Não gostamos um do outro, Richard — disse ele —, o que é sobretudo culpa sua. Mas respeito você, e, como amigo, sugiro que seja discreto nesse assunto. Se você quiser aparecer, sendo tão jovem e aparentemente não tendo muito interesse no caso, poderá suscitar comentários desagradáveis em relação a si mesmo. Vamos relaxar e permitir que os mais velhos façam o trabalho. Quanto ao dinheiro, se tem ou não conexão com o... o outro assunto, o tempo talvez vá dizer. Deixe que a polícia faça o que pode... meu conselho é que fique nos bastidores.

— Sua conduta pode ser prudente, James — respondi. — Não quero sua aprovação. No entanto, já me decidi por uma coisa: não vou descansar enquanto o assassino de Henry Moreland não for descoberto. Por Eleanor, eu me consagro a esta vocação. Posso encarar o mundo inteiro em nome dela e nada tenho a temer.

Ele se virou, bufando, ocupando-se com a vista da janela. Durante o restante da viagem, falamos pouco. Suas palavras me deram uma sensação curiosa. Nas últimas 48 horas, tinha sofrido tantos choques, além dessa nova surpresa de me ver sob olhares suspeitos, misturada ao turbilhão desconcertante de todo o resto, até o ponto em que quase comecei a duvidar de minha própria identidade e da dos outros. Uma visão de Leesy Sullivan, cujos passos insensatos podem ainda estar cruzando colinas e campos, pairou acima de mim — e, apesar de toda essa distração, meus pensamentos se concentraram em Eleanor. Pedi fervorosamente a Deus para estar ao seu lado naquele momento, fosse para fortalecer seu coração e cérebro, para suportar a aflição sem se deixar cair em ruína ou para levá-la consigo imediatamente, onde Henry a esperava na mansão de sua eterna morada.

A chegada do trem à 30th Street me fez lembrar de meus deveres atuais. Carruagens esperavam para levar o caixão e seu séquito para a casa dos pais, sendo que o funeral aconteceria no dia seguinte. Vi o oficial que tinha saído de Blankville de manhã me esperando na estação, mas não precisava ser informado de que o homem não tinha encontrado a costureira em seu local de trabalho. Combinei de encontrá-lo à noite no Metropolitan e assumi minha posição na procissão até a casa dos Moreland.

Estava ávido para informar ao banco sobre o roubo e para me certificar de que poderiam identificar qualquer nota, sobretudo a de maior valor, que, por ser nova, imaginava que tivessem registro. O expediente bancário já tinha acabado, no entanto, só conseguiria resolver alguma coisa se me intrometesse no assunto após a notificação do sr. Moreland. Decidi fazer isso; ele me disse que, se fosse direto ao banco, achava que conseguiria acesso ao caixa, mas, em caso negativo, me deu um endereço, para que eu pudesse ir até a casa dele. O sr. Moreland também me aconselhou a levar um detetive competente, que deveria ser a testemunha da declaração do caixa em relação ao dinheiro sacado por James Argyll em nome do tio e ficar responsável pela colocação do restante da polícia na procura pelo montante ou por qualquer parte dele que fosse identificável. Ele me informou o nome de um oficial que conheceu por acaso, cujas habilidades tinha em alta conta, e me disse para fazer uso livre de seu nome e sua influência, se ele tivesse alguma, com a polícia.

— E, por favor, sr. Redfield... e James, se não estiverem muito ocupados... coloquem um anúncio nos jornais matinais oferecendo uma recompensa de cinco mil dólares pela identificação e pelo sentenciamento do... do... assassino.

James estava ao nosso lado durante a conversa, e quase retirei meu veredicto sobre seu egoísmo quando observei o quanto ele se encolheu com o olhar do pai enlutado recaindo sobre ele e como foi em vão seu esforço para parecer calmo diante do espetáculo comovente do cavalheiro de cabelos grisalhos, forçando seus lábios trêmulos a pronunciar a palavra "assassino". Ele tremeu muito mais do que eu enquanto nós dois apertamos a mão do sr. Moreland e saímos escada abaixo.

— O acontecimento o emasculou — comentou James, parando por um momento na calçada para limpar o suor da testa, embora o dia não estivesse nem um pouco quente. — Acredito que — falou, conforme caminhávamos lado a lado —, se o indivíduo que resolveu cometer um assassinato refletisse sobre todas as consequências de seu ato, a coisa nunca seria levada a cabo. Mas ele não faz isso. Ele vê um objeto no caminho de seus desejos e o força para o lado, sem se importar com a ruína que vai sobrepujar as coisas ao redor, até ver os destroços caírem sobre ele. Então, é tarde demais para sentir remorso... para o inferno com isso. Mas não preciso filosofar com você, Richard, que precocemente recebeu o privilégio da sabedoria — e James deu aquela risada incômoda dele —, só estava pensando em como o culpado teria se sentido se pudesse ter visto o pai de Henry como acabamos de vê-lo.

E, mais uma vez, senti o olhar dele em mim. Decerto, não parecia haver qualquer perspectiva do aprofundamento de nossa amizade. Teria preferido dispensar sua companhia, enquanto aplicava toda a minha energia em meus afazeres,

O DEPARTAMENTO DE CARTAS MORTAS

mas era natural que ele esperasse me acompanhar em uma incumbência na qual tinha tanto interesse quanto eu. Saindo da avenida da Broadway, tomamos uma diligência que seguia até a Grad Street, quando descemos e caminhamos até a delegacia de polícia.

O delegado não estava no momento em que entramos; fomos recebidos por um subordinado e questionados sobre o motivo de nossa visita. Os jornais matinais haviam anunciado o melancólico e misterioso assassinato por toda a cidade, centenas de milhares de pessoas já haviam se maravilhado com a ousadia e o sucesso, o silêncio e a subitaneidade com os quais o ato foi realizado, sem deixar uma única pista. Essa era a sensação do dia por toda Nova York e suas imediações. A mente do público estava ocupada com conjecturas sobre o *motivo* do crime. E este seria um dos afiados espinhos cravados no coração dos angustiados amigos do homem morto. De repente, sob a brilhante luz do dia, diante do olhar impiedoso de um milhão de olhares curiosos, foi trazida cada palavra, ato ou circunstância da vida que terminou tão abruptamente. Era necessário para a investigação do caso que as páginas mais secretas de sua história fossem lidas em voz alta — e não era do feitio de um jornal diário negligenciar tal oportunidade em troca de dinheiro honesto. Deixe-me dizer que ninguém, entre dez mil pessoas, poderia ter resistido a essa prova de fogo como Henry Moreland. Nenhuma contratação escusa, nenhum inimigo público, nenhuma intriga secreta, nenhum débito de jogatina — nenhuma mancha no resplandecente histórico de sua exemplar vida cristã.

De volta à delegacia, nossa tarefa imediatamente chamou a atenção do indivíduo responsável, que mandou um mensageiro ir atrás do delegado. Ele também nos informou que alguns de seus melhores homens tinham ido até Blankville naquela tarde para se reunir com as autoridades de lá. O bem-estar público exigia, assim como o interesse de pessoas privadas, que o culpado fosse descoberto, se possível. A impunidade aparente com a qual o crime foi cometido era alarmante, fazendo com que cada cidadão sentisse que era uma questão pessoal ajudar a desencorajar tais práticas; além disso, a polícia sabia que seus esforços seriam bem-recompensados.

Enquanto estávamos sentados, conversando com o oficial, notei o único outro ocupante da sala, que, não sei por quê, me causou uma impressão peculiar.

Era um homem grande, de meia-idade, com o rosto vermelho e cabelos amarelados. Estava discretamente vestido da maneira comum da estação, sem algo para diferenciá-lo de milhares de outros homens de aparência semelhante, a não ser a expressão de seus pequenos olhos azul-acinzentados, cujo olhar, quando por acaso o encontrei, pareceu não me ver, mas me compreender. No entanto, ele o afastou e se concentrou em encarar os transeuntes na janela. Parecia ser um estranho esperando, como nós, a chegada do delegado.

Desejando contar com os serviços do detetive específico que o sr. Moreland recomendou, perguntei ao subordinado responsável se poderia me informar onde o sr. Burton poderia ser encontrado.

— Burton? Não conheço ninguém com esse nome, acho... se posso excetuar minha experiência de palco com o sr. Toodles* — disse ele, com um sorriso, lembrando-se de alguma visão passageira de sua última visita ao teatro.

— Então, não há um sr. Burton em seu batalhão?

— Não que eu saiba. Mas ele pode ser um de nós, afinal. Não fingimos não conhecer nossos próprios irmãos aqui. Pode perguntar ao sr. Browne quando ele chegar.

---

* Provável referência ao ator William Evans Burton, que ficou famoso ao interpretar o papel cômico de Timothy Toodles na peça *The Toodles* no século XIX. [*N.T.*]

Durante todo aquele tempo, o estranho permaneceu sentado, sem se mexer, absorto na visão das pessoas e dos veículos na rua abaixo; e eu, sem algo para fazer, apenas o observei. Senti um magnetismo emanando dele, como uma fábrica de forças vitais; senti, instintivamente, que ele tinha uma vontade férrea e uma coragem indomável. Estava especulando, de acordo com meu hábito distrativo, sobre suas características, quando o delegado apareceu, e nós, ou seja, James e eu, apresentamos nosso caso para ele — ao mesmo tempo, mencionei que o sr. Moreland desejava que eu solicitasse que o sr. Burton fosse destacado para ajudar em nossa investigação.

— Ah, sim! — disse o sr. Browne. — Há muitas pessoas lá fora que conhecem esse nome. Ele é meu braço direito, mas não deixo que o esquerdo saiba o que faz. Eu me lembro de que o sr. Moreland contou com seus serviços uma vez, para encontrar alguns ladrões que entraram em seu banco. Pobre jovem Moreland! Eu o via com bastante frequência! Algo verdadeiramente assustador. Não devemos descansar enquanto não soubermos mais sobre isso. Espero apenas que possamos ajudar esse pai aflito. Por sorte, Burton está bem aqui.

Ele acenou para o estranho sentado à janela, que havia escutado as perguntas feitas sobre si sem a menor demonstração de que lhe diziam respeito e, naquele momento, o homem se levantava devagar, aproximando-se de nós. Então, fomos a um escritório e nos apresentamos uns aos outros, e, colocando nossas cadeiras em círculo, começamos a discutir o problema em voz baixa.

O sr. Browne foi loquaz quando soube que um roubo havia sido cometido na casa do sr. Argyll. Afirmou não ter dúvidas de que os dois crimes estavam conectados e que seria muito estranho se nada fosse descoberto em relação a qualquer um deles. Ele torcia para que o crime menor fosse um meio de desvendar o maior. E esperava que o bandido, quem quer que fosse, tivesse, nesse ato imprudente, feito algo para trair a si mesmo. E ainda tinha esperanças de que a nota de quinhentos dólares fosse encontrada.

O sr. Burton falou muito pouco, além de fazer duas ou três perguntas, mas era um bom ouvinte. Na maior parte do tempo, permaneceu com o olhar fixo em James, que tagarelou bastante. Juro por minha vida que não saberia dizer se meu amigo estava consciente daqueles olhos azul-acinzentados que o observavam; se estava, não o perturbavam, pois o rapaz fez suas declarações de maneira calma e lúcida, observando o rosto do sr. Burton com um olhar claro e franco. Depois de algum tempo, o homem começou a ficar inquieto; por mais poderosa que fosse sua estrutura física e mental, vi as duas se estremecendo; e ele se forçou a permanecer quieto na poltrona — mas, para mim, o detetive tinha o ar de um leão que vê sua presa a curta distância e que treme com moderação. A luz em seus olhos se reduziu a um brilho concentrado de fogo — um ponto de aço brilhante —, e ele olhou para o restante de nós sem falar muito. Se eu fosse culpado, teria me esquivado daquele olhar através das próprias paredes ou de uma janela de cinco andares, se não houvesse outra maneira; ocorreu-me que aquilo teria sido insuportável para qualquer consciência pesada. Contudo, visto que minha mente não era sobrecarregada por pouco mais do que alguns disparates juvenis — salvo o egoísmo e a mundanidade que fazem parte da natureza humana —, eu me sentia livre, respirando facilmente, enquanto notava com interesse a mudança que ocorria no sr. Burton.

Cada vez mais parecido com um leão prestes a dar o bote, seu tamanho aumentou; porém, se sua presa estava perto e visível ou distante e visível apenas em sua mente, eu não saberia dizer. Quase dei um pulo quando ele enfim se levantou; esperava vê-lo vinculado a um fantasma culpado, intangível para nós, sacolejando-o em pedaços por uma ira honesta; mas, qualquer que fosse a paixão dentro dele, o homem se controlou, falando com um toque de impaciência:

— Já basta, cavalheiros, já conversamos o suficiente! Browne, pode ir com o sr. Argyll para o banco e ver a questão do dinheiro? Não quero que saibam por lá que faço parte da polícia. Vou com o sr. Redfield para o hotel em que estão hospedados. Que horas pode nos encontrar lá?

— Vou demorar até a hora do chá para chegar ao banco. Digamos às oito da noite então, e estarão no...

— Metropolitan — falei, e o quarteto partiu, com metade indo para o centro da cidade e metade seguindo na direção contrária.

No caminho até o hotel, conversamos descontraídos sobre assuntos diferentes daquele que dominava os pensamentos mais graves de ambos. O sr. Burton falava mais naquele momento do que no escritório, talvez com o objetivo de eu me expressasse mais livremente, embora, se fosse o caso, ele conseguiu fazê-lo com tanto tato que seu desejo não ficou aparente. Não teve muito sucesso; a calamidade sobre nossa casa pesava demais sobre mim para que pudesse esquecê-la em um instante; no entanto, eu era com frequência surpreendido pelo caráter do homem que estava conhecendo. Ele era inteligente, até instruído, um cavalheiro na linguagem e nos modos — uma pessoa bem diferente, na verdade, do que esperava de um membro da polícia.

Trancados no aposento privado que consegui no Metropolitan, o assassinato foi novamente abordado e discutido à exaustão. O sr. Burton ganhou minha confidência de forma tão inevitável, que não hesitei em revelar-lhe sobre o lar do sr. Argyll, sempre que os hábitos ou as circunstâncias da família eram consultados em sua relação com o mistério. Foi quando ele me disse, fixando o olhar sobre mim, mas com tom gentil:

— O senhor também ama a senhorita.

Não corei nem fiquei zangado. O olhar penetrante tinha lido o segredo de meu coração, que nunca fora falado ou escrito e, ainda assim, não me senti ultrajado por ele ter ousado retirar aquilo de mim. Se pudesse encontrar qualquer coisa contra minha pessoa naquela mais sagrada verdade da existência, era bem-vindo para tal.

— É verdade — falei —, mas isso é assunto meu, e de mais ninguém.

— Há outros que a amam — disse ele —, mas há uma diferença na qualidade do amor. Existe o amor que santifica, e algo, chamado pelo mesmo nome, que é uma desculpa para a perfídia infinita. Em minha experiência, o amor por uma mulher e o amor por dinheiro estão por trás da maioria das injúrias... a ganância é de longe a mais comum e forte, e, quando os dois estão juntos, há motivo o bastante para a mais sombria das tragédias. Contudo, o senhor mencionou uma jovem, sobre a qual recaem suas suspeitas.

Falei que, sobre aquilo, contava com a discrição dele, e não mencionei nada ao sr. Browne porque queria evitar o perigo de fixar uma desconfiança nociva sobre uma pessoa que poderia ser perfeitamente inocente; as circunstâncias, porém, demandavam uma investigação, e tinha certeza de que ele era a pessoa certa para isso. Então, forneci-lhe um relato cuidadoso de tudo o que vi e soube sobre a costureira. O sr. Burton concordou comigo que ela deveria ser vigiada em segredo. Disse a ele que o oficial de Blankville viria depois do chá, quando poderíamos nos reunir e discutir a questão antes da chegada de James e do sr. Browne — e então toquei a sineta e fiz o pedido de um jantar leve.

O oficial de Blankville nada tinha a reportar sobre a srta. Sullivan, exceto que ela ainda não havia chegado nem na pensão, nem na loja em que trabalhava, sendo que a tinham em alta conta em ambos os lugares. Ela fora descrita como uma pessoa "correta", muito reservada, de saúde debilitada e aparência triste, além de excelente funcionária — nenhum cavalheiro a visitava e ela nunca saía depois de voltar para a pensão ao fim do expediente. Então pedimos a ele para nada dizer sobre a moça a seus colegas de trabalho e para manter o assunto longe dos jornais, pois nos arrependeríamos de causar um dano irreparável a alguém que era perfeitamente inocente.

Parecia que as moiras estavam favorecendo o culpado. O sr. Browne, às oito da noite em ponto, relatou que o banco não poderia identificar as notas dadas a James Argyll sob pedido do tio — nem a cédula de quinhentos dólares, que era uma impressão recente. Eles passaram uma nota como aquela no saque, mas não haviam registrado o número de série.

— No entanto — disse o sr. Browne —, cédulas deste valor são incomuns, e ficaremos de olho nelas onde quer que apareçam.

— Mas, mesmo que o ladrão seja descoberto, não há prova que estabeleça uma conexão com o assassinato. Pode ter sido uma coincidência — comentou James. — Muitas vezes notei que uma tragédia quase sempre deriva de outra. Se há um desastre de trem, uma explosão de um moinho de pólvora, um navio a vapor destruído pelo fogo, antes que o horror do primeiro acidente tenha diminuído, temos quase certeza de que seremos surpreendidos por outra catástrofe.

— Eu também — falou o sr. Burton — notei a sucessão de eventos: ecos, por assim dizer, após o estrondo do trovão. E costumo descobrir que, como os ecos, há uma causa natural para eles.

James se mexeu, inquieto, na cadeira, levantou-se, abriu as cortinas e encarou a noite. Com frequência percebia que ele era um tanto supersticioso; talvez visse Henry Moreland o observando dos confins estrelados; o rapaz então puxou as cortinas com um arrepio e voltou até nós.

— Não é impossível — falou ele, mantendo o rosto nas sombras, pois não gostava que víssemos o quanto a noite o afetava — que um dos funcionários do banco do sr. Moreland... talvez um indivíduo confiável e responsável... tenha sido detectado por Henry ao fazer falsos registros no livro ou alguma outra desonestidade, e que, para se salvar da desgraça da traição e da demissão, tenha matado aquele que o descobrira. Todo o negócio deveria ser revisto com cuidado. Aparentemente, Henry foi direto do escritório para a estação, então, se qualquer problema tivesse surgido entre ele e um de seus empregados, não houvera a oportunidade de consultar seu pai, que não estava no local durante toda a tarde.

— É uma boa hipótese — afirmou o sr. Browne — e deve ser seguida.

— O paradeiro de cada um dos funcionários, até o do porteiro, no momento do assassinato, já foi verificado. Estavam todos na cidade — falou o sr. Burton, com precisão.

Pouco depois, o grupo se desfez. Um convite urgente chegou para James e para mim, vindo do sr. Moreland, para visitarmos sua casa durante nossa estada na cidade. No entanto, achamos melhor não perturbar a quietude da morada enlutada com os assuntos que gostaríamos de resolver, e respondemos algo nesse sentido.

Já eram quase dez da noite quando James se lembrou de que ainda não havíamos comparecido aos escritórios dos jornais diários com o anúncio que deveria ser publicado pela manhã. Demorei apenas alguns minutos para compô-lo, e ele foi então copiado em três ou quatro folhas de papel. Lá embaixo, encontramos um garoto de recados, que foi despachado com duas das cópias para diversos jornais, e nós mesmos corremos para outros. Fui para um dos estabelecimentos, e meu companheiro para outro, de forma a apressar os procedimentos, sabendo que talvez não fosse possível incluí-los no jornal devido à hora avançada.

Para minha satisfação, fui bem-sucedido em minha missão, e pensei em caminhar até a próxima rua e encontrar James, que, tendo ido um pouco mais além do que eu, provavelmente estaria retornando.

Conforme me aproximava do prédio para o qual ele tinha ido, com as luzes completamente acessas devido ao turno da noite, vi James sair para a rua, olhar ao redor por um instante, e então seguir para a direção oposta que o levaria à Broadway e ao hotel. Ele não me viu, pois, por acaso, estava nas sombras naquele momento; e eu, sem qualquer motivo em particular que pudesse analisar, o segui, pensando em alcançá-lo e me oferecer para caminhar com ele. Contudo, seus passos eram tão rápidos que permaneci para trás. Passamos pela Nassau e pela Fulton, até a barca do Brooklyn. Enquanto James ultrapassava a bilheteria, apertei o passo quase a ponto de correr, pois vi que havia um barco de saída. Porém, tive uma demora vexatória para encontrar trocados, de forma que cheguei a tempo de ver a embarcação se afastar, sendo que o próprio James teve que dar um belo salto para alcançá-la após zarpar.

Àquela hora, havia um barco a cada quinze minutos; evidentemente, desisti da perseguição e, sentando-me na ponta da passarela, deixei que o vento fresco da baía e do rio soprasse em meu rosto quente enquanto analisava a água escura, ouvindo seus gemidos incessantes no cais e observando onde ela brilhava sob as luzes na margem oposta. As lâmpadas azuis e vermelhas das embarcações em movimento, em meu humor atual, tiveram um efeito estranho e sinistro; os milhares de mastros de barcos ancorados erguiam-se nus contra o céu, como uma floresta de pinheiros destroçados e esqueléticos. Tristeza, a mais profunda que já senti na vida, recaiu sobre mim — uma tristeza grande demais para qualquer manifestação. A água inconstante, deslizando e suspirando pelas obras dos homens que a agitavam; o céu inalcançável, brilhante; a floresta sem folhas, o vento fresco das solidões oceânicas — essas coisas em parte interpretavam isso, mas não em sua totalidade. A alma deles, até onde vai a alma da natureza, estava de acordo com a minha; mas na humanidade há ainda uma profundeza mais reentrante, uma altura mais elevada. Eu me sentia sozinho, como se não estivesse cercado por quase um milhão de criaturas semelhantes. Pensei nas diversas tragédias sobre as quais essas águas se fecharam, nos segredos que escondiam, nas muitas vidas tomadas sob essas pontes impiedosas, nas criaturas sombrias que assombravam aquelas docas à noite — mas, acima de tudo, pensei em um aposento distante, onde uma garota que até ontem vivia cheia de amor e beleza, como uma rosa fica cheia de orvalho e perfume pela manhã, cuja vida transbordava de luz, cujos passos eram imperiais com a felicidade da juventude, estava naquele momento deitada, cansada e pálida, em sua cama fatigada, suspirando miseravelmente. Pensei na procissão fúnebre que no dia seguinte, ao meio-dia, deveria passar por aquela rua e viajar por essas águas, até o jardim do repouso, cujas lápides alvas eu conhecia, embora não pudesse vê-las, cintilando sob a "luz fria das estrelas".

Lá permaneci, absorto em devaneios, até um policial, que provavelmente já me vigiava havia algum tempo, considerando se eu era de caráter suspeito, gritar:

— Coloque essas pernas para trabalhar, meu jovem!

E logo me pus de pé, conforme a barca retornava para seu ancoradouro, flutuando e batendo na extremidade da passagem onde minhas pernas estavam penduradas.

Esperei até, entre os poucos passageiros, ver James, apressado, quando agarrei seu braço sem alarde, falando:

— Você me fez correr um bocado... por que foi até o Brooklyn?

Ele se sobressaltou com a minha voz e meu toque, então ficou furioso, como em geral as pessoas ficam após o choque de um susto passar.

— O que tem em mente, Richard? Como se atreve a me seguir? Caso tenha assumido para si o papel de espião, por favor, me diga.

— Peço desculpas — falei, retirando a mão de seu braço. — Fui até o escritório do jornal para encontrá-lo, mas o vi caminhando nessa direção. Não tinha objetivo particular algum em segui-lo, e talvez não devesse ter feito isso.

— Fui grosseiro com você — disse ele, quase de imediato. — Esqueça, Richard. Você surgiu de forma tão inesperada que me deu um susto... e trouxe à tona minha agressividade, suponho. Pensei, é claro, que tinha retornado ao hotel, mas, sentindo-me agitado demais para voltar ao meu pequeno quarto, resolvi testar o efeito de um passeio pelo rio. O ar revigorante me tonificou. Acredito que posso voltar e descansar — falou, me oferecendo novamente o braço, que tomei, e devagar refizemos nossos passos para o Metropolitan.

Não vou magoar o coração de meu leitor ao forçá-lo a fazer parte da triste procissão que acompanhou Henry Moreland até o túmulo prematuro. Às duas da tarde de terça-feira, tudo havia acabado. A vítima se escondera da face da terra — sorrindo, como se dormisse e sonhasse com sua Eleanor, e foi entregue à escuridão da qual nunca acordaria e encontraria sua amada —, enquanto aquele que o abatera caminhava sob a luz do sol. Não dar paz àquela criatura culpada era o propósito de meu coração.

James resolveu retornar a Blankville no trem das cinco da tarde. Ele parecia doente, e disse que se sentia assim — que a última cena difícil o "esgotara" e que seu tio decerto gostaria que um de nós o ajudasse em casa. Concordei, embora intencionasse permanecer na cidade por mais um ou dois dias, enquanto o sr. Burton se preparava para ir a Blankville comigo.

Após alguns dos amigos do vilarejo que compareceram ao funeral começarem a voltar para casa nos trens vespertinos, fui para o meu quarto, a fim de conversar com o detetive. Nesse ínterim, ouvi alguns pormenores da história do sr. Burton, que aumentaram ainda mais o interesse que tinha por ele. O sujeito escolhera sua ocupação atual por ter consciência de sua aptidão para ela. Agia de forma independente, sem aceitar salário pelo que, para ele, era um trabalho feito por amor, raramente aceitando as somas entregues a ele pelos indivíduos agradecidos que se beneficiaram de suas habilidades, exceto para cobrir as despesas de longas viagens ou outras necessidades que o caso pudesse ter apresentado. Tinha aquela "profissão" havia poucos anos. Antes, fora despachante, estimado por sua integridade, levando consigo a influência pessoal que homens de caráter forte e discernimento incomum exercem sobre aqueles que encontram. Porém, se tinha qualquer poder extraordinário, do tipo que desde então se desenvolveu, era tão ignorante em relação a eles quanto outros. O acidente que os revelou moldou o futuro de sua vida. Em certa noite de uma ventania violenta, os sinos de incêndio de Nova York tocaram um alarme ensurdecedor; as chamas de um enorme fogaréu iluminavam o firmamento; os bombeiros trabalhavam bravamente, como era de costume, mas havia fumaça no ar e neve nas calçadas, e o vento invernal "fez travessuras tais diante dos céus"* que o anjo da misericórdia quase se desesperou. Antes que o fogo pudesse ser vencido, quatro armazéns foram completamente queimados, sendo que um deles acomodava uma boa quantidade de mercadorias sem seguro pelas quais o sr. Burton era responsável.

A perda, para ele, foi séria. Mal escapou da falência e precisou diminuir seu negócio ao máximo. Através do exercício de grande prudência, conseguiu salvar um resquício de sua fortuna, com a qual, assim que conseguiu garanti-la, aposentou-se da carreira mercantil. Sua mente estava inclinada para um novo negócio, que o incapacitava de exercer qualquer outro.

O incêndio deveria ter sido puramente acidental; as companhias de seguro, em geral bastante cautelosas, pagaram os diversos montantes para os afortunados que perderam suas mercadorias, indivíduos que, diferentemente do sr. Burton, prepararam-se melhor. Esses indivíduos eram homens ricos, nas melhores posições de empresas de negócios — personalidades conhecidas e poderosas, contra as quais uma simples acusação de calúnia oprimiria o cidadão audacioso às ruínas de sua própria audácia. O sr. Burton tinha uma certeza íntima de que esses homens eram culpados pelo incêndio criminoso. Tinha certeza daquilo. Sua mente notou a culpa deles. No entanto, não podia fazer acusação alguma com uma base tão insubstancial. Esforçou-se, quieto e sozinho, para reunir os fiapos de provas, e, quando tinha evidências suficientes para que fossem enforcados duas vezes — pois duas vidas, a de um porteiro e de um escrivão, foram perdidas nas cha-

---

* Referência à peça *Medida por medida*, Shakespeare. Ato 2, cena 2. [*N.T.*]

mas dos prédios —, ele os ameaçou com a denúncia, a menos que o compensassem pela perda sofrida devido à sua vilania. De suas fortalezas de respeitabilidade, os homens riram dele. O sr. Burton levou o caso aos tribunais. Pobre da pura e alva estátua da Justiça que embeleza as profanadas câmaras da lei. Juntos, com meios inesgotáveis de corrupção a seu comando, os culpados saíram vitoriosos.

Durante essa experiência, o sr. Burton teve um vislumbre interno da vida, nos mercados, nas bolsas de valores, nos tribunais e nos lugares elevados e baixos onde homens congregam. Era como se, com o fio que pegara em sua mão, ele tivesse revelado toda a teia da inequidade humana. Ardendo com a sensação de seus erros individuais, não conseguia olhar com calma e ver outros igualmente expostos, e ficou fascinado com o trabalho de trazer os segredos perigosos de uma comunidade à luz. Quanto mais utilizava as faculdades peculiares de sua mente, que o tornavam um caçador tão bem-sucedido de partes culpadas, melhor elas se desenvolviam. Ele era como um indígena no rastro de seu inimigo — a grama amassada, o ramo partido, o orvalho evanescente —, o que, para os não iniciados, eram "bobagens", para ele eram como "provas tão firmes quanto o Evangelho"*.

O sr. Burton não foi movido por motivos perniciosos nesse trabalho. Íntegro e humano, com um coração generoso que se apiedava dos inocentes lesionados, sua consciência não lhe permitia descanso enquanto ele permitisse o crime, que podia ver a caminho, enquanto outros falhavam nessa missão, a florescer sem ser molestado sob a luz do sol, feita para coisas melhores. Ele se uniu aos detetives secretos da polícia, trabalhando apenas nos casos que demandavam o benefício de seus raros poderes.

---

* Frases de Otelo, ato 3, cena 3. [*N.T.*]

Todos esses fatos sobre o sr. Burton, o delegado revelou para mim durante uma breve conversa naquela manhã, e essa informação, supõe-se, não diminuiu o fascínio que ele tinha por mim. A primeira coisa que o homem falou, após os cumprimentos iniciais, foi:

— Eu descobri que nossa costureira recebe uma visita constante: uma mulher de meia-idade, ama-seca, que leva uma criança, que agora tem por volta de um ano, todo domingo para passar metade do dia com ela, quando não vai para Blankville. Quando vai, a criança é levada durante a noite em algum momento da semana. Ela, segundo a senhoria, é a filha de uma prima da srta. Sullivan, que foi casada com um sujeito imprestável, que a abandonou após três meses e foi para o Oeste; a mãe morreu no parto, deixando a criança sem nada, e a srta. Sullivan, para mantê-la longe do hospital de caridade, contratou essa mulher para cuidar dela ao lado do próprio bebê, pagando doze xelins por semana. Ela era, de acordo com o que contou à senhoria, muito apegada à pobre criança e não poderia abandoná-la.

— Tudo isso pode ser verdadeiro...

— Ou falso... conforme o caso talvez venha a demonstrar.

— Não será difícil verificar se essa prima realmente foi casada e morreu. A moça ainda não voltou ao trabalho, suponho?

— Não. Sua ausência dá uma aparência ruim à coisa. Sem dúvida, tem alguma conexão com o caso, porém, só saberemos o quanto ela está envolvida nisso quando a descobrirmos. Quem quer que tenha sido a mãe da criança, parece evidente, pelo teor da história da senhoria, que a srta. Sullivan é muito ligada a ela, e é razoável presumir que, mais cedo ou mais tarde, retornará para vê-la. Em sua ânsia para chegar ao ninho, vai voar para a armadilha. Tomei providências para que eu seja informado se ela aparecer em qualquer uma de suas antigas moradas ou na casa da ama-seca. E, agora, acredito, vou com o senhor para Blankville por um dia. Gostaria de ver o local em que a tragédia aconteceu e também a residência do sr. Argyll, o jardim, a biblioteca de onde o dinheiro foi extraviado etc. Uma imagem clara desses lugares, em minha mente, pode ser útil de forma inesperada. Se não ouvirmos algo sobre ela no vilarejo, voltarei para a cidade e esperarei seu retorno aqui, que decerto acontecerá dentro de um mês.

— Por que dentro de um mês?

— As mulheres sempre se arriscam quando há a dependência de uma criança pequena. Quando a ama-seca descobrir que o bebê foi abandonado por sua protetora e não receber o pagamento, vai passar a responsabilidade para as autoridades. Para evitar isso, a garota terá que voltar. No entanto, espero que não leve um mês para conseguirmos o que queremos. Será curioso se não encerrarmos esse assunto melancólico antes desse tempo. A propósito, o senhor e o jovem Argyll fizeram uma grande brincadeira de esconde-esconde naquela noite!

Quando olhei impressionado para ele diante do comentário, o sr. Burton apenas riu.

— É meu trabalho, o senhor sabe.

Esta foi sua única explicação.

6. DOIS ELOS NA CORRENTE

Fomos para Blankville naquela noite mesmo e chegamos tarde. Confesso que senti um arrepio frio como aço e olhei para trás algumas vezes enquanto subíamos a colina a partir da estação; meu companheiro, porém, não era culpado de tal fraqueza. Ele manteve uma vigília tão atenta quanto o luar poente permitia, mas foi apenas com o objetivo de se familiarizar com o local. Passamos pela mansão Argyll a caminho da pensão; era tarde demais para bater à porta; as luzes estavam apagadas, com exceção da que sempre queimava no vestíbulo e em dois ou três dos aposentos.

Um pico de emoções me oprimiu, conforme me aproximava da casa; teria de bom grado encostado minha cabeça nos pilares do portão e chorado — lágrimas que um homem pode verter sem censura, pois a mulher que ele ama sofre. Uma ansiedade crescente me possuiu para ter notícias de Eleanor, visto que informação alguma sobre sua condição física ou mental chegou até mim desde que aquele grito agudo anunciou seu coração partido pelo sofrimento da separação final. Se não soubesse que uma batida à porta àquela hora da madrugada poderia assustar a família e deixá-la ansiosa, teria ido questionar sobre o estado de minha amada por um instante. O clarão pálido da lua que se encaminhava para o ocaso aparecia por trás dos galhos das árvores silenciosas, que se assomavam sobre a massa escura da mansão senhorial, sendo que nem um sopro agitava a folhagem seca. Cheguei a ouvir uma folha que se soltou e desceu até o gramado.

— É um bom lugar — comentou meu companheiro, parando, porque meus próprios passos foram suspensos.

Eu não poderia responder; ele, então, tomou meu braço e seguimos em frente. O sr. Burton se tornava mais um amigo do que apenas um detetive com quem trabalhava.

Naquela noite, cedi meu quarto para ele, tomando um aposento menor adjacente. Depois do desjejum, fomos para o vilarejo e fizemos nossa primeira investida no escritório. O sr. Argyll estava lá, parecendo magro e abatido. Ele falou que estava feliz por eu estar de volta, pois se sentia inapto para os afazeres e deixaria o manto do trabalho recair sobre meus ombros dali em diante.

Havia um entendimento implícito, embora nunca formalmente acordado, de que eu me tornaria sócio na firma de advocacia de meu mestre quando pudesse exercer plenamente a profissão. Não havia alguém associado ao sr. Argyll em seu grande e lucrativo negócio, e ele chegava a uma idade em que sentia que deveria se aposentar ao menos das tarefas mais árduas. Não duvidava de que pretendia me oferecer o cargo ao invés de a algum candidato, pois o sr. Argyll já tinha mencionado isso diversas vezes. A perspectiva era excepcionalmente boa para alguém tão jovem quanto eu, e me incentivou ao estudo paciente, ao esforço ávido e ambicioso. Considerei, corretamente, que o respeito por meus hábitos de dedicação mental e uma fé em meus talentos ainda não desenvolvidos fizeram o sr. Argyll me oferecer o encorajamento previsto. Esta era outra razão pela qual James não gostava de mim. Ele não conseguia encarar a realidade de que alguém, por assim dizer, o suplantara. Em vez de ver que a culpa que recaía era dele mesmo e remediar a situação, prosseguiu pelo caminho difícil de me considerar um rival e intruso. Ele também era estudante no escritório, estava um ano atrasado nos estudos, e, assim, se um dia se tornasse sócio, seria como um terceiro membro da firma. Porém, isso se devia unicamente à sua habitual indolência, que lhe dava aversão aos detalhes insípidos do trabalho de um advogado. Na verdade, ele gostaria que seu exame fosse ignorado para ser admitido com base na reputação do tio e depois ser empregado apenas para fazer esforços de oratória brilhantes diante do juiz, do júri e do público, após outra pessoa ter feito todo o penoso trabalho do caso e colocado suas armas à mão.

Se o sr. Argyll tivesse de fato a intenção de admitir o filho de seu velho amigo no escritório em vez do próprio sobrinho seria simplesmente por prudência nos negócios. Eu faria meu exame no dia 1º de novembro; o comentário, então, feito por ele, conforme eu observava como ele parecia esgotado e adoentado, não foi uma surpresa para mim — veio somente como uma confirmação de minhas expectativas.

Naquele instante, James entrou no escritório. Havia uma nebulosidade em seu olhar, sem dúvida causada pelas palavras do tio. Ele mal teve tempo de apertar minha mão antes de dizer:

— Por que, tio, se o senhor está preocupado e sobrecarregado, não falou *comigo*? Ficaria feliz em ajudá-lo. Mas parece que hoje em dia não tenho a menor importância.

O sr. Argyll sorriu diante daquela explosão de raiva, como teria feito com a irritação de uma criança. Seria impossível para um pai ser mais gentil com o filho do que o sr. Argyll era com James, mas depender dele para ajuda ou conforto real era como se apoiar em cana quebrada*.

A nuvem sobre o rosto do jovem trovejou quando ele reparou na presença do sr. Burton, ainda que, se eu não estivesse olhando diretamente para ele, nada teria notado, pois o sentimento desapareceu em um instante. Ele, então, deu um passo com franca cordialidade, estendendo a mão e falando:

---

* Referência à passagem bíblica em Isaías 36:6. [*N.T.*]

— Não esperávamos que o senhor viesse. De fato, não esperávamos que Richard voltasse tão cedo. Algo aconteceu?

— Achamos que vai acontecer muito em breve — respondeu o detetive. — Percebo que o senhor está bastante ansioso... e não há surpresa alguma nisso.

— Não... surpresa alguma! Estamos todos absortos... e, quanto a mim, meu coração sangra por meus amigos, sr. Burton.

— E o coração de seus amigos sangra por você.

O sr. Burton tinha uma voz peculiar, penetrante, embora não alta; eu estava conversando com o sr. Argyll e, ainda assim, ouvi sua resposta sem de fato a estar escutando. Não a compreendi e, na verdade, deixei-a entrar por um ouvido e sair pelo outro, pois perguntava sobre Eleanor.

— Ela está melhor do que esperávamos — contou o tio, limpando as lágrimas que surgiram à menção do nome dela —, mas, lamentavelmente, isso não significa muita coisa. Minha filha nunca mais será a mesma. Minha bela Eleanor jamais voltará a ser meu raio de sol. Não que sua mente esteja abalada... ela permanece apenas demasiadamente sensível. Mas seu coração está partido. Consigo ver isso... partido, além de qualquer remendo. Ela não saiu da cama desde que Henry foi levado. O médico me assegurou de que não há algo perigoso em sua condição, apenas a fraqueza natural do organismo após um sofrimento intenso, como se tivesse suportado uma grande dor física. Ele diz que minha filha se recuperará em breve.

— Se pudesse carregar o fardo dela, não pediria por qualquer outra coisa — falei.

Minha voz devia estar transbordando o sentimento que habitava em mim, pois o sr. Argyll me lançou um olhar intrigado; acho que foi a primeira vez que suspeitou da paixão impossível que eu acalentava por Eleanor.

— Todos nós devemos suportar nossos próprios problemas — sentenciou ele. — Pobre Richard, temo que você tenha alguns para enfrentar, como o restante de nós.

Quando voltei a compreender o que estava se passando entre os outros dois, James compartilhava com o sr. Burton, muito animadamente, alguma informação que havia sido apresentada às autoridades do vilarejo. Fui tomado por ela, é claro.

Um cidadão respeitável de uma cidade a cinquenta ou sessenta quilômetros de distância pela estrada de ferro, ouvindo falar do assassinato, deu-se ao trabalho de vir a Blankville para declarar algumas coisas que observara na noite do crime. Ele afirmou ter sido passageiro no trem que veio de Nova York na tarde de sábado; que o assento em frente ao dele era ocupado por um jovem cavalheiro, que, pela descrição dada, tinha certeza se tratar de Henry Moreland. Segundo ele, como não havia muitas pessoas no vagão, deu mais atenção àqueles mais próximos; que foi particularmente atraído pelo jovem bem-apessoado, com quem trocou algumas palavras em relação à tempestade e que o informou que não iria além de Blankville.

"Depois de algum tempo de viagem", falou a testemunha — não uso as palavras de James aqui, mas as do próprio cavalheiro, pois as li posteriormente no depoimento —, "notei um indivíduo sentado do outro lado do vagão, olhando para nós. A testa estava apoiada em sua mão, e ele observava, por debaixo dos dedos, o jovem à minha frente. Foi sua expressão sinistra que me fez notá-lo. Seus olhos escuros, brilhantes e pequenos estavam fixos no rapaz, com um olhar que me fez estremecer. Ri comigo mesmo pela própria sensação que tive... disse que não era de minha conta, que eu estava nervoso... ainda assim, apesar de meu esforço para permanecer indiferente, fui cada vez mais compelido a encarar o sujeito a cujo olhar de serpente o próprio jovem cavalheiro parecia totalmente alheio. Se tivesse cruzado uma vez com aquele olhar, tenho certeza de que teria ficado alerta... pois asseguro, sem outra prova do ocorrido depois, que havia *homicídio* escrito neles, e que aquele homem era o assassino de Henry Moreland. Não posso prová-lo... mas minha consciência permanece inalterável. Desejo apenas que tivesse cedido ao meu impulso de balançar o jovem cavalheiro e dizer a ele: 'Veja! Um inimigo! Tome cuidado!'. Não havia algo além do olhar do homem para justificar tal atitude, e, é claro, refreei meus sentimentos.

"O homem era um indivíduo de aparência comum, vestindo roupas escuras; usava um chapéu de feltro de copa baixa, afundada na testa. Não tenho lembranças sobre seu cabelo, mas os olhos eram pretos e seu rosto, pálido. Notei uma cicatriz nas costas da mão que ele mantinha sobre os olhos, como se tivesse sido feita por uma faca. Reparei também que o homem usava um anel grande com uma pedra vermelha no dedo mindinho.

"Quando o trem parou em Blankville, esse sujeito se levantou e seguiu Henry Moreland. Eu o vi pela última vez saltando na estação e indo atrás do cavalheiro."

Pode-se imaginar o arrepio e o interesse com que ouvimos esse relato e as mil conjecturas a que deu origem.

— Não pode ser muito difícil encontrar outras testemunhas para depor sobre esse homem — falei.

James nos garantiu que todos os esforços foram feitos para encontrar algum vestígio dele. Nenhuma pessoa que correspondesse à descrição residia no vilarejo, e ninguém ouviu falar dele nas imediações. Nem um vadio solitário perto da estação ou o hotel próximo conseguiram se lembrar de ter visto alguém assim sair do vagão; nenhuma pessoa com aquela descrição parou no hotel; nem o maquinista tinha certeza de ter visto tal passageiro, embora tivesse uma leve memória de um sujeito de aparência bruta no vagão com o sr. Moreland — não havia observado onde o homem desceu do trem, embora sua passagem fosse para Albany.

— Mas não percamos a esperança por causa de algumas provas — incentivou o sr. Argyll.

— A polícia de Nova York, sem conseguir avançar nas investigações por aqui, retornou para a cidade — falou James. — Se tal malfeitor está escondido lá, será encontrado. A cicatriz na mão é uma boa forma de identificá-lo... não acha, senhor? — perguntou ao sr. Burton.

— Bem... sim! A não ser que tenha sido feita de propósito. Pode ter sido falsificada com ocra vermelha e lavada depois. Se o sujeito tem a mão experiente, como a habilidade e a precisão do golpe indicam, ele vai conhecer todos esses truques. Se tivesse uma cicatriz de verdade, teria usado luvas em sua missão.

— O senhor acha? — inquiriu James, suspirando fundo, provavelmente desencorajado com essa nova suposição.

— Eu gostaria de ir à estação ferroviária e às docas por uma hora — falou o sr. Burton —, se não houver algo que possa ser feito de imediato.

James educadamente insistiu em nos acompanhar.

— Por que raios trouxe outro desses detetives para cá? — perguntou para mim, *sotto voce*, na primeira oportunidade que teve. — Já tivemos uma abundância deles... e são todos enfadonhos! E esse Burroughs, Burton ou qualquer que seja o nome, é o mais desagradável de todos. Um sujeito presunçoso... do tipo que desgosto, naturalmente.

— Está enganado sobre o caráter dele. O sr. Burton é inteligente e um cavalheiro.

— Desejo-lhe sorte nessa parceria — respondeu ele, irônica e maldosamente.

Ainda assim, James nos agraciou com sua companhia durante o trajeto matutino. No decorrer de suas duas horas de trabalho, o detetive apurou um único fato. Um pescador havia perdido um bote durante a tempestade de sábado. Ele o deixara no ancoradouro de costume, e, de manhã, viu que a corrente, que era velha e enferrujada, estava com um dos elos partidos, algo, provavelmente, causado pela violência extrema com a qual o vento arremessava o bote de um lado para o outro. O sr. Burton pediu para ver os restos da corrente, que ainda estava presa ao redor do poste. Um exame do elo partido mostrou que ele estava em parte enferrujado, mas também havia marcas nele, como se uma faca ou cinzel tivesse sido usado.

— Já vi meu filho, Billy, mexendo nessa corrente — disse o pescador. — É bem provável que esteja usando ela para trabalhar. O garoto não vale um centavo, vive quebrando facas. Está com nove anos, e já teve seis canivetes em seis meses.

O sr. Burton permaneceu de pé, segurando a corrente com as mãos e olhando para cima e para baixo do rio. Seu rosto se iluminou com uma luz que resplandecia de alguma chama interior. Eu, que comecei a observar suas várias expressões com franco interesse, vi que ele voltara a ficar animado, mas não como na primeira noite de nosso encontro, quando ficou tão feroz.

Ele observou a água e o céu, as belas margens e as docas sem graça, como se essas testemunhas mudas estivessem relatando-lhe algo que ele lia como um livro. Por alguns instantes, ficou em silêncio, seu semblante iluminado por aquela maravilhosa inteligência. Então, afirmando que sua investigação havia terminado naquela parte do vilarejo, retornamos, quase em silêncio, para o escritório, pois o homem, concentrado e taciturno, ponderava sobre os enigmas cuja solução tinha certeza de que encontraria mais cedo ou mais tarde.

O sr. Argyll nos fez ir até a casa dele para jantar. Eu sabia que não deveria ver Eleanor e estremecia só de estar sob o mesmo teto que ela. Mary, que cuidava constantemente da irmã, não se sentou à mesa, mas desceu por um momento para me cumprimentar e me agradecer por meus parcos esforços. A pobre criança havia mudado um pouco, como o restante de nós. Ela não poderia ter outra aparência além do botão de rosa que era — uma criatura nova e pura de dezesseis primaveras, um botão de rosa imerso em orvalho —, um pouco pálida, com um tremor no sorriso e lágrimas brilhantes por trás das pálpebras, prontas para desabarem a qualquer instante. Era tocante ver alguém de natureza tão alegre subjugada pela sombra que recaiu sobre a casa. Nenhum de nós tinha muito a dizer, nossos lábios tremiam quando mencionávamos o nome *dela*; então, após um momento apertando minha mão, enquanto as lágrimas vertiam rapidamente, Mary soltou meus dedos e voltou para o andar de cima. Vi o sr. Burton limpar os olhos azul-acinzentados com o lenço; meu respeito por ele aumentou quando senti que, por mais afiado e penetrante que fosse, seu olhar não era frio o bastante para não se esquentar com a bruma súbita da visão que teve.

— Ah! — murmurei para mim mesmo. — Se ele pudesse ver Eleanor!

Quando a refeição chegou ao fim, o sr. Argyll subiu para falar com as filhas, dando-me permissão para mostrar a casa e a área externa para o detetive. James foi até o pórtico fumar um cigarro. O sr. Burton se sentou por um breve momento na biblioteca, absorvendo-a em sua mente, examinando a fechadura da gaveta e notando a disposição de uma janela — uma abertura grande e saliente que se projetava sobre o jardim florido na parte traseira da casa e que margeava o gramado à direita. Ficava a cerca de um metro do chão e, embora fosse possível ser usada como entrada e saída, não era ordinariamente utilizada dessa forma. Às vezes, quando Mary era mais nova, perseguia-a, fazia-a saltar pela janela aberta para as resedás e violetas abaixo e corria atrás dela. Contudo, como estávamos ambos mais serenos, essas brincadeiras se tornaram raras.

Então saímos e fomos até o quintal. Levei meu companheiro até a árvore sob a qual eu estava quando vi aquela figura escura se aproximando e passando por mim para se agachar sob a janela na qual as velas fúnebres resplandeciam. Daquele lugar, a janela não era visível, pois ficava nos fundos da casa, e não na lateral, como esta. O sr. Burton observou o entorno com atenção, caminhando por todo o quintal, subindo pelas janelas da sala de estar e seguindo para o jardim que contornava a outra. Era bastante natural procurar cuidadosamente por alguma marca ou pegada, alguma flor esmagada, algum ramo quebrado ou arranhões na parede deixados pelo ladrão, caso ele tivesse entrado por ali. Assim, enquanto andávamos e analisávamos centímetro a centímetro, notei uma peça de linho branca, suja e castigada pelo clima, sob uma roseira a alguns passos da janela. Peguei-a. Era o lenço de uma mulher, feito de cambraia fina, com um bordado delicado na borda e um ramo de flores no canto.

— Uma das moças deixou cair algum tempo atrás — falei. — Ou foi soprado pelo vento do gramado da cozinha, onde a roupa é colocada para secar.

Então examinei com mais atenção o artefato desbotado e, no meio dos graciosos entrelaçamentos das flores, vi as iniciais "L.S.".

— Leesy Sullivan — disse meu companheiro, tomando o lenço de minhas mãos.

— Parece algo muito delicado para ela — comentei, por fim, pois a princípio tinha ficado bastante estupefato.

— A vaidade de uma mulher abrangerá muitas coisas além de suas possibilidades. Ela bordou isso com a própria agulha... o senhor não deve se esquecer de que a srta. Sullivan é proficiente na arte.

— Sim, eu lembro. Ela pode ter perdido o lenço na noite de domingo, durante a visita em que a observei, e o vento o soprou até esse ponto.

— O senhor se esquece de que não choveu desde aquela noite. Esse lenço foi castigado sobre a grama e a terra, por uma tempestade violenta. Um espinho desse arbusto o arrancou do bolso quando a moça passou, e o temporal marcou sua presença nele, para ser usado como prova contra ela.

O DEPARTAMENTO DE CARTAS MORTAS 85

— A evidência parece gerar um conflito. Ela não pode ser um homem e uma mulher ao mesmo tempo.

— Por que não? — respondeu, em voz baixa. — Pode haver um cabeça e um cúmplice. Uma mulher fica mais segura acompanhada de um homem do que alguém do próprio sexo... e vice-versa.

O rosto que vi, desesperado, o rosto de Leesy Sullivan, surgiu em minha memória, cheio de paixão, cada traço suave, ainda que impressionante, marcado por um poder adormecido. *Tal natureza*, pensei, *pode ser levada ao crime, mas não se associará à vilania*.

O sr. Burton colocou o lenço no bolso interno do casaco, e voltamos para dentro da casa. Ele perguntou sobre o nome da criadagem, e nenhuma das iniciais correspondia com aquela que tínhamos encontrado. Da mesma forma, eu não conseguia me lembrar de uma senhora que visitara a família a quem o lenço pudesse pertencer. Não havia sombra de dúvida de que a peça era propriedade da costureira. Alguma incumbência, secreta e ilícita, a levara àquele lugar, sob aquela janela.

Mostramos, então, o lenço para o sr. Argyll e relatamos-lhe nossas suspeitas em relação à moça. Mary e James também estavam presentes. A filha do sr. Argyll disse que se lembrava da srta. Sullivan, que ela fora contratada pela família por alguns dias em diversas ocasiões, mas não recentemente.

— Gostávamos muito de seu trabalho e nossa intenção era empregá-la durante as próximas seis semanas — disse Mary, com um suspiro —, mas, ao perguntarmos por ela, descobrimos que estava empregada em Nova York.

— Dessa forma, ela deve estar familiarizada com a disposição dos cômodos da casa e com os hábitos da família, como a hora em que os senhores jantavam. Pode ter entrado enquanto a família estava à mesa, visto que, caso fosse surpreendida por uma criada ou outra pessoa, poderia fingir ter sido chamada para realizar uma tarefa e estar esperando pelas jovens — comentou o sr. Burton.

Os criados foram chamados, um a um, e questionados se tinham visto qualquer pessoa suspeita, fosse na casa ou no terreno, durante a semana. Eles estavam, é claro, muito assustados, e, imediatamente após a pergunta ser feita, respondiam com qualquer outro caso imaginário menos os eventos em questão. Se benziam, pediam ajuda à Virgem Maria, davam um relato de todos os mendigos que foram chamados à cozinha nos anos anteriores, choravam copiosamente e não forneciam qualquer informação coerente.

— Ah, certamente — disse Norah, a cozinheira. — Um faxineiro veio aqui na quarta-feira passada, e peguei com ele uma garrafa de alvejante anil para as roupas. Minha memória ficou horrível desde que cruzei o mar. Antes disso, conseguia me lembrar de tudo, e o padre elogiava minha leitura. Acho que foi o movimento e o balanço do barco que perturbou minha mente. Era sábado, ah, se era, e, meu Senhor, começo a tremer só de pensar naquele dia. Vi um cachorrinho barulhento enfiando o focinho na porta da cozinha, que estava entreaberta, e então disse: "Aquele vagabundo está por perto, com certeza", eu sabia por causa do cachorro, aí saí e dei uma olhada e, tão certo quanto meu nome é Norah, havia uma homem coxo com uma bengala fingindo procurar restos do lado do estábulo, coisa que nunca permito, porque é contra as ordem do patrão, e expulsei ele na mesma hora... Acho que foi dois sábados atrás, mas não sei com certeza, e não vi mais ninguém a não ser a mulher que lava a roupa, com aquele cesto dela. Não acho que ela possa ter feito algo de ruim, pois trabalha aqui já faz algum tempo e é uma pessoa decente com quem já fiz alguns negócios. Vendi a ela meu velho vestido xadrez pela caixa de fósforos de ébano que está agora perto do fogão, mas, meu Senhor, meu coração está partido, juro! Margaret e eu não ousamos mais colocar os pés na cozinha de noite, a não ser que Jim esteja lá, e já acordei gritando duas noites, ai de mim! Se eu tivesse visto alguma coisa, teria falado, o que gostaria de ter feito, já que o senhor me perguntou. Não faz sentido cozinhar pratos que ninguém mais come... gostaria de nunca ter vindo para a América e ver a pobre srta. Eleanor tão mal! — E, tendo colocado para fora a simpatia que ansiava por expressar, cobriu o rosto com o avental e soluçou da maneira típica de seu povo.

O testemunho de Margaret não foi mais direto ao ponto do que o de Norah. O sr. Burton deixou cada uma delas falar o que quisesse, suportando o tedioso circunlóquio, na esperança de encontrar algum grão de trigo no alqueire de joio.

Após um dilúvio de lágrimas e interjeições, Maggie enfim declarou algo que chamou a atenção dos ouvintes.

— Nunca vi alguém andando por aí que não fosse da casa... nenhuma vivalma. A Virgem Santíssima evitou que eu visse o que Jim viu... não era um ser humano, era uma aparição, e ele viu isso naquela noite. Só nos contou na terça-feira, quando nos sentamos para falar do funeral, e ficamos assustadas, sem pregar o olho até a manhã seguinte. O pobre Jim também está preocupado com isso, ele finge que não tem medo dos mortos nem dos vivos, mas não é vergonha alguma ficar impressionado com os espíritos. Vejo que ele não gosta de entrar mais no lugar sozinho depois de escurecer, o que não é surpreendente! Ele viu um fantasma!

— Como ele era?

— É melhor chamar Jim e deixar ele descrever sozinho... seu sangue vai gelar ao pensar nessas coisas em uma família cristã.

Jim foi chamado.

A história que foi arrancada dele dizia o seguinte: na noite de sábado, depois do chá, sua patroa, a srta. Eleanor, pediu para ele ir até o correio pegar as cartas noturnas. Estava escuro e chovia, e ele acendeu a lamparina. Conforme saiu pelo portão de trás, parou por um minuto e ergueu a luz para dar uma olhada nas imediações, para se certificar de que não havia algo lá fora na tempestade que deveria ser levado para dentro. Enquanto iluminava o local, viu alguma coisa no jardim florido, a quase dois metros da janela saliente. Tinha a aparência de uma mulher, seu rosto era branco, os cabelos ondulavam sobre os ombros; a coisa ficou parada na água que caía, como se não estivesse chovendo a cântaros. Os olhos eram bem grandes e brilhantes, que resplandeceram quando a vela lançou luz neles, como se fossem feitos de fogo. Jim ficou tão assustado que deixou a lamparina cair. Porém, quando voltou a pegá-la, ainda com a vela acesa, o espectro havia desaparecido. Na hora, achou aquilo deveras estranho; e, no dia seguinte, quando chegaram as más notícias, sabia se tratar de um aviso. Recebiam muitos avisos assim no seu antigo país.

Não desacreditamos Jim em relação ao fantasma. Com a garantia de que ele, provavelmente, não voltaria, já que sua missão estava completa, e com uma advertência para as moças da cozinha não ficarem tão nervosas, nós o dispensamos.

7. ELEANOR

Uma, duas, três, quatro semanas se passaram. Nem parecia mais que nosso vilarejo havia sido abalado por uma agitação tão feroz. A tragédia já aparentava não ter acontecido, exceto para a família cuja mais bela flor ela havia destruído. As pessoas não olhavam mais por sobre o ombro enquanto andavam; o caso agora só servia para animar a história daquele pequeno lugar, quando contado a um estranho.

Fizemos tudo que era humanamente possível para rastrear a origem do assassino, mas nem um passo foi dado desde que nos sentamos, naquela tarde de quarta-feira, na sala de estar, quando nos reunimos para discutir o lenço. Por mais jovem e saudável que eu fosse, sentia meu espírito se romper ante o desgaste constante e ineficaz.

O momento de meu exame chegou, coisa em que não poderia fracassar, pois estava havia muito tempo preparado para tal, mas tinha perdido meu interesse nessa parte da vida e minha ambição ficou torpe. Destacar-me na profissão se tornou, por ora, um objetivo secundário, e meu cérebro ficou febril com o assédio de projetos inquietos — o coice de ideias frustradas. Não havia um só membro da família (com exceção da sofredora enclausurada e oculta) que demonstrasse o desgaste de nossos problemas tanto quanto eu. James comentou certa vez que eu melhorara ao perder parte de minha compleição juvenil — eu estava ficando mais "pálido", dissera. Em outra ocasião, com aquele sorriso de Mefistófeles, observou que eu deveria estar atrás da bela recompensa — a soma total deixaria confortável alguém que estivesse começando a vida.

Não acho que a intenção dele fosse me irritar, pois era sempre bastante agradável após essas ferroadas de vespa, e sua natureza era satírica, sem conseguir refrear essa inclinação de fazer troça às minhas custas.

Nesse ínterim, tive uma impressão crescente de que ele me observava — com que propósito, não saberia dizer.

Durante todo aquele tempo, não vi Eleanor. Ela havia se recuperado da doença, mas permanecia no quarto e não se juntava à família durante as refeições. Eu ia frequentemente à casa; era como um segundo lar para mim desde que deixei os refúgios de minha infância e a velha mansão de tijolos vermelhos com pórtico no estilo grego, cujos pilares enormes quase se refletiam nas águas do lago Seneca, tão perto da margem que ficavam, e onde minha mãe ainda residia, entre amigos que a conheceram em seus dias felizes — ou seja, quando meu pai ainda vivia.

Com a mesma liberdade de sempre, ia e vinha da casa do sr. Argyll. Não tinha medo de atrapalhar Eleanor, pois ela jamais saía de seus aposentos; enquanto Mary, aquela jovem e alegre criatura, por mais preocupada e enlutada que estivesse, não podia permanecer para sempre nas sombras. Na idade dela, os botões florescentes da feminilidade requerem a luz do sol. Ela se sentia sozinha e, quando deixava a irmã à solidão que Eleanor preferia, queria companhia, dizia. James estava taciturno e não tentava animá-la — não que Mary quisesse ser animada, mas tudo era tão triste, e ela se sentia tão tímida, que era um alívio ter alguém com quem conversar ou até mesmo para olhar. Eu me sentia triste por ela. Tornou-se parte de meus afazeres lhe trazer livros para ler em voz alta durante as tardes prolongadas; também matávamos tempo com partidas de xadrez. O piano foi deixado de lado por respeito à enlutada no andar de cima. Canções vinham aos lábios de Mary como surgem das cotovias durante o amanhecer, mas ela sempre as interrompia, afogando-as em suspiros. Seu espírito flexível se afirmava constantemente, enquanto a simpatia tenra de uma natureza sempre calorosa e afetuosa o deprimia. Não conseguia mencionar Eleanor sem derramar lágrimas, e meu coração a abençoava por isso. Mary desconhecia o engasgo que surgia em minha própria garganta, o qual, com frequência, impedia-me de falar, quando deveria, talvez, estar emitindo palavras de ajuda e conforto.

James estava sempre por perto, como um espírito incansável. Um de seus hábitos indolentes fora passar uma boa quantidade de tempo com as moças, e, naquele momento, ele permanecia sempre na casa. Contudo, era tão indócil, tão irritável — segundo Mary —, que não era uma companhia agradável. Ele escolhia um livro da biblioteca, mas, em cinco minutos, o jogava longe, caminhava duas ou três vezes pelo corredor. Então, ia até o alpendre, voltava para a sala e ficava olhando por uma das janelas, para, no fim, retornar à biblioteca e escolher outro livro. Tinha o ar de alguém que estava sempre escutando, sempre esperando, e uma espécie de olhar perturbado, se meu leitor consegue imaginar algo assim. Imagino que estivesse escutando e esperando por Eleanor — que, como eu, ele não via desde aquele domingo tão memorável, mas não tentei encontrar uma explicação para o olhar.

Um pouco de neve caíra, e parecia que o inverno tinha chegado em novembro. Em poucas horas, porém, esse aspecto mudou: a neve derreteu como um sonho, o zênite era de um azul profundo e brilhante, transfundido com o sol pálido que só é visto em veranicos; uma névoa suave circundava o horizonte com uma área roxa. Não consegui ficar no escritório naquela tarde, tão infinitamente triste, tão infinitamente linda. Deixei de lado os documentos que organizava para um caso no qual me apresentaria pela primeira vez a um júri e faria meu discurso inaugural. O ar, leve como o do verão e perfumado com o odor indescritível de folhas secas, chegou até mim através da janela aberta, com uma mensagem que me chamava para o exterior; peguei meu chapéu, pisei na calçada e, seguindo na direção da casa, entrei no gramado. Pensei que faria uma longa caminhada a céu aberto, mas meu coração me atraiu e me manteve naquele lugar. A linguagem de toda beleza, e do próprio infinito, é o amor. A melancolia divina da música, a profunda tranquilidade dos meios-dias de verão, o esplendor suave dos dias de outono, assombrando alguém com alegria e tristeza inefáveis — qual seria o nome de toda essa incrível demonstração de beleza a não ser amor?

Caminhei pelas árvores, devagar, meus pés aninhados entre as folhas densamente espalhadas que exalavam um leve aroma da terra úmida. Por muito tempo, fui de lá para cá, pensando em coisas intangíveis, mas minha alma se enchia em silêncio como uma fonte alimentada por nascentes secretas. Nos fundos do quintal, dando a volta ao redor e atrás do jardim florido, havia uma pequena subida, coberta por um arvoredo de olmos e bordos, no meio dos quais ficava uma edícula de veraneio, um dos recantos favoritos de Eleanor. Por fim, meus passos me levaram para lá e, sentando-me, olhei pensativamente para a adorável paisagem ao redor. O templo rústico se abria na direção do rio, que era visível daquele lugar, em seu esplendor azul pelo extraordinário horizonte. Há um fascínio na água que mantém o olhar fixo nela durante horas de devaneio; eu me sentei lá, consciente das montanhas próximas, da névoa roxa, dos barcos brancos, do vilarejo agitado, mas admirando apenas as ondulações azuis para sempre escapando de meu ponto de vista. Meu espírito exalou como a névoa e ascendeu em anseio. Meu luto surgiu em rezas apaixonadas ao trono alvo da justiça eterna, em lágrimas, etéreas e traçadas pelos raios da única grande fonte e do sol, o espírito do amor. Rezei e chorei por *ela*. Não havia pensamento sobre mim mesmo misturado a essas emoções.

De repente, senti um arrepio. Comecei a perceber que o sol tinha se posto, e uma faixa laranja surgia a oeste. Conforme o astro mergulhava por trás das montanhas, a lua despontava a leste. Era como se sua luz prateada congelasse o que tocava; o ar ficou frio; uma névoa fina e branca se espalhou por cima do rio. Fiquei sentado naquele lugar por bastante tempo, e estava me forçando a tomar consciência do fato, quando vi alguém atravessando o jardim de flores e se aproximando da edícula de veraneio.

Meu sangue gelou quando percebi se tratar de Eleanor. O pôr do sol se demorava, e o luar frio brilhava com todo o resplandecer em seu rosto. Lembrei-me de como a tinha visto, na penúltima vez, brilhando e corando em beleza triunfante, a coqueteria reluzente de uma jovem e adorada mulher, que é grata por seus charmes, porque outro os valoriza.

Naquele momento, ela cruzava o caminho solitariamente, entre os canteiros de flores esbranquiçadas, vestindo o preto mais profundo, caminhando com passos frágeis, a pequenina mão branca segurando o xale escuro no peito, um longo véu sobre a cabeça, de onde se via seu rosto pálido e paralisado.

Ao olhar para ela, uma dor como a da morte me paralisou. Não havia mais rosa alguma no jardim de sua juventude! A ruína do jardim pelo qual ela andava não havia sido levada a cabo — as flores ressuscitariam nos meses de outra primavera —, porém, para Eleanor, não haveria primavera deste lado do túmulo.

Devagar, ela seguiu seu caminho, o rosto para baixo, subiu a encosta da colina e chegou ao pequeno templo rústico no qual havia passado tantas horas felizes com ele. Ao alcançar a plataforma coberta de grama, ergueu o olhar e observou o entorno familiar. Não havia lágrimas em seus olhos azuis e seus lábios não tremiam. Foi apenas quando terminou de circundar o horizonte com aquele olhar calmo e sem brilho que me notou. Levantei-me, minha expressão fazendo reverência somente ao seu sofrimento, pois não tinha palavras.

Ela estendeu a mão, e, quando a peguei, falou com gentileza — como se, com sua doçura, pudesse se desculpar pela ausência dos antigos sorrisos:

— Você está bem, Richard? Parece magro. Tome cuidado... não está frio demais para ficar sentado aqui a essa hora?

Apertei sua mão e dei meia-volta, tentando, em vão, comandar minha voz. *Eu* tinha mudado! Mas era típico de Eleanor colocar a si mesma de lado e se preocupar com os outros.

— Não, não vá — disse ela, ao me ver partindo por medo de estar atrapalhando sua visita. — Ficarei aqui por apenas alguns instantes e vou me apoiar em seu braço na volta até a casa. Não sou forte, e essa caminhada colina acima me exauriu. Queria vê-lo, Richard. Pensei em descer um pouco durante a noite. Gostaria de agradecê-lo.

As palavras foram sussurradas, e ela virou-se imediatamente, encarando o rio. Eu a entendia bem, Eleanor queria me agradecer pelo espírito que me motivou em meus esforços sinceros, embora infrutíferos. E sair de seu quarto e descer para o seio familiar durante um curto tempo à noite, aquilo era por causa de Mary e de seu pobre pai. A luz dela havia se apagado, mas Eleanor não desejava escurecer seu lar mais do que o inevitável. Ela ocupou o lugar que eu deixara vago, permanecendo imóvel, olhando para o rio e para o céu. Após algum tempo, com um suspiro longo e trêmulo, levantou-se. Um raio de luz do oeste recaiu sobre uma única violeta, que, protegida da neve pelo telhado, sorriu para nós, perto da porta da casa de veraneio. Com uma paixão feroz rompendo sua quietude, Eleanor parou, pegou a flor, pressionou-a em seus lábios e chorou copiosamente — era a flor favorita dela e de Henry.

Era agonizante vê-la chorar, mas talvez fosse melhor do que aquele repouso marmóreo. Eleanor estava fraca demais para suportar aquela comoção sozinha; ela se apoiou em meu ombro, e cada soluço que abalava seu corpo era ecoado por mim. Sim! Não tenho vergonha de admitir! Quando a masculinidade é pura e imaculada, suas lágrimas não são espremidas naquelas gotas de angústia mortal que a rocha produz quando o tempo e a base do mundo a endurecem. Ainda conseguia me lembrar de quando beijava minha mãe e chorava meus problemas juvenis em seu peito. Eu teria sido mais duro que pedra de moinho, se não tivesse chorado com Eleanor naquele dia.

Recuperei o autocontrole a fim de ajudá-la a reconquistar a compostura, pois estava alarmado com a possibilidade de que a violência de suas emoções extinguisse o que restava de sua frágil força. Ela também lutou contra a tempestade, logo se acalmando, pelo menos na aparência. Com uma das mãos pressionando a violeta no busto, Eleanor usou a outra para se pendurar em meu braço, e voltamos para casa, onde já estavam procurando por ela.

Sob a luz acesa do hall, encontramos James. Era, assim como eu, a primeira vez que ele via a prima. O rapaz lhe lançou um olhar rápido e profundo, ergueu a mão, seus lábios se movendo como se estivessem se esforçando para formar uma saudação. Ficou evidente que a mudança era maior do que ele esperava; James baixou a mão após os dedos da prima a tocarem, e, passando por nós até a porta aberta, fechou-a às suas costas, permanecendo lá fora até muito depois da hora do chá.

Quando voltou a entrar, Eleanor já tinha se retirado para seus aposentos, e Mary levou a xícara de chá que tinha mantido quente para ele.

— Você é uma boa moça, Mary — falou James, bebendo depressa, como se para se livrar do chá. — Espero que ninguém nunca faça você ficar *daquela maneira*! Eu era da opinião de que corações partidos se curavam rapidamente... de que, em geral, as moças sofriam com isso três ou quatro vezes, para remendá-los de novo... mas mudei de ideia.

Aquele olhar sombrio que Mary declarou odiar nublou novamente seu rosto. O semblante de James era instável; nada poderia superá-lo em brilho e cores resplandecentes quando estava de bom humor; porém, quando taciturno ou triste, era pálido e sem vida. Assim ele parecia naquela noite. No entanto, devo finalizar este capítulo — e, em respeito a esse encontro com o objeto de minha tristeza e adoração, não o prolongarei com detalhes de outros acontecimentos.

8. O TÚMULO ASSOMBRADO

Quando retornei à pensão naquela mesma noite, havia um telegrama do sr. Burton pedindo-me para ir até a cidade na manhã seguinte. Fui no primeiro trem e logo estava tocando a campainha de sua residência privada na 23rd Street. Quem atendeu foi um criado, que me levou até a biblioteca, local em que encontrei seu patrão tão concentrado em pensamentos, sentado diante da lareira encarando os carvões em chamas, que ele não me notou até eu falar seu nome. Após ficar de pé, apertou minha mão calorosamente; já tínhamos nos tornado amigos pessoais.

— O senhor chegou cedo — falou ele —, mas é melhor assim. Teremos mais tempo para tratar dos negócios.

— O senhor ouviu alguma coisa? — perguntei.

— Bem, não. Não espere que tenha chamado o senhor aqui para satisfazê-lo com qualquer descoberta positiva. O trabalho avança, mas devagar. Apenas uma vez fiquei tão perplexo; e então, como agora, havia uma mulher no caso. Uma mulher astuta vai iludir o próprio Príncipe das Mentiras, para não dizer homens honestos como nós. Ela foi atrás da criança.

— É mesmo?

— Sim. E a levou consigo. E agora sei tanto de seu paradeiro quanto antes. Ora! O senhor com certeza deve achar que deveria ter entregado o caso a alguém mais aguçado... — disse ele, parecendo mortificado.

Antes de ir adiante, devo explicar ao meu leitor o quanto a investigação dos atos e do esconderijo de Leesy Sullivan avançaram. É claro que falamos com sua tia em Blankville e abordamos a questão da criança com todo o cuidado. Ela nos respondeu com bastante franqueza, a princípio, que Leesy tinha uma prima que vivia em Nova York, a quem tinha sido muito ligada e que estava morta, a pobrezinha! Porém, no instante em que mencionamos o bebê, ela ficou irritada, perguntando se tínhamos ido ali "para insultar uma viúva respeitável, que não era responsável pelo que os outros fizeram" e não se deixou ser persuadida ou ameaçada a falar qualquer outra coisa sobre o assunto, nos expulsando do aposento e (arrependo-me de dizer) nos obrigando a descer a escada com uma vassoura pairando acima de nossa cabeça. Como, na época, não havia como convocá-la para um tribunal ou obrigá-la a responder, fomos obrigados a "deixá-la em paz". Algo, no entanto, ficou óbvio no interrogatório: havia vergonha, culpa ou, ao menos, uma briga de família que remetia à criança.

Depois disso, em Nova York, o sr. Burton se certificou de que havia uma prima que morrera, mas se ela fora casada ou se deixara um bebê ainda era questão duvidosa.

Ele passara uma semana à procura de Leesy Sullivan nos arredores de Blankville, em todas as estações intermediárias entre o vilarejo e Nova York, e pela própria cidade, auxiliado por diversos detetives, que tinham todos um retrato dela, a partir de uma imagem que o sr. Burton encontrara no quarto da pensão. A fotografia devia ter sido tirada mais de um ano antes, pois ela parecia jovem e feliz, o rosto era suave e redondo, os olhos se derretendo com luz e calor e o belo cabelo escuro tratado com evidente cuidado. Ainda assim, havia semelhança suficiente com o antigo eu de Leesy para tornar a fotografia uma ajuda eficiente. No entanto, nenhum traço dela foi encontrado desde que eu mesmo a vi fugir à menção da palavra que pronunciei propositalmente, desaparecendo na colina arborizada. Quase nos convencemos de que ela havia cometido suicídio; procuramos no litoral por quilômetros nas imediações da casa dos Moreland e buscamos na água; porém, se ela se escondeu naquelas profundezas geladas, o fez de maneira bastante eficiente.

A esposa do jardineiro manteve uma vigília constante, como pedi, mas nunca tinha algo a relatar — a costureira não tinha ido mais assombrar o alpendre ou a casa de veraneio. Por fim, o sr. Burton desistira de medidas mais ativas, contando simplesmente com a presença da criança em Nova York para pegar sua protetora em sua rede, se ela ainda caminhasse sobre a terra. Ele tinha razão ao afirmar que, se a moça estivesse disfarçada e tivesse qualquer conhecimento dos esforços feitos para encontrá-la, a forma mais certeira de acelerar seu reaparecimento seria aparentemente abandonar toda a busca. Ele tinha contratado uma pessoa para observar a casa da ama-seca o tempo inteiro, uma moça que alugou o quarto na pensão em que ela residia, aparentemente trabalhando com tricô de roupas elegantes para crianças, quando, na verdade, seu propósito era notificar de imediato caso a guardiã do bebê aparecesse. Nesse ínterim, foi informado sobre os sentimentos da ama-seca, que confessara sua intenção de entregar o bebê às autoridades se o dinheiro não fosse pago até o fim do mês.

— Já é difícil — declarara ela — conseguir as batatas para alimentar as bocas de seus próprios filhos, e a menina está crescendo. O leite não vai bastar, não mesmo, e ela precisa de batatas, de pedaços de pão e do restante.

Em resposta a essas reclamações, a tricoteira de lã professou tal interesse na inocente criança, que, em vez de permitir que ela fosse mandada para um asilo, ou orfanato, ou qualquer lugar parecido, ficaria com ela no próprio quarto e compartilharia da própria comida com ela, quando o mês acabasse, até terem certeza de que a tia não viria mais atrás dela, falara.

Firmado esse acordo, as duas mulheres conviviam bem; a pequena Nora, pouco mais velha que um bebê, era uma criança bonita, e sua tia não poupara pontos na confecção de suas roupas, que eram de bom material e ornamentadas com dobras e bordados luxuosos. Com frequência, ela ficava metade do dia no quarto da nova hóspede, quando sua ama-seca estava ocupada com outras coisas ou no trabalho, e a tricoteira às vezes a levava nos braços para respirar ar fresco em ruas melhores. O sr. Burton vira Nora diversas vezes; ele achava que a criança lembrava a srta. Sullivan, mas só um pouco. Ela tinha os mesmos olhos, escuros e brilhantes.

Dois dias antes de o sr. Burton enviar o telegrama me pedindo para ir até Nova York, a sra. Barber, a detetive tricoteira, brincava com a criança em seu quarto. Anoitecia, e a ama-seca fora comprar mantimentos para a noite de sábado no Washington Market; a sra. Barber esperava que a mulher ficasse fora por ao menos uma hora. A pequena Nora estava de bom humor, encantadora com o capuz azul e branco, que sua amiga havia confeccionado para sua cabeça encaracolada. De repente, enquanto brincavam, a porta se abriu, uma jovem entrou, agarrou a criança junto ao peito, deu um beijo nela e chorou.

— An-nee, An-nee — balbuciou a menina.

A sra. Barber escapou do lugar com a desculpa de que precisava falar com a ama-seca, dizendo estar na casa de uma vizinha; entrou no carro e foi para a 23rd Street. Em meia hora, o sr. Burton estava na pensão, mas a ama-seca ainda não havia retornado do mercado e a moça tinha partido, levando o bebê. Ele ficou bastante incomodado com esse desfecho. Nos arranjos que tinham sido feitos, não contemplara o fato de a ama-seca não estar presente; não havia alguém para acompanhar a fugitiva enquanto o detetive era informado. Uma das crianças dissera que a moça deixara algum dinheiro para a mãe, e lá estava, sobre a mesa, um montante que cobria com sobra o atraso devido, além de um bilhete de agradecimento. Mas o bebê, com seu casaquinho e novo capuz azul, havia desaparecido. A notícia foi enviada a diversas delegacias, e a noite se resumiu à busca pelas duas, mas não há lugar como uma grande cidade para evitar uma perseguição, e, até o momento em que cheguei na casa do sr. Burton, não havia novidade alguma.

Tudo aquilo afligia o detetive; eu conseguia ver, embora ele não tivesse tecido qualquer comentário. Ele, que levara centenas de criminosos talentosos à justiça, não gostava de ser enganado por uma mulher. Conversando sobre o assunto comigo, sentados diante da lareira na biblioteca, a portas fechadas, o sr. Burton mencionou que o antagonista mais terrível que já tinha encontrado era uma mulher — que seu poder era páreo para o dele, ainda que tivesse partido com facilidade o espírito de homens mais ousados.

— No entanto — disse o sr. Burton —, a srta. Sullivan não é mulher desse feitio. Se *ela* cometeu um crime, o fez em um momento de paixão e o remorso vai matá-la, mesmo que a vingança da lei nunca a alcance. Mas ela é sutil e elusiva. Não é a razão que a torna astuciosa, é a emoção. Com um homem, seria a razão, e se eu pudesse acompanhar seu argumento, qualquer que fosse o caminho que ele tomasse, logo o alcançaria. Mas uma mulher, trabalhando a partir da emoção, seja de ódio ou amor, às vezes, chegará a conclusões tão inovadoras que desafiarão as suposições mais aguçadas do intelecto. Eu gostaria, acima de todas as coisas, de ter uma conversa com essa moça. E, um dia, terei.

A determinação com que fez aquela declaração mostrava que não tinha a mínima intenção de abandonar o caso. Repetirei algumas de suas observações.

O sr. Burton disse que o golpe que levou Henry Moreland a óbito foi feito por um assassino profissional, um homem sem consciência ou remorso, provavelmente, um mercenário. Uma mulher pode tê-lo tentado, persuadido ou pago para cometer o ato; se assim foi, a culpa e seu peso terrível repousa sobre ela; mas mão feminina alguma, tremendo de paixão,

O DEPARTAMENTO DE CARTAS MORTAS

teria feito aquele talho firme e implacável. Não fora dado por uma mão ciumenta — fora friamente calculado e piamente executado — sem paixão, sem emoção sentida.

— Então o senhor acha — comecei — que Leesy Sullivan roubou a família cuja felicidade estava prestes a destruir a fim de pagar algum malfeitor para cometer o homicídio?

— É o que parece — respondeu ele, desviando o olhar de forma evasiva.

Senti que o detetive não confiava totalmente em mim; havia algo poderoso em sua mente, do qual ele não me dava pista alguma; mas tinha tanta fé nele que não fiquei ofendido por sua reticência. Estava ansioso, ávido, curioso — se convém chamar o fogo devorador que me consumia de curiosidade. Ele devia ter notado que percebi suas reservas; nesse caso, tinha uma maneira própria de conduzir seus assuntos, da qual não podia se desviar para meu benefício fugaz. O relógio anunciou meio-dia enquanto permanecíamos sentados diante do fogo, que dava ao cômodo um aspecto acolhedor, mas que era quase desnecessário, pois o "inverno antecipado" da manhã anterior foi seguido por outro dia ameno e ensolarado. O sr. Burton chamou o criado e pediu que o almoço fosse servido onde estávamos. Enquanto bebericávamos o café forte e nos servíamos da bandeja, meu anfitrião me fez uma proposta que, evidentemente, ocupara sua mente por toda a manhã.

Eu já estava familiarizado com sua vida pessoal e sabia que ele era viúvo e tinha dois filhos: o mais velho, um garoto de quinze anos, estava no internato, e a segunda, uma garota de onze anos e de saúde delicada, estudava em casa, na medida do possível, com a ajuda de uma governanta que trabalhava durante o dia. Nunca havia visto a menina — Lenore, era seu nome —, mas podia imaginar, sem qualquer astúcia em particular, que seu coração pertencia a ela. O pai não conseguia mencionar a filha sem que um brilho surgisse em seu rosto, e sua saúde frágil parecia ser o motivo de sua ansiedade.

Eu podia ouvi-la naquele momento, em uma aula de canto em um cômodo distante, conforme sua voz pura se elevava clara e alta, subindo e subindo com passos aéreos a difícil escala. Escutei-a com prazer, formando uma imagem mental em minha cabeça da graciosa criatura que era dona daquela voz.

Seu pai também ouvia, e sorria com os olhos, esquecendo-se de seu café. Então falou, em voz baixa, a princípio com certa relutância:

— Pedi para o senhor vir hoje, sobretudo, para torná-lo uma testemunha confidencial de um experimento. Está ouvindo minha Lenore cantar agora... ela não tem uma voz maravilhosa? Já comentei o quanto sua saúde é delicada. Descobri, por acaso, dois ou três anos atrás, que ela tem atributos peculiares. É uma excelente vidente. Quando soube disso, fiz uso dessa rara capacidade para me ajudar nos casos mais importantes; porém, logo notei que usar essa capacidade afetava terrivelmente sua saúde. Parece secar seu fino riacho de vitalidade. Nosso médico me falou que eu deveria desistir por completo de todos os experimentos do tipo. Ele foi firme, mas bastava me avisar. Eu preferiria abrir mão de um ano de meu curto futuro a tirar um grão da força crescente que observava dia após dia com profunda solicitude. Ela é minha única filha, sr. Redfield, e é igual à falecida mãe. O senhor não deve achar que sou tolo em relação a minha Lenore. Por dezoito meses, não exercitei meu poder para colocá-la em transe, ou o que quer que seja, no qual, com a pista em mãos, ela vai desvendar o caminho de labirintos mais perplexos do que aquele da amante do rei*. E digo-lhe, solenemente, que, se ela pudesse indicar potes de ouro e minas secretas de diamantes, eu não arriscaria nem um fio de seu bem-estar. Não obstante, estou tão interessado na tragédia que o senhor me apontou... e tão certo de que esta-

---

* Possível referência a Rosamund Clifford, que, de acordo com o folclore inglês, foi amante do rei Henrique II e costumava encontrá-lo em um labirinto. [*N.T.*]

mos prestes a desvendar o mistério... Considero que tal ato de justiça e retidão deve ser exposto em sua verdade nua e crua diante daqueles que sofreram com o crime... Assim, resolvi colocar Lenore mais uma vez no estado de clarividência, com o objetivo de averiguar o esconderijo de Leesy Sullivan. Chamei o senhor para testemunhar o resultado.

Aquele anúncio fez desaparecer o que sobrara de meu apetite. O sr. Burton chamou a criada para que a bandeja fosse retirada e pediu-lhe para trazer a srta. Lenore, assim que a criança tivesse almoçado, até a biblioteca. Tivemos que esperar apenas alguns minutos. Logo ouvimos passos leves, até que seu pai gritou "Entre!" em resposta à batida à porta, e uma criança adorável surgiu, saudando-me com um ar de graça e timidez — uma visão de doçura e beleza mais perfeita do que havia previsto. Seus cabelos dourados ondulavam na altura da esbelta garganta, em mechas brilhantes. É raro vermos cabelos assim, exceto na cabeça das crianças — macio, lustroso, fino, flutuando à vontade, e cacheado nas pontas, formando pequeninos anéis brilhantes. Seus olhos eram de um azul celestial — não apenas por causa da pureza de firmamento da cor, mas porque era impossível olhar para eles sem pensar em anjos. Sua compleição era a mais requintada possível, bela, com reflexos do poente nas bochechas — pálidas demais para a saúde perfeita, demonstrando o caminho das delicadas veias nas têmporas. O vestido anil com faixa esvoaçante e o casaquinho de caxemira branca que protegia o pescoço e os braços eram delicados e combinavam com ela. A criança não tinha o aspecto sereno de um serafim — embora parecesse um — ou as maneiras apáticas de uma inválida. Lançou ao pai um sorriso infantil, parecendo completamente feliz ao pensar que ele estava em casa e tinha mandado chamá-la. Era tão encantadora de todas as formas que estendi os braços para beijá-la, e ela, com o instinto das crianças, que percebem quem são seus verdadeiros apreciadores, abraçou-me voluntariamente, ainda que com timidez. O sr. Burton pareceu satisfeito ao ver o quão satisfatória fora a impressão causada por sua Lenore.

Fazendo-a se sentar em uma cadeira à sua frente, colocou uma fotografia da srta. Sullivan em suas mãos.

— O papai quer colocar sua filhinha para dormir de novo — disse ele, com gentileza.

Uma expressão de má vontade surgiu em seu rosto por um instante, mas ela sorriu de imediato, olhando para ele com a fé da afeição que teria colocado sua vida sob os cuidados dele.

— Sim, papai — respondeu ela, concordando.

O sr. Burton fez alguns passes; quando vi o efeito deles, não me admirei por evitar o experimento — minha surpresa era que o homem pudesse ser induzido a fazê-lo, sob quaisquer circunstâncias. O rosto adorável se distorceu com a dor, as mãos pequeninas tremiam — assim como os lábios e as pálpebras. Desviei o olhar, sem ter forças para testemunhar algo tão chocante para minha sensibilidade. Quando voltei a encarar a menina, seu semblante havia recuperado a tranquilidade; os olhos estavam fechados, mas ela parecia refletir sobre o retrato que segurava.

— Você vê essa pessoa agora?

— Sim, papai.

— Em que tipo de lugar ela está?

— Em um quarto pequeno com duas janelas. Não há carpete no chão. Há uma cama e uma mesa, um fogão e algumas cadeiras. Fica em um andar alto de uma grande casa de tijolos, mas não sei onde.

— O que ela está fazendo?

— Está sentada perto da janela dos fundos, com vista para o telhado das outras casas. Ela segura uma criança pequena no colo.

— Ainda deve estar na cidade — comentou o sr. Burton. — A casa grande e o número de telhados sugerem isso. Não consegue nos dizer o nome da rua?

— Não, não consigo ver. Nunca estive nesse lugar. Consigo ver água ao olhar a vista da janela. Parece a baía, há muitos barcos, mas há também uma terra verde do outro lado da água, além de casas distantes.

— Deve ser em algum lugar dos subúrbios ou no Brooklyn. Há alguma placa indicando o nome das lojas que consegue ver ao olhar lá para fora?

— Não, papai.

— Bem, vá para o andar de baixo, saia para a rua e me diga o número da casa.

— Fica no número... — disse ela, após um momento de silêncio.

— Siga até encontrar uma esquina e leia para mim o nome da rua.

— Court Street — respondeu a menina, então.

— É no Brooklyn — bradou o detetive, triunfante. — Nada nos impede de ir direto até lá. Lenore, volte agora para a casa, diga-nos o andar e a localização do quarto.

Mais uma vez houve silêncio enquanto a menina refazia seus passos.

— Quarto andar, primeira porta à esquerda depois da escada.

Lenore começou a parecer exausta; seu rosto suava, e ela arfava como se estivesse cansada após subir um lance de escadas. Seu pai, com aspecto arrependido, limpou a testa da filha, beijando-a com ternura ao fazer isso. Alguns mais desses toques cabalísticos, seguidos pelas mesmas contorções dolorosas daqueles belos traços, e Lenore voltou a ser quem era. Estava pálida e lânguida, com as bochechas sem cor, e deixou-se cair no peito do pai, que a segurou, apática demais para sorrir. Colocando-a no sofá, o sr. Burton tirou de um canto da escrivaninha uma garrafa de vinho do Porto, serviu um pequeno cálice e deu à filha. O vinho a reviveu quase de imediato, o sorriso e o vigor estavam de volta, embora ainda parecesse excessivamente fatigada.

— Ela ficará assim, como uma pessoa exaurida por uma longa jornada ou um grande trabalho, por diversos dias — falou o sr. Burton, enquanto eu observava a criança. — É um sofrimento para mim exigir tal coisa dela. Espero que seja a última vez, ao menos até ela ficar mais velha e mais forte.

— Imagino que a aplicação de eletricidade restabeleceria um pouco da vitalidade que lhe foi tirada — sugeri.

— Tentarei esta noite — respondeu ele. — Nesse ínterim, se pretendemos nos beneficiar do sacrifício de minha pequena Lenore, não percamos tempo. Algo pode acontecer para fazer com que nossa fugitiva desapareça de novo. E agora, minha querida menininha, você deve se deitar um pouco durante a tarde e se cuidar. Jantará conosco se não estiver muito cansada, e traremos algumas flores para você... um buquê da estufa do velho John, com certeza.

Deixando sua filha aos cuidados da governanta, com inúmeras instruções e vários avisos, além de um olhar comprido que revelava sua ansiedade, o sr. Burton logo se aprontou, e ambos partimos, tomando um bonde para a barca de Fulton pouco depois da uma da tarde.

Uma hora e quinze minutos depois, estávamos em frente à casa de tijolos da Court Street, bem longe, na direção dos subúrbios, com o número indicado acima da porta. Ninguém questionou nossa vinda, já que o lugar era um cortiço, e subimos uma longa sucessão de escadas até chegarmos ao quarto andar e pararmos diante da porta à esquerda. Eu tremia um pouco de emoção. Meu companheiro, colocando a mão firme na maçaneta, ficou surpreso ao ver que a porta estava trancada. Então, ele bateu, mas não houve resposta a seus chamados. Entre as chaves do molho que carregava, encontrou uma que cabia na fechadura. Um segundo depois, a porta se abriu e entramos apenas para encontrar... a mais pura solidão!

Estava claro que o cômodo fora abandonado pouco antes por uma pessoa que esperava retornar. O fogo queimava baixo no fogão, com três ou quatro batatas no forno para um modesto jantar. Não havia bagagem, baú ou roupas no local, apenas a escassa mobília que Lenore descrevera, alguns pratos na pia e utensílios de cozinha, que, provavelmente, foram alugados junto com o quarto. Sobre a mesa, duas coisas confirmavam a identidade dos ocupantes: uma tigela com restos de pão e leite, o jantar de uma criança e uma peça de bordado — um colarinho ainda não finalizado.

A pedido do sr. Burton, fui até o estabelecimento comercial no primeiro andar e perguntei em que direção a moça com a criança tinha seguido e havia quanto tempo estava fora.

— Ela saiu, talvez, meia hora atrás; levou a menininha para passear, acho. Falou para mim que voltaria antes do jantar, quando parou para comprar um pouco de carvão e pedir que entregássemos.

Retornei com essa informação.

— Agora me arrependo de termos perguntado — falou o detetive. — Aquele sujeito decerto a verá primeiro, e, quando isso acontecer, vai avisar que ela tem visitantes e isso a assustará. Devo descer e fazer minha vigília lá.

— Se não se importar de fazer isso sozinho, acho que vou até Greenwood. Estamos tão perto e gostaria de visitar o túmulo do pobre Henry.

— Não preciso de você agora, mas não se ausente por muito tempo. Quando eu encontrar essa Leesy Sullivan, que, como deve se lembrar, ainda não vi, quero ter uma conversa com ela. Não tenho intenção alguma de assustá-la; muito pelo contrário, tentarei acalmá-la. Se conseguir conversar cara a cara com a moça, acredito que amansarei o antílope ou a leoa, o que quer que ela demonstre ser. Não acho que terei que coagi-la, nem se for culpada. Caso o seja, ela se entregará. Talvez até a leve para casa, para jantar conosco — acrescentou ele, com um sorriso. — Não tenha medo, sr. Redfield; jantamos na companhia de assassinos com frequência... às vezes, quando estamos apenas na companhia de amigos e vizinhos. Asseguro-lhe que muitas vezes tive essa honra!

Seu humor sombrio era melancólico para mim — quem poderia imaginar que um homem com a experiência peculiar do sr. Burton seria tocado pelo cinismo? Além disso, achei que havia mais no significado de suas palavras do que aparentavam na superfície. Deixei-o sentado em um canto resguardado na loja abaixo, em uma posição em que poderia observar a rua e a entrada do prédio sem ser visto, e já fazendo amizade com o homenzinho atrás do balcão, de quem havia comprado um punhado de castanhas. Seria bom eu ficar fora do caminho. A srta. Sullivan me conhecia e poderia se alarmar ao ter um vislumbre distante de mim, enquanto o sr. Burton lhe era desconhecido, a não ser que ela fosse uma detetive melhor do que ele e o notara sem ele perceber.

Tomei um bonde que passava, e em poucos minutos fui da cidade dos vivos para a dos mortos. Que cidade bela e silenciosa! Lá, os preciosos e reluzentes portais, erguidos nas entradas daquelas mansões, informam ao público o nome e a idade de seus habitantes, mas os habitantes em si nunca são vistos. Dê batidas longas e altas naquelas portas de mármore, chore, rogue, implore — eles continuarão invisíveis. Nunca mais estarão "em casa" conosco. Nós, que nunca esperamos, devemos sair da soleira sem uma palavra de boas-vindas. Cidade dos mortos — para a qual aquela dos vivos logo deverá se mudar —, quem pode caminhar por suas ruas silenciosas sem ter a sensação de que estabelecerá morada em ti para sempre? Estranha cidade da solidão, cujos milhares de ocupantes são arrumados lado a lado, não conhecem uns aos outros e não dão saudações aos pálidos recém-chegados.

Com pensamentos assim, solenes demais para palavras, caminhei por aquele lugar adorável, onde o verão parecia permanecer, como se estivesse relutante a abandonar os túmulos que embelezava. Com Eleanor e Henry em meu coração, voltei-me na direção da sepultura familiar, desejando que ela estivesse comigo naquele dia glorioso, que pudesse ver o túmulo do amado pela primeira vez sob os auspícios gentis da luz, da folhagem e das flores — eu sabia que a moça pensava em fazer uma peregrinação àquele lugar assim que tivesse forças para tal.

Aproximei-me do lugar por um caminho sinuoso; o barulho suave de uma fonte soava através de um pequeno matagal de sempre-vivas. Vi o reflexo da ampla bacia em que a água caía; um pássaro solitário vertia um canto triste de lamentação de algum galho alto não muito distante. Não era necessária muita ajuda da fantasia para ouvir naquela "loucura melodiosa" o pranto de um coração partido, assombrando, na forma daquela ave, o lugar de descanso de um ente querido.

Havia outros transeuntes além de mim no cemitério, uma procissão atravessava o portão quando entrei, e encontrei outra poucos passos depois. Porém, no caminho afastado pelo qual eu seguia, estava sozinho. Com os passos lentos de alguém que reflete sobre coisas tristes, aproximei-me do túmulo de Henry.

Contudo, de repente, vindo de outro caminho tortuoso, avistei uma figura feminina.

É outra enlutada, a quem perturbei de sua vigília em um desses túmulos, pensei. *Ou, por ventura, alguém que estivesse seguindo em frente antes de alcançar o alvo de sua dor*. Com isso, descartei-a de minha mente, tendo tido, na melhor das hipóteses, apenas um olhar vago da mulher e o movimento momentâneo de suas roupas quando ela passou por um grupo de arbustos altos e perdeu-se de vista.

No instante seguinte, ajoelhei-me sobre o gramado que cobria aquela nobre e jovem forma. Não pense que sou extravagante em minhas emoções. Não era o caso — era apenas tomado, como sempre, pela simpatia intensa por aqueles que sofriam dessa calamidade. Havia ponderado tanto sobre a tristeza de Eleanor que, por assim dizer, tornei-a minha. Baixei a cabeça, recitando uma oração por ela, e, então, apoiando-me no tronco de uma árvore cujas folhas não mais faziam sombra sobre a bem-cuidada sepultura da família, meu olhar recaiu no túmulo. Havia belas flores esmaecendo sobre ele, que alguma mão amigável tinha depositado ali uma ou duas semanas antes. Posso ter passado dez ou quinze minutos em devaneios; então, antes de me levantar para partir, peguei um ou dois botões desbotados e um ramo de murta, colocando-os no bolso de meu colete para dar a Eleanor quando retornasse. Foi quando percebi pegadas de uma criança, aqui e ali, ao redor do túmulo — pegadas minúsculas no chão fofo, como as de um bebê cujos pezinhos mal tinham aprendido a se firmar de pé.

Havia uma ou duas pegadas do sapato fino de uma mulher, mas foram os pés do pequeno que causaram uma impressão em mim. Ocorreu-me qual figura feminina era aquela que eu vira esvoaçando quando me aproximei; lembrando da situação, até reconhecia a silhueta alta e esguia, com os ombros levemente curvados, que eu vira apenas de relance. Segui apressadamente o caminho que ela havia feito, mas estava pelo menos quinze minutos atrasado.

Percebi que apenas perderia tempo ao procurá-la por aquelas avenidas tortuosas, sendo que todas poderiam estar me levando para longe, em vez de na direção da fugitiva. Então voltei até o portão e perguntei ao porteiro se ele tinha visto uma mulher alta com uma criança pequena passando na última meia hora. O homem vira diversas crianças e mulheres naquele período, e, como eu não podia dizer como aquela mulher em particular estava vestida, não consegui aflorar suas recordações sobre o assunto.

— Ela provavelmente carregava a criança — falei. — Tinha uma aparência tuberculosa e triste, embora o rosto decerto estivesse escondido pelo véu.

— É bastante provável — respondeu ele. — A maioria das mulheres que vem para cá parecem tristes, e muitas mantêm o véu sobre o rosto. No entanto, tenho a impressão de que nenhuma criança dessa idade passou por aqui recentemente. Notei uma entrando às duas da tarde e, se *for* essa, ela ainda não saiu.

Portanto, enquanto o sr. Burton estava sentado na loja da Court Street, eu permaneci sentado aos portões de Greenwood. De qualquer modo, Leesy Sullivan não apareceu, e, quando os portões se fecharam ao cair da noite, fui obrigado a ir embora, desapontado.

A moça começava a parecer um fantasma em minha mente. Podia quase duvidar de que existisse tal criatura com olhos pretos e ferozes e bochechas coradas que eu perseguia, que eu encontrava em lugares estranhos, em momentos inesperados, mas que jamais via quando a perseguia — que parecia se misturar de forma injustificável com a tragédia que destroçou outros corações. O que ela tinha a ver com o túmulo de Henry? Uma sensação de desgosto, de aversão mortal, cresceu dentro de mim — não poderia mais sentir pena dela, desse espírito sombrio que, tendo por acaso causado esse infortúnio irremediável, não conseguia mergulhar nas profundezas a que pertencia, mas assombrava e pairava sobre meu problema, preocupando-me em segui-la, apenas com o objetivo de zombar e iludir.

Antes de sair do cemitério, ofereci a dois policiais cem dólares caso fossem bem-sucedidos em prender a mulher e a criança cuja descrição dei a eles, até que a notícia pudesse ser passada para o escritório dos detetives; e os deixei, com outro de guarda nos portões, vigiando a área e espreitando criptas e outros lugares fantasmagóricos na busca. Quando cheguei à casa da Court Street, encontrei meu amigo cansado de comer castanhas e conversando com o homenzinho atrás do balcão.

— Bem — disse ele —, as batatas estarão queimadas quando a dona delas retornar. Fomos levados a outra perseguição inútil.

— Eu a vi — falei.

— Como?

— E a perdi. Acredito que ela seja um pouco matreira com seu jeito escorregadio.

— Ora, assim como um cervo assustado. Mas de que forma aconteceu?

Contei a ele, que ficou abatido pelo azar que me enviou para o cemitério naquele momento específico. Era evidente que ela tinha me visto, e se encontrava outra vez temerosa em retornar ao novo endereço, por medo de estar sendo perseguida novamente.

— No entanto — disse ele —, estou confiante de que logo a pegaremos. *Preciso* voltar para casa hoje para ver minha Lenore, prometi isso a ela, que vai ficar doente por tanto esperar.

— Vá e deixe-me aqui. Permanecerei nesse lugar até termos certeza de que ela não voltará.

— Isso vai estragar o jantar. Mas agora que já sacrificamos tanto, algumas horas a mais de inconveniência...

— Serão suportadas de bom grado. Comprarei um pouco de pão e queijo, além de um caneco de cerveja do comerciante seu amigo, e ficarei em meu posto.

— Não é necessário permanecer além da meia-noite, o que o fará chegar em casa por volta das duas da madrugada, com a lenta velocidade das viagens a essa hora. Esperarei acordado pelo senhor. *Au revoir.*

Mudei de ideia em relação a comer na mercearia conforme o crepúsculo se transformava em noite. A luz fraca do vestíbulo de entrada e da escada, parte deles em total escuridão, permitiu-me subir furtivamente até a sala deserta, sem ser notado por outros moradores do grande edifício.

Após entrar, pus mais carvão no fogo e, com o tênue brilho que logo surgiu na frente do forno, avistei uma cadeira. Coloquei-a de forma a ficar na escuridão mesmo com a porta sendo aberta e me acomodei nela para esperar pelo retorno das moradoras. O cheiro das batatas assando, potencializado pelo aumento do calor, lembrou-me de que eu havia ingerido apenas um almoço leve e um desjejum cedo e rápido. Peguei uma batata do forno, fiz uma refeição frugal e então ordenei minha alma a ser paciente. Sentei-me longamente na escuridão do quarto e pude ouvir os sinos da cidade badalando com o passar das horas, a mercearia e as diversas lojas baixando as persianas e os passos embaralhados dos homens voltando para o lar, para os quartos que ocupavam naquele prédio sombrio, até quase todos os ruídos da rua e da casa cessarem.

De olho no fogão, questionei-me onde a estranha mulher mantinha a criança durante aquelas horas da noite. Ela a carregava nos braços enquanto pairava, como um fantasma, entre o silêncio retumbante dos salgueiros e das lápides reluzentes? Ela a ninava em seu busto, na sombra aterrorizante de alguma cripta, tendo um conjunto de caixões como companhia? Ou estava novamente fugindo em campos desertos, agachando-se em lugares isolados, fatigada, aflita, ofegante com o peso de um bebê inocente que dormia em um seio culpado, mas ainda motivada a seguir em frente pelo açoite de um segredo terrível? Enquanto pensava, vi imagens extravagantes nas chamas que se apagavam; fosse eu um artista, teria as reproduzido em toda a sua luz sinistra e sombra escura, mas não sou. O ar pesado do lugar, que aumentava o torpor pelo gás que escapava da porta aberta do forno, pelo silêncio profundo e por minha própria fadiga após as diversas jornadas e os eventos animadores do dia, por fim me venceram. Lembro-me de ouvir o relógio da cidade soar às onze da noite, e, depois disso, devo ter caído no sono.

Conforme dormia, meus devaneios continuaram: pensei que ainda observava as brasas; que a costureira entrava sem fazer barulho, sentava-se diante do fogo e chorava em silêncio sobre a criança que estava em seus braços; que Lenore saía das chamas douradas, com asas que brilhavam de forma inefável e com a aparência de um anjo, e parecia confortar a pranteadora, pegando-a pela mão e passando por mim, de forma que senti o movimento do ar causado por suas asas e roupas, levando-a até a porta, que se fechou com um barulho leve.

Com o ruído causado pela porta se fechando, acordei. Recuperei meus sentidos confusos e não demorei muito a chegar à conclusão de que eu tinha, na verdade, ouvido um som e sentido o vento causado pela abertura da porta — alguém estivera no quarto. Risquei, então, um fósforo, pois o fogo já tinha se apagado por completo e vi que horas eram em meu relógio: uma da manhã. Sem conseguir verbalizar o quanto me irritara ter adormecido, avancei pelos corredores vazios, tentando ouvir qualquer passo dado no silêncio. Não havia eco de som adiante. Os corredores estavam mergulhados na escuridão. Rápido e sem fazer barulho, tateei meu caminho até a rua, nem uma vivalma a ser vista em direção alguma. Ainda assim, tinha certeza de que Leesy Sullivan, rastejando de seu esconderijo, retornara ao quarto à meia-noite, me encontrara lá, *dormindo*, e fugira.

Logo apareceu um bonde, que àquela hora só passavam a intervalos de meia hora, e desisti de minha vigília noturna, mortificado com o resultado.

Eram três da manhã quando cheguei à porta do sr. Burton. Ele a abriu antes que eu pudesse tocar a campainha.

— Sem sucesso? Era o que eu temia. Veja bem, permaneci acordado esperando seu retorno; e agora, visto que a noite já está bem avançada, se o senhor não estiver deveras cansado, gostaria que me acompanhasse até uma casa aqui perto. Quero lhe mostrar como alguns dos homens mais jovens de Nova York passam as horas em que deveriam estar na cama.

— Estou completamente desperto e cheio de curiosidade. Mas como estava sua filha?

— Um pouco fraca, mas insistindo que não se sentia doente ou cansada, e ficou encantada com as flores.

— Então, o senhor não esqueceu o buquê?

— Não, não gosto de desapontar Lenore.

Fechando a porta, descemos a rua deserta.

9. A ARANHA E A MOSCA

— Venha — disse meu cicerone —, já estamos muito atrasados.

Uma caminhada rápida de poucos minutos nos levou até a entrada de uma bela casa, que tinha a aparência de uma residência privada e ficava em uma rua elegante.

— Ora — falei, inclinado a voltar conforme ele subia os degraus —, o senhor decerto não pensa em incomodar as pessoas daqui a essa hora da noite, correto? Não há luz acesa, mesmo nos aposentos.

A risada baixa do sr. Burton me fez corar diante de minha "inocência". Seu toque de campainha foi seguido por uma batida, que fui perspicaz o suficiente, apesar da falta de experiência, para perceber que havia algo orquestrado ali. A porta se abriu um pouco de imediato, e meu amigo disse algumas palavras que tiveram o efeito de expandir ainda mais aquele misterioso portal. Em seguida, adentramos um vestíbulo modesto, com uma lareira a gás debilmente ligada que iluminava com dificuldade o lugar. O criado que nos deixou entrar era escuro feito ébano, musculoso e bastante alto, vestindo uma libré simples e com maneiras tão polidas quanto a própria pele brilhante — um leopardo africano sem as manchas, liso e poderoso.

— Bagley ainda está aqui? — perguntou meu companheiro.

— Sim, senhor. Na biblioteca, onde o senhor o deixou.

— Muito bem. Não é necessário incomodá-lo. Trouxe meu jovem amigo para apresentá-lo à casa, com o objetivo de conhecê-la melhor.

O homem de ébano sorriu respeitosamente, fazendo uma reverência quando passamos para a sala. Pensei ter visto naquele sorriso calmo um vislumbre oculto de satisfação — um regozijo, por assim dizer, sobre minha perspectiva de intimidade àquela respeitável casa. Ele provavelmente já era guia do turbilhão havia tempo suficiente para saber que aqueles que são pegos na lenta e deliciosa valsa das águas rodopiantes nunca as abandonam depois que o círculo fica estreito e veloz, e o barulho do redemoinho soa do abismo.

Entramos em um conjunto de quartos que não diferiam em nada dos salões de uma casa particular. Eram ricamente mobiliados e bem-iluminados, com persianas internas fechadas, escondidas por pesadas cortinas de seda que impediam as luzes de serem notadas da rua. Passamos por três cômodos; os dois primeiros estavam vazios, embora o aroma de vinho, cabelo e lenços perfumados indicasse que haviam sido recentemente ocupados. Ali, os candelabros foram parcialmente apagados, mas o terceiro cômodo ainda estava bastante iluminado. Fomos na direção dele. Cortinas magníficas de seda na cor âmbar se dependuravam do arco que separava o cômodo da sala. Apenas uma delas estava aberta, as outras se arrastavam no carpete, fechando o lugar para nossa observação. O sr. Burton me posicionou na sombra, onde eu poderia ver — mas não ser visto. O quarto tinha a mobília de uma biblioteca, sendo que duas das paredes eram cobertas de livros; notei em particular um excelente busto de Shakespeare. Um gosto severo, ainda que liberal, marcava a escolha e a disposição de tudo. Uma pintura de Tasso lendo seus poemas para a princesa ficava pendurada entre as duas janelas do fundo.

Era, decerto, uma biblioteca bem-organizada; mas seus quatro ocupantes estavam concentrados em um estudo mais fascinante do que qualquer um dos livros que os cercavam. Se Mefistófeles pudesse ter se livrado de sua encadernação azul e dourada e conhecido seus companheiros, teria ficado bastante encantado. Duas duplas sentavam-se a duas mesas, jogando cartas. Todos os outros visitantes do lugar tinham ido embora, alguns deles por roubo ou suicídio, talvez, menos aqueles quatro, que ainda permaneciam, envoltos no terrível encantamento do horário. Os dois na mesa que vi primeiro me eram desconhecidos; mas, na segunda, pude reconhecer um dos rostos, pois o outro estava de costas. Diretamente à minha frente, e sob a luz do candelabro, encontrava-se James Argyll. Fiquei em choque. Considerava parte minha culpa que nunca tivesse confraternizado com ele — existem pessoas tão naturalmente antagônicas, que tornam impossível surgir uma verdadeira amizade entre elas —, e com frequência também me culpei por nossa frieza mútua. Porém, com todo o meu desafeto por algumas de suas qualidades — como sua aceitação indolente da generosidade do tio, que, aos olhos de um indivíduo de meu caráter, tirava metade de sua masculinidade — e, com toda a minha aversão a ele, nunca suspeitei que James tivesse hábitos horrendos.

Precisei olhar duas vezes para me certificar de sua identidade. E, mesmo com sua confirmação, não conseguia afastar os olhos da estranha atração de um semblante transformado pela animação de uma mesa de jogo. A compleição sombria havia esbranquiçado até uma palidez amarelada; bochechas e lábios estavam da mesma cor; o nariz parecia mais aguçado e mais afundado no rosto, com um aspecto comprimido; as sobrancelhas estavam levemente contraídas, mas fixas, como se cinzeladas em mármore, enquanto abaixo delas as pálpebras estavam juntas, de forma que apenas uma linha do olho era visível — uma linha estreita que deixava escapar um único raio contínuo do lúgubre mundo interior. As pálpebras davam a impressão de que as órbitas oculares haviam diminuído de tamanho com a intensidade do olhar.

Em silêncio, as cartas foram distribuídas e jogadas. Evidentemente, era o jogo final, do qual muita coisa dependia —

o *quanto*, para James, eu só poderia adivinhar pela palidez e absorção crescente de sua face.

— Gostaria de poder ver o rosto do oponente — sussurrei para meu companheiro.

— Não veria qualquer coisa além do semblante de um demônio se divertindo friamente. Bagley nunca fica emocionado. Já arruinou uma dúzia de rapazes.

A última carta foi jogada; os dois jogadores se levantaram ao mesmo tempo.

— Bem, Bagley — disse James, com uma gargalhada desesperada —, terá que esperar pelo dinheiro até que eu...

— Case-se com a moça — falou o outro. — É o que foi combinado, acredito; mas não concorde com um noivado longo.

— Encontrarei alguma forma de pagar as últimas duas dívidas antes da feliz união, espero. Terá notícias minhas dentro de um mês.

— Façamos um pequeno memorando delas — disse o oponente, conforme seguiam juntos para uma escrivaninha.

O sr. Burton me afastou da cena.

Mal conseguia respirar ao chegarmos à rua. Fiquei sem ar devido à raiva ao ouvir a referência feita por aqueles dois homens, debaixo daquele teto maldito, à mulher tão venerada e sagrada em meus pensamentos. Tinha certeza de que a srta. Argyll era a jovem cuja fortuna pagaria as "dívidas de honra", contraídas antes de tal garantia. Se a mão forte do sr. Burton não tivesse me contido em silêncio, acho que teria feito um alarde, o que haveria sido insensato e inútil. Fiquei grato, depois, por ter sido impedido, embora tenha me irritado com a restrição na ocasião. Nenhum de nós disse nem sequer uma palavra até chegarmos à casa de meu anfitrião, onde uma lareira na biblioteca esperava por nós. Sentamo-nos diante dela, sem o menor sono após nossa aventura noturna.

— Como sabia que Argyll estava naquela casa? Não fazia ideia de que ele tinha a intenção de vir para a cidade hoje — falei.

— Ele não tinha a intenção até saber de sua partida repentina. Veio no trem seguinte, para ver o que o *senhor* andava fazendo. Não percebeu que ele está nervoso com relação ao senhor, sr. Redfield? Mas como não descobriu algo satisfatório sobre suas ações, ou as minhas, não tinha coisa melhor a fazer esta noite do que procurar o amigo Bagley.

— Como sabe de tudo isso?

O detetive deu um meio sorriso, seu olhar penetrante fixo no fogo.

— Eu seria incapaz de sustentar minhas pretensões se não pudesse manter o círculo de meus conhecidos sob observação. Fui informado da chegada dele na cidade após meu retorno do Brooklyn e soube de seu paradeiro desde então. Posso lhe dizer o que ele comeu no jantar, se estiver interessado.

Aquela sensação desconfortável que várias vezes senti na companhia do sr. Burton aflorou outra vez. Falei, de forma apressada:

— Eu me pergunto se tem seus agentes secretos... espíritos do ar ou da eletricidade, é o que quase parecem ser... perseguindo sempre *meus* passos.

Ele riu, não de forma desagradável, admirando-me com aqueles olhos azul-acinzentados.

— O senhor ficaria incomodado de se imaginar sob vigilância?

— Nunca gostei de grilhões de tipo algum. Não cedo a quem quer que seja minhas escolhas. Contudo, se alguém encontra satisfação em desempenhar o papel de sombra, não sei se sofrerei qualquer restrição por conta disso.

— Não acho que ficaria seriamente perturbado — falou ele.

— Ninguém gosta de ser observado, sr. Burton.

— Todos somos observados pelo olhar puro e penetrante Daquele que Tudo Vê, e, se não temos medo d'Ele, de quem precisaríamos nos esconder?

Olhei para cima, a fim de ver se o agente secreto da polícia estava pregando uma peça em mim, ou se meu anfitrião, com seu poder de se expressar com total clareza, não trocou a estrela mística de seu distintivo pelo manto de ministro. Ele observava o fogo com uma expressão triste e concentrada, como se visse diante de si uma longa procissão de crimes mortais caminhando à noite, mas, na realidade, sob o brilho total do dia infinito.

Já o vira naquele humor solene, quase profético, irrompido pela revelação de algum novo pecado que, aparentemente, sempre fazia despertar o arrependimento, e não o júbilo de um detetive inclinado sobre os resultados bem-sucedidos de sua missão. O sr. Burton parecia tão gentil, que me perguntei se ele tinha a coragem de infligir a desgraça e a exposição aos culpados "respeitáveis" — a classe de criminosos com a qual ele trabalhava quase exclusivamente —, mas tive apenas que refletir sobre o admirável equilíbrio de seu caráter para perceber que a justiça era a coisa que ele mais amava. Para aqueles que rondavam a sociedade usando trajes de ovelhas e cães pastores, procurando quem poderiam devorar e colocando, talvez, as provas da culpabilidade nas portas dos inocentes, ele não tinha misericórdia alguma. Por algum tempo, ficamos em silêncio, porém a queda de uma brasa da lareira nos sobressaltou.

— Por que acha que James está de olho em mim? Por que ele faz isso? — perguntei, voltando à surpresa que senti quando ele fez aquele comentário.

— O senhor logo saberá.

Era inútil para mim insistir na questão, já que ele não desejava ser explícito.

— Eu não sabia — falei. — Nunca imaginei que James tinha más companhias nesta cidade. Sei que o tio e as primas não suspeitam dele, e isso me dói mais do que consigo expressar. O que devo fazer? Não tenho como influenciá-lo. Ele não gosta de mim, e tomaria o protesto mais fraternal como uma ofensa.

— Não gostaria, pelo menos agora, que revelasse sua descoberta para ele. Em relação a não suspeitar de seus hábitos, os hábitos em si são recentes. Duvido que ele tenha apostado um dólar nas cartas até três meses atrás. Ele tinha alguns companheiros libertinos e até dissolutos na cidade, entre os quais o pior e mais perigoso era Bagley. Porém, James não se juntou a eles nos maiores excessos... era apenas ocioso e gostava de prazer... uma mariposa voando ao redor das chamas. Agora, ele chamuscou as asas. Não passou mais de três ou quatro noites como passou esta, e o único dinheiro que perdeu foi para a pessoa que o senhor viu o acompanhando hoje. Bagley é um dos vampiros que se aproveita do caráter e dos bolsos de homens jovens como James Argyll.

— Então não deveríamos fazer algo para salvá-lo antes que seja tarde demais? Ah, sr. Burton, o senhor é sábio e tem mais experiência... diga-me o que fazer.

— Por que está tão interessado nele? O senhor não gosta do rapaz.

— Eu não conseguiria ver um estranho descer em direção à destruição sem estender minha mão. Não há uma grande amizade entre nós, é verdade, mas James tem uma conexão íntima com a felicidade e a reputação da família que mais prezo na Terra. Pelo bem dela, eu me esforçaria ao máximo.

— Pelos interesses da justiça, então, é bom que eu não seja relacionado aos Argyll pelos mesmos laços pessoais que afetam o senhor. Vou lhe dizer uma coisa: James não aposta por fraqueza em resistir à tentação, mas para se esquecer, por um tempo, sob a influência da agitação fascinante, uma ansiedade que carrega dentro de si.

— O senhor é um observador astuto, sr. Burton. De fato, James tem estado profundamente perturbado nos últimos tempos. Notei a mudança nele... em seu apetite, sua compleição, suas maneiras, em inúmeras ninharias... uma mudança que cresce nele todo dia. Ele é corroído por dúvidas secretas... ora erguidas por esperança, ora deprimidas por temores, até ficar instável e incerto como uma luz soprada pelo vento outonal. Contudo, posso dizer ao senhor que ele está completamente errado em ceder a esta esperança vã, que cria a dúvida. Sei o que é e como não tem fundamento algum. É a fraqueza, é a maldade dentro de James que permite que uma paixão que deveria apenas enobrecê-lo e ensinar-lhe o autocontrole o leve à ruína que vi esta noite.

— Essa é *sua* forma de ver a questão, sr. Redfield. Todos vemos as coisas de acordo com as cores das lentes que usamos. Então, o senhor acha que os hábitos imprudentes do jovem se devem à certeza de que nunca terá uma chance com a srta. Argyll, assim como qualquer outro homem, mesmo após alívio de votos passados?

Fiquei um pouco ofendido por ele ter mencionado Eleanor daquela maneira, mas sabia que era uma sensibilidade extrema, talvez até mórbida, em tudo que dizia respeito a ela, e engoli meu ressentimento, respondendo:

— Temo que sim.

— Isso pode explicar a inquietação dele em relação ao senhor... que assim seja.

Ainda assim, o sr. Burton escondia algo de mim — sempre escondia algo de mim. Eu não sentia um pingo de sono e estava cheio de pensamentos ansiosos. Revi rapidamente o que ele havia me dito — tudo que James fizera ou falara nos últimos tempos — e, juro, se não fosse pela gentileza quase afeiçoada de seus modos em relação a mim e por minha crença em sua honestidade, teria certeza de que o sr. Burton suspeitava de *mim* como autor do crime, que eu me ocupava tentando colocar a culpa sobre a cabeça de uma mulher frágil e assustada!

Novamente a ideia, e não pela primeira vez, arrastou-se por minhas veias, arrepiando-me da cabeça aos pés. Fitei o fundo de seus olhos. Se ele *pensasse* assim, eu o arrancaria de trás daquela cortina de logro e o faria reconhecer o fato. Se pensasse assim, fora James quem colocara a ideia em sua cabeça. Sabia que James tivera conversas com ele, das quais fiquei ciente apenas por observações casuais ditas por meu anfitrião. Minha imaginação conjecturava quantos outros encontros eles tiveram. Para quem esse homem diante de mim desempenhava o papel duplo? Um amigo para ambos, mas nunca para os dois juntos.

O leitor poderá sorrir e responder que é função e vocação de um detetive desempenhar o papel de agente duplo, e que eu não deveria ficar mortificado ao vê-lo exercendo seus excelentes talentos em mim. Talvez James também tivesse razão de se ver como confidente e amigo desse homem, que estava nos enganando, colocando um contra o outro, por motivos próprios. Era o pensamento de que o sr. Burton — a quem, mais do que qualquer outra pessoa no mundo, exceto minha mãe, eu estava disposto a abrir minha alma — pudesse desconfiar de que eu tivesse qualquer parte escusa nessa tragédia sombria que me aterrorizava até a medula.

Mas não! Era impossível! Eu via naquele momento nos olhos francos e sorridentes que encontraram meu olhar inquisitivo e demorado.

— Lá — berrou ele, alegre. — Um raio de sol. O fogo se apagou, o quarto ficou frio... a manhã chegou. Passamos a noite em claro, Richard! Deixe-me mostrar seu quarto; o desjejum só será servido às nove da manhã, então pode descansar por um tempo. — Ele pegou uma lanterna e subimos a escada. — Eis aqui seus aposentos. Agora, lembre-se, peço para que durma e deixe esse relógio em seu cérebro se esgo-

O DEPARTAMENTO DE CARTAS MORTAS

tar. Não é bom que os jovens pensem demasiado sobre uma coisa. Bom... dia.

Ele seguiu em frente enquanto eu fechava a porta de meu aposento. Seu tom fora de um amigo mais velho falando com um jovem a quem amava; eu me enganara em relação a ele por aquela ideia desagradável que arrepiou meu corpo.

Persianas fechadas e cortinas grossas impediam a entrada da luz crescente do nascer do sol; ainda assim, achei difícil cair no sono. A sombra assustadora que esvoaçou sobre o túmulo de Henry quando me aproximei dele ontem; o sonho que tive no pequeno quarto, despertando para a realidade com a costureira escapando — nada superava a descoberta feita naquela casa do pecado, em que a aranha inchada tece sua rede reluzente e fica à espreita das vítimas alegres e brilhantes que se agitam em seus fios.

A sensação que eu tive na ocasião daquela descoberta, que não revelara ao sr. Burton e que não reconheceria em minha própria alma, sensação com a qual briguei e tentei expulsar, mas que naquele momento persistia em voltar, não permitia que meus olhos se fechassem. Quando estava atrás daquelas cortinas de seda e presenciei James Argyll perdendo dinheiro no jogo, senti alívio — posso dizer até alegria absoluta —, uma sensação inteiramente separada de minha tristeza ao encontrá-lo com tais companhias exercendo tais hábitos. Por quê? Ah, não me pergunte, não posso dizer ainda. Não se engane ao afirmar que estava triunfante quanto à queda de meu rival no afeto do sr. Argyll, nos negócios, possivelmente, e em relação àquelas duas nobres moças cujas opiniões ambos tínhamos em alta conta. Apenas não me acuse dessa razão tão aparente para minha alegria, e eu aguardarei seu julgamento. Mas não! Confessarei esta noite.

Se aquela criatura furtiva e matreira que nós dois estávamos perseguindo de um esconderijo para o outro, cujo rosto estivera pressionado contra a janela da biblioteca na noite das noites e cujo lenço os próprios espinhos das rosas conspiraram para roubar e testemunhar contra ela — se aquela criatura duvidosa e esquiva, flutuando nas sombras dessa tragédia, não tivesse retirado o dinheiro da escrivaninha do sr. Argyll, eu ousaria adivinhar quem poderia tê-lo levado. Simples e somente uma pessoa — não porque não gostava dela, mas porque, voltando àquela sexta-feira antes do sábado fatal, eu chegara tarde aos salões. Enquanto as moças cantavam e tocavam piano, deixei-as para ir pegar um livro na biblioteca, que desejava levar comigo para ler no quarto quando fosse dormir. Abri a porta de súbito e assustei James, que debruçava-se sobre a escrivaninha.

— Você viu meus binóculos de ópera? — perguntou ele. — Deixei-o aqui na escrivaninha.

Respondi que não o tinha visto, peguei o livro e retornei à música, sem pensar mais nesse acontecimento trivial — que não teria mais rememorado não fosse pela expressão peculiar no rosto de James, da qual, depois, fui forçado a me lembrar contra minha vontade. No entanto, não desejava prejudicá-lo, tanto que, em meus pensamentos secretos, quando as investigações estavam sendo realizadas, fiquei convencido, como todos os outros, de que a visitante indevida do jardim havia, de alguma forma, se apoderado do dinheiro. Aquilo só voltou a mim quando observei James naquela noite, no salão de apostas, que, se ele alguma vez se sentiu tentado a roubar do tio mais do que a generosidade infalível daquele bom cavalheiro lhe permitiu, eu estava feliz de que tinha sido o *jogo* que o tentara a cometer o ato ilícito. Esta era a natureza sombria de meu prazer. Quem tem o domínio completo sobre seus pensamentos? Quem, às vezes, não os acha maléficos, indefensáveis, desconfortáveis e vergonhosos?

A partir da perplexidade de todas essas coisas, caí em um sono leve, do qual fui quase imediatamente acordado pelo badalar do sino que indicava que o café da manhã estava servido. Levantei-me, vesti minhas roupas e, descendo até a biblioteca, encontrei a criada, que me levou na mesma hora até um cômodo agradável. Perto da janela, lendo um jornal, estava meu anfitrião à mesa, e só esperava minha aparição para ser agraciado com uma excelente refeição.

— Lenore cuida da jarra de chá — disse o sr. Burton, enquanto nos sentávamos. — Temos uma pequena que serve para dois e é adaptada para a força de suas pequeninas mãos. É bastante agradável e nós dois gostamos, mas ela ainda não se levantou.

— Espero que a criança não esteja pior do que o normal — falei, com verdadeiro desvelo.

— Para dizer a verdade, ela não se beneficiou do que aconteceu ontem. Está nervosa e exausta; estive lá em cima para dar uma olhada nela. Sei que quando o médico vier hoje, vai adivinhar o que fiz e me culpar. Juro que é a última vez que faço experimentos com ela.

— Lamentarei, se ela ficar realmente mal, apesar de meu intenso desejo de saber o que ela revelara. Talvez tenhamos sido castigados com a falta de resultados devido ao egoísmo em usar um instrumento tão extraordinário para propósitos tão terrenos.

O sr. Burton riu.

— Talvez. Castigos, no entanto, quase nunca parecem distribuídos de forma adequada neste lado do rio Estige. Minha Lenore estará melhor de tarde; e tenho grandes esperanças de que, com a luz à nossa frente, pegaremos nossa presa. Se aquela mulher me escapar agora, eu a considerarei uma lunática: apenas uma pessoa insana teria a astúcia para me frustrar por tanto tempo.

— Nunca houve alguém menos insano — falei. — A impressão que ela me passou foi de uma pessoa cujo intelecto e emoção eram poderosos. A vontade e a sagacidade dela são quase iguais às suas. O senhor terá que estar afiado.

— É mais fácil perseguir do que escapar da perseguição. Ela precisa conceber e executar a estratégia mais difícil. Afirmo, sr. Redfield, que estou destinado a ver aquela mulher. Ficarei assustado com meu fracasso, a ponto de entrar em declínio, se me desapontar. — Ele parecia estar sendo sincero, apesar da afirmação jocosa.

Não nos demoramos muito no desjejum, pois estávamos ansiosos para voltar ao Brooklyn. Depois de nos retirarmos da mesa, o sr. Burton me entregou o jornal para que eu desse uma olhada enquanto subia por um instante para dizer algo para a filha. Enquanto estava ausente, a campainha tocou e a criada levou um cavalheiro para o cômodo em que eu estava.

— Ora, o sr. Burton o tomou como aprendiz e você mora com seu patrão? — Aquelas foram as primeiras palavras que ouvi.

Era James — como sempre, quando se dirigindo a mim, com um sorriso alegre cobrindo a ironia. Ele nem estendeu a mão, mas me encarou por um momento, com uma espécie de ameaça desafiadora, e terminou com um olhar desconfortável ao redor. Se soubesse de minha visita secreta ao seu refúgio, teria empregado tal expressão; interpretei que sua consciência inquieta o fazia suspeitar de seus amigos.

— Vim para a cidade de forma inesperada ontem pela manhã, a pedido do sr. Burton. Achamos uma pista de Leesy Sullivan, e ficarei aqui até fazermos algo a respeito.

— Pois bem! — Ele pareceu aliviado, afastando a aparência feia e condescendente para ser cavalheiresco novamente. — Já descobriu onde a maldita criatura se escondeu? Juro que, se Eleanor conhecesse o caso em todos os seus aspectos, ela talvez não se mataria de tristeza pela perda de alguém.

Então foi minha vez de ficar nervoso; virei-me para ele com o rosto corado.

— Pelo amor de Deus, não fale dos mortos, por menor que seja a imputação. Quem quer que tenha colocado Henry onde ele está agora e com que propósito, nisso eu acredito: injustiça ou pecado algum de sua autoria desanimaria aquele coração elevado. E o malfeitor, o malfeitor, eu digo, que pudesse murmurar esse sussurro no ouvido de Eleanor seria vil o suficiente para... para...

— Fale! — disse James, sorrindo, encarando-me com seu olhar levemente brilhante.

— Não direi mais nada. — E encerrei minha fala de súbito ao ouvir os passos do sr. Burton se aproximando.

Era evidente para mim que não haveria paz entre nós.

Observei meu anfitrião enquanto ele saudava o recém-chegado; queria me certificar de que não havia diferença em seus modos de nos tratar que justificasse minha crença de que o sr. Burton estava me enganando. Ele foi cortês, afável, tudo que era desejável e esperado em um cavalheiro recebendo um conhecido amigável — e só; mais uma vez, assegurei-me de que era apenas por mim que ele demonstrava carinho e afeição. Contudo, no momento, ele não manifestava aqueles sentimentos. Seu rosto tinha uma máscara — aquele sorriso convencional e polido, o ar de interesse educado, no qual nada é mais impenetrável. Como em nosso relacionamento a sós o sr. Burton colocava a máscara de lado, eu me gabava de ser seu amigo e confidente.

— Richard me surpreendeu — observou James, após as cortesias do dia terem terminado. — Não fazia ideia de que ele estava na cidade. Vim ontem para comprar um capote... negócios importantes, não?... e fiquei para ir à ópera, já que ontem à noite foi a abertura da nova temporada. Algum de vocês foi? Se sim, não os vi. Ele me disse que tomou o trem logo cedo de manhã, antes do meu. O senhor tem alguma informação importante, sr. Burton?

— Vimos a srta. Sullivan.

— Será possível? E o senhor de fato se convenceu de que a pobrezinha é culpada? Se for o caso, espero que não falhem em fazer com que seja presa. De fato, gostaria muito que o assunto fosse dado por encerrado.

— Sim, suponho que sim. É bastante natural que tenha interesse em encerrar o assunto, como diz. Asseguro-lhe que, se tiver motivo suficiente para justificar um mandado, pedirei para emitirem um. Nesse ínterim, devemos ter cautela... os motivos envolvidos são demasiado sérios para fazermos joguetes com eles.

— Decerto que são. E, a não ser que a jovem seja mesmo o ser abjeto em que acreditamos, não devemos arruiná-la com uma acusação pública. Ainda assim, devo dizer que ela age como uma pessoa culpada.

— Sim, sr. Argyll; vejo apenas uma explicação para sua conduta: ela é *particeps criminis* ou sabe quem é o responsável.

— É bastante provável. De fato, não podemos pensar de outra maneira. O senhor disse que viu a moça, sr. Burton?

— Sim, ontem... ou melhor, o sr. Redfield viu.

— Posso saber do resultado? Ou não deveria estar suficientemente interessado no caso para ter o direito de fazer perguntas? Em caso positivo, rogo-lhes, não se incomodem. Com certeza há outros com razões mais profundas e diferentes das minhas para ser conspícuo no assunto. — Enquanto James falava, olhou direto para mim. — O senhor sabe, sr. Burton, e já insinuei isso, se, às vezes, sou imprudente em meu discurso, deve saber o quanto é difícil para mim me controlar.

Fiquei consciente de minha palidez, conforme o sr. Burton me estudava. Tinha certeza de que James se referia a algo pessoal, embora não soubesse como acusá-lo ou como fazê-lo se explicar, sobretudo quando provavelmente diria que não havia algo a ser explicado.

— Não acho que alguém tenha interesse maior no assunto do que o senhor, sr. Argyll — declarou meu parceiro, com uma espécie de suave inflexão na voz que poderia dar a noção de parecer impressionante ou não significar coisa alguma, dependendo de como o ouvinte escolhesse interpretá-la. — Quanto a ver a moça, Redfield não tem tanto a compartilhar quanto eu gostaria que tivesse. Na verdade, ele a deixou escapar por entre os dedos.

Uma risada seca foi a reação de James diante dessa declaração. O sr. Burton percebeu que estávamos irritados, prontos, por assim dizer, para atacar um ao outro; então, pegou o chapéu e as luvas.

— Venham, cavalheiros, temos negócios importantes para tratar que não permitem cerimônia. Sr. Argyll, devo pedir licença. Porém, caso queira se juntar a nós, ficaremos felizes com sua ajuda e companhia. Vamos ao Brooklyn buscar outro vislumbre de Leesy Sullivan.

James teve uma leve surpresa quando o Brooklyn foi mencionado. Ele não tinha razão para supor qualquer coisa além do convite que recebeu; ainda assim, não hesitou em aceitá-lo. Poderia ser curiosidade, inveja por não contar com a confiança total do detetive, um desejo de bisbilhotar minhas ações e meus motivos ou um interesse louvável — o que quer que tenha sido, James permaneceu conosco o dia inteiro, expressando um pesar tão profundo quanto o nosso quando outra noite veio sem resultados. Como estávamos atrasados, ceamos em um bar, da mesma forma que havíamos feito com o jantar. Não pude deixar de notar que o sr. Burton não convidou James para passar a noite na residência ou conversou com ele sobre a filha ou assuntos pessoais.

Na manhã seguinte, James retornou para casa, mas permaneci na cidade por diversos dias, todo esse tempo como convidado do sr. Burton, e me tornei mais próximo dele e de sua bela filha. Depois do primeiro dia, Lenore recuperou-se rapidamente dos efeitos negativos do transe; eu estava, como dizem as moças, "perfeitamente fascinado" por ela. Nunca existiu uma fada mais alegre do que aquela criança, quando sua saúde permitia que a menina demonstrasse sua disposição natural. Sua graça e jovialidade eram condizentes com a idade — infantil em grau eminente, mas com tons poéticos, por assim dizer, de uma espiritualidade etérea que era toda sua. Ouvi-la cantar era imaginar como tais graves, agudos e amplitudes, uma infinidade melodiosa, poderiam verter de garganta tão jovem e esbelta — como muitas vezes me perguntei, ao olhar para o peito inchado de algum pássaro triunfante, onde estava escondido o mecanismo para aquele poder musical maravilhoso.

Dizem que as crianças sabem quem são seus verdadeiros amigos. Não acho que a "fada esvoaçante" que era Lenore duvidasse por um instante de que eu era seu amigo. Tivemos uma atração mútua, e seu pai parecia ter prazer de observar isso. Ela era, para nós dois, um deleite e um descanso que ansiávamos após as vexações e decepções do dia — vexações e decepções que cresciam em nós, pois toda noite tínhamos a insatisfação de encontrar um fiapo de pista, que havíamos desvendado e seguido diligentemente, interrompido de forma abrupta, deixando-nos perplexos e abobados. Às vezes, íamos atrás de pessoas e situações irrelevantes. Não gostaria de dizer quantas jovens pálidas de olhos sombrios, com bebês bonitos, nos conheceram de forma inesperada durante a semana seguinte — um contato tão breve quanto não solicitado da parte delas.

10. O ANIVERSÁRIO

Já afirmei que esperava que o sr. Argyll me oferecesse uma parceria, pois estava pronto para começar minha carreira no Direito. Nesse ponto, não era presunçoso, uma vez que ele insinuava clara e frequentemente essa intenção. Esse acordo seria desejável para mim; eu apreciava as diversas vantagens; ao mesmo tempo, esperava, ao assumir todo o trabalho árduo e através de uma devoção constante de todo o talento que tinha para os interesses da empresa, pagar, na medida do possível, minhas obrigações com o membro sênior.

Quando voltei de Nova York, compareci ao tribunal com um caso que por coincidência me foi confiado, talvez pela incapacidade de meu cliente de empregar um advogado mais velho e mais caro. Eu me saí bem e fui elogiado por vários dos colegas do sr. Argyll por meu sucesso. Para minha surpresa e mortificação, as congratulações do próprio foram contidas e cuidadosas. Ele parecia estar mais formal, menos aberto em sua forma de me tratar, desde minha última visita à cidade. A princípio, pensei se tratar de culpa minha ou que fosse algo causado por um mal de saúde temporário ou preocupação mental pela qual ele poderia estar passando.

A cada dia, a impressão de que seus sentimentos em relação a mim não eram mais como já foram se aprofundava. A maior prova que tive disso era que oferta de parceria alguma foi feita. Para alguém de temperamento orgulhoso como eu, fui colocado em uma situação desagradável. Com meus estudos completos a ponto de a admissão para praticar a profissão ser concedida, não tinha algo a fazer além de continuar em seu escritório, lendo para passar o tempo — não que meu tempo fosse empregado de forma mais útil assim e não que eu estivesse com muita pressa para iniciar os negócios, embora meus ganhos fossem parcos, e eu sabia que minha mãe havia apertado seu orçamento doméstico para me sustentar —, mas comecei a me sentir um intruso.

Meu uso ostensivo de seus livros, seu escritório e suas instruções tinham chegado ao fim, e comecei a me sentir como um parasita. Ainda assim, não poderia ir embora ou oferecer parceria com outros. Sentia que o sr. Argyll deveria ou colocar sua promessa implícita em ação, ou me informar que havia mudado de ideia e que eu estava livre para tentar algo em outro lugar.

Alguém mais sensitivo pode dizer por que pressente a tempestade em seus ossos e nervos enquanto o sol ainda brilha em um céu sem nuvens? Nem eu consigo explicar as influências sutis que me afetaram, deprimindo-me imensamente e me fazendo sentir uma mudança na atmosfera domiciliar que pairava sobre a mansão Argyll.

Senti isso pela primeira vez no âmbito mais profissional do escritório. Porém, aos poucos, a coisa parecia estar se encaminhando para a casa. Mary, aquela doce criança impulsiva, jovem demais para assumir muita dignidade e sincera demais para disfarçar seu rosto inocente em falsidade, que se apoiou em mim durante essa aflição como uma irmã se apoia em um irmão mais velho, despertando todos meus instintos mais ternos de proteção e indulgência, começou a me tratar com ar reservado. Logo ela, que era tão querida por mim como a irmã da outra mulher que eu adorava. Ela era amável e gentil, mas não corria mais até mim com suas lindas demandas e reclamações, suas confidências triviais, tão doces por se tratarem de uma evidência de confiança e afeto. Às vezes, encontrava seu olhar me fitando de uma maneira pensativa e triste, o que me intrigava e desconcertava. Quando nossos olhares se encontravam, ela logo virava o rosto e corava.

Não podia deixar de acreditar, embora não tivesse provas disso, de que James começara, em segredo, a influenciar negativamente a família. Por outro lado, seus modos em relação a mim nunca foram amigáveis; quando estávamos sozinhos, ele era bastante extrovertido, às vezes, recaindo em pequenas lisonjas e negligenciando quase inteiramente o uso daquelas pequenas provocações irônicas com as quais certa vez se deleitara em me espezinhar sempre que alguém que eu estimava estava presente. Não conseguia iniciar uma discussão com ele, por mais que quisesse. Ainda assim, também não conseguia me livrar do pensamento de que ele sabotava minha presença na casa de amigos que tanto amava.

De que maneira, era difícil ter certeza. Se ele difamava meus hábitos ou minhas amizades, seria fácil para o sr. Argyll verificar de forma discreta, por meio de investigações que me eram desconhecidas, a veracidade de suas declarações. A justiça exigiria que ele se desse a esse trabalho, antes de rejeitar o filho de seu falecido amigo como indigno de sua bondade adicional. Só conseguia pensar em um assunto que ele poderia usar para me prejudicar, e, quanto a isso, minha consciência me acusava em alto e bom som. Disse a mim mesmo que ele revelara o meu amor por Eleanor. James havia arrancado aquele delicado e sagrado segredo de meu coração, onde jazia apenas sob a luz misericordiosa dos olhos de Deus — descobrindo-o através do ódio e da inveja, que ficam ao lado do amor na agudeza de suas percepções —, e o exposto àqueles de quem eu havia escondido com a maior cautela. Mesmo assim, por que me culpariam ou me tratariam com frieza por algo sobre o qual nada poderia fazer além de sofrer sozinho? De repente, uma ideia terrível surgiu, a fim de se livrar de mim para sempre, para conseguir a amizade que queria para si, com seus próprios objetivos egoístas, James declarara a eles que eu não apenas amava Eleanor, mas que vislumbrava um futuro com esperanças que zombavam de sua atual desolação.

Não posso descrever a dor e a humilhação que essa ideia me trouxe. Se eu pudesse tê-la descoberto ou a negado de qualquer forma, não teria me sentido tão magoado e impotente. Sentia que minha honra estava sendo esfaqueada na escuridão, sem chance de defesa — algum inimigo secreto a ferira, assim como o assassino vil havia plantado o ferimento mortal no coração de Henry Moreland.

Nesse meio-tempo, as festas cristãs se aproximavam. Era uma temporada de tristeza e luto, zombada pelos preparativos alegres de pessoas mais felizes. O vigésimo terceiro dia de dezembro seria o décimo nono aniversário de Eleanor. Seria também o dia de seu casamento. O sol nasceu em uma gloriosa manhã de inverno, brilhando em um céu cor de safira, e parecia que todas as plantas da estufa floresceram duplamente — as camélias e as rosas brancas estavam incomparáveis. Não pude deixar de ficar na casa. Eleanor permaneceu no quarto. Se cada palavra referente a ela fosse escrita em lágrimas, não conseguiriam expressar os sentimentos com que todos nós nos comovemos diante da ideia de seu luto. Nós nos movíamos como pessoas em sonhos, silenciosas e absortas. A velha governanta, quando a encontrei na escada, estava limpando os olhos com o canto do avental. O sr. Argyll, inquieto e pálido, ia de cômodo em cômodo. O escritório permaneceu fechado; as persianas da frente da casa estavam fechadas — era como o dia do funeral.

Fui até a estufa; havia sol e doçura lá — uma exuberância brilhante de beleza. Era mais solene para mim do que as salas escuras. Arranquei uma rosa branca, segurando-a entre meus dedos. Eram 11h10 — a cerimônia teria começado ao meio-dia. Mary apareceu enquanto eu estava mais envolvido pela emoção do que por pensamentos. Seus olhos estavam inchados de chorar, as mãos trêmulas, e, quando falava, seus lábios também tremiam:

— Ela pegou toda a roupa do casamento pela primeira vez desde aquele dia. Está se vestindo. Colocou o vestido e o véu, e agora me mandou vir aqui para fazer o buquê. Quer flores brancas para o busto. Está na frente do espelho, vestindo tudo com tanto cuidado como se o pobre Henry... estivesse... lá embaixo. Ah, Richard — gemeu ela, desmoronando em uma explosão de lágrimas e se jogando em meus braços —, seu coração ficaria partido ao vê-la! Quase chego a morrer, mas tenho que pegar as flores. É melhor fazer a vontade dela.

— Sim, é melhor — respondi, acalmando-a da melhor forma que consegui, quando minha própria voz e mãos estavam tão hesitantes. — Vou ajudá-la. Não queremos que fique esperando.

Peguei a tesoura de suas mãos, cortei os botões mais bonitos, as flores mais perfeitas, juntando-os com cuidado e habilidade.

— Vou lhe contar o que ela disse — falou Mary, enquanto eu fazia o buquê rapidamente. — Ela disse que hoje vai se casar, como se Henry estivesse na terra em vez de no céu, que seus votos serão consumados na hora certa e que depois ela vai se considerar esposa dele, tão certo como se ele tivesse surgido corporalmente para cumprir sua parte no acordo. O livro de orações está aberto na cerimônia de casamento. Parece tão gentil e calma, como se também fosse um anjo como o querido Henry... apenas muito pálida, muito solene... ah, meu Deus, não consigo aguentar!

E mais uma vez tive que acalmá-la, limpando suas lágrimas antes de mandá-la de volta com o buquê.

Ao sair para a sala que dava para a estufa, e onde tomávamos o café da manhã, vi James perto da porta e soube, pela expressão dele, que o rapaz tinha ouvido o que se passara entre nós. Através de uma espécie de alarme e irritação, vi um lampejo de desdém, como se ele quisesse colocar para fora algo que não ousava expressar: "Que tola é aquela garota para se agarrar a pó e cinzas! Casada, realmente! Ela será a esposa de um fantasma, a não ser que eu esteja muito enganado".

— Que ideia excêntrica! — comentou ele, ao vislumbrar meu olhar. — Nunca imaginei que Eleanor fosse tão extravagante. Deveria ter alguém que exercesse uma influência saudável sobre ela ou vai acabar se machucando... decerto, vai se machucar.

— Você deveria tentar ensiná-la a ter uma visão mais prática dos infortúnios da vida. Temo, no entanto, que a achará uma pupila difícil.

Seus olhos reluziram de forma triunfante.

— "A perseverança conquista todos os obstáculos", dizem os sábios, e sou um homem perseverante, como bem sabe, Richard.

Ele pegou o chapéu e foi para o quintal. Senti um aperto no peito quando James confessou abertamente suas esperanças e expectativas; não conseguia banir por completo o forte pressentimento, nem ao me lembrar da imagem da moça magoada que, naquele momento, se unia, em terrível e misteriosa companhia, ao espírito que a esperava através dos portais do Tempo.

Observei James indo de lá para cá, com passos inquietos, nos caminhos congelados do jardim. Ele, então, acendeu um cigarro, saindo do gramado e indo em direção à rua. A mente dele era daquele tipo que não gosta da própria companhia quando está intranquila. Como James conseguiu passar o dia, não sei; para mim, parecia longo e opressivo. Mary permaneceu lá em cima com a irmã, o sr. Argyll ficou na biblioteca com um livro, que mantinha aberto, mas não lia. Conforme o sol mergulhava no horizonte, achei que uma curta caminhada no ar frio seria a cura de meu espírito deprimido — era o meu remédio de sempre.

Se minha memória não está falhando, não tinha tomado a direção da casa dos Moreland desde aquele encontro singular que tive com a pessoa que a partir de então ocupava um papel tão marcante em nossos pensamentos, quando não em nossos olhos — exceto duas vezes, quando fui para os arredores da morada com o sr. Burton, na esperança de rastreá-la do ponto de seu desaparecimento. Contudo, naquele dia, escolhi propositalmente essa estrada, conduzido para lá pela cadeia de associação.

A neve cintilava no topo das colinas, as margens do rio estavam cheias de gelo, embora a corrente central ainda corresse azul entre aquelas paredes de cristal. O sol se punha quando comecei minha caminhada; antes de chegar à casa dos Moreland, o brilho rosado desaparecia dos montes nevados; uma estrela grande, sobrenaturalmente reluzente, pairava sobre os torreões da casa isolada, resplandecendo pelo crepúsculo fulgente. Sombras cinzentas se estendiam pelas montanhas áridas e um frio azul-acinzentado tingia o gelo do rio. Como o lugar parecia desolado sem seus artigos de verão! Eu me inclinei sobre o portão enquanto a noite se aproximava, imaginando como a casa teria parecido àquela hora, se o que aconteceu não tivesse acontecido. Estaria um clarão de luz, a área cheia de flores e festividades e viva com criaturas humanas felizes. Era a intenção do jovem casal ir imediatamente para a casa nova, após o café da manhã do casamento, e iniciar a vida a dois com a recepção de amigos naquela mesma tarde. Em vez de calidez e luz, música e risadas alegres, carruagens contínuas e cavalos saltitantes, banquete, congratulações, amor, beleza e felicidade, havia silêncio e abandono, ah, que horror! Não conseguia suportar o contraste entre o que era e o que poderia ter sido.

Antes de voltar ao vilarejo, pensei em chamar a esposa do jardineiro, a sra. Scott, e perguntar se ela tinha alguma notícia da srta. Sullivan, embora soubesse muito bem que, se tivesse, teria me contado sem esperar por uma visita minha.

Estava ficando com frio, debruçado havia tanto tempo sobre o portão após minha rápida caminhada, e o brilho que atravessava a janela do pequeno chalé nos fundos do jardim da cozinha parecia convidativo. Fui até o portão dos fundos do local e logo estava batendo na porta. Tinha ouvido a sra. Scott cantando para o bebê dormir conforme me aproximava da casa, mas, depois de minha batida, houve silêncio, sem alguém para responder ao chamado.

Bati três vezes, a última de maneira bastante assertiva, pois estava com frio e não gostava de esperar quando sabia que já deveria ter sido atendido. De repente, uma fresta muito cuidadosa se abriu, com a senhora olhando para fora com suspeitas.

— Ora! Sr. Redfield, é o senhor? — perguntou ela, escancarando a porta. — Peço desculpas por mantê-lo esperando. Se soubesse que era o *senhor*, não teria ficado com medo. Meu marido foi até o vilarejo e fiquei sozinha com o bebê; quando o senhor bateu de forma tão repentina, meu coração quase saiu pela boca. Não queria ver quem era. Entre, por favor, está muito frio aí fora. O senhor parece um ser azulado. Sente-se perto do fogo e se aqueça. Estou muito envergonhada por mantê-lo esperando por tanto tempo. Como está a família, senhor?

— Da mesma forma de sempre, sra. Scott. A senhora sente medo quando fica sozinha à noite? Então, eu me enganei sobre seu caráter; tinha considerado a senhora uma das mulheres de mente mais forte que conheci.

— Bem — disse ela, como se pedisse desculpas —, a verdade é que não tinha medo das coisas, fosse morto ou vivo. Mas, desde que o sr. Henry foi tirado de nós tão cedo, tenho andado nervosa e assustada. Nunca superei o choque. Dou um grito, às vezes, em plena luz do dia, se alguma coisa me assusta, mesmo que seja apenas uma porta batendo. Meu marido ri e briga comigo, mas não tenho como evitar.

— Ninguém vai machucar a *senhora* só porque algo horrível aconteceu a outra pessoa.

— Sei disso muito bem. Sei que não há razão para ter medo... é o choque, compreende? Calma, calma, Johnny, fique quietinho, por favor. Eu saía para qualquer lugar mesmo nas noites mais escuras... mas, agora, tenho até vergonha de dizer, não coloco mais o rosto para fora depois do anoitecer.

— Acho que viver em um estado tão crônico de medo deve ser desagradável — falei, dando um meio sorriso melancólico para o rosto ansioso da mulher.

— Desagradável! Sim, reconheço que é bastante desagradável. Mas há uma boa razão para isso.

— A senhora acabou de dizer que não há razão alguma... que era só sua imaginação, sra. Scott.

— O senhor vai me fazer tropeçar em minhas próprias palavras, sr. Redfield. *Era* imaginação, a princípio, só nervosismo, mas ultimamente... ultimamente, como falei, aconteceram coisas...

— Que coisas?

— Sei que vai rir de mim, senhor, e que não vai acreditar... então é melhor eu não fazer papel de tola. Porém, se o senhor ou qualquer vivalma tivesse visto o que vi e ouvido o que ouvi, então saberia o que sei... é só isso!

Ela falou com uma seriedade evidente, e, até então, sentira tanto respeito pela força e integridade de seu caráter da Nova Inglaterra, que minha curiosidade foi, de alguma forma, atiçada. Achei melhor deixá-la se acalmar antes de levá-la a uma conversa sobre o assunto que mais a preocupava, pois vi que ela ainda tremia do susto que eu lhe dera ao bater de súbito à sua porta.

— Como está o lugar desde que o clima invernal se assentou? Suponho que seu marido tenha protegido as plantas há muito tempo. Ele fez alguma mudança no terreno? Imagino que não, já que a família abandonou a casa. Vim aqui hoje à noite para dar uma olhada nela. É dia 23 de dezembro, a senhora lembra?

— Pensei nisso o dia inteiro, sr. Redfield.

— É terrível ver a casa mergulhada em silêncio e escuridão nesta noite. Parece haver alguma coisa fantasmagórica nela... não consigo suportar. A senhora visitou os cômodos recentemente?

Fiz essa última pergunta sem qualquer objetivo além de continuar a conversa; ela se assustou e olhou com curiosidade para mim, quando casualmente usei a expressão figurativa "fantasmagórica". De súbito, começou a balançar a cabeça.

— *Não* entrei na casa recentemente — respondeu ela. — Deveria ir, eu sei... ela precisa de ar fresco, e há roupas de cama e coisas nos armários que preciso trocar.

— Então, por que não fez isso?

— Já falei o suficiente — disse ela, fitando inquieta meu rosto.

— O quê?

— Bem, senhor, para dizer a verdade, é a minha opinião, e sei disso, ria o quanto quiser...

— Eu não ri, sra. Scott.

Ela se levantou, olhou para o menino, dormindo profundamente no berço, foi até a janela, puxou a cortininha branca sobre a metade inferior, voltou à cadeira, olhou ao redor do quarto e começou a abrir os lábios para falar quando um barulho sutil nos painéis do vidro a fez juntar as mãos e soltar um grito.

— O que foi isso?

Eu de fato ri de seu rosto pálido, respondendo, com alguma vergonha:

— Foi a neve caindo do beiral e escorregando por sua janela.

— Ah! — disse ela, respirando fundo. — O senhor me provocou, sr. Redfield. Se soubesse de tudo, não o teria feito.

— Bem, conte-me de imediato, então, e deixe que eu mesmo julgue.

Mais uma vez, ela me lançou um olhar cuidadoso, como se convidados invisíveis pudessem ouvi-la e não fossem apreciar sua revelação. Então, puxou a cadeira um pouco mais para perto de mim e disse, impressionada:

— *A casa é mal-assombrada.*

— É só isso? — perguntei, sentindo-me bastante aliviado, pois suas maneiras me assustaram muito, apesar de tudo.

— É o suficiente — respondeu ela, de forma significativa. — Para ser honesta, senhor, John está prestes a escrever para o sr. Moreland e abrir mão do emprego.

— Seu marido? Ele é um tolo também? Não existem coisas como casas mal-assombradas, sra. Scott. E desistir de uma moradia permanente e excelente como essa, baseada em uma fantasia tão vã, me parece muito insensato.

— Deus sabe que eu gostava do lugar — falou, explodindo em lágrimas —, e que não sabemos para onde ir quando sairmos daqui. Porém, já estou farta disso... não consigo aguentar mais! O senhor vê como estou perturbada.

Diferente o suficiente, decerto, da mulher em geral serena e confiante em cujo julgamento depositei considerável confiança.

— A senhora não me disse algo que prove sua declaração. Aviso que não acredito em fantasmas, mas gostaria de ouvir suas razões para pensar que a casa tem um.

— Eu mesma sempre ri de fantasmas, assim como John, até aquilo acontecer. Ele não vai admitir coisa alguma, exceto que está pronto para deixar o lugar, e que não entra comigo nem em plena luz do dia na casa para arrumar os quartos. Então sei que está tão assustado quanto eu. E o senhor sabe que John não é covarde em relação a algo que pode ver ou resolver, e não é vergonha alguma ter reservas sobre coisas terrenas. Eu mesma sou uma mulher ousada, mas não estou pronta para enfrentar um fantasma.

— O que a faz pensar que a casa é mal-assombrada?

— Diversas coisas.

— Por favor, mencione algumas. Sou advogado, a senhora sabe, e exijo provas.

— Vi uma luz estranha flutuando sobre o teto da casa à noite.

— Seu marido também a viu?

— Sim, ele a viu na noite de anteontem. Não acreditou em mim até vê-la. Eu já a vi umas sete ou oito vezes.

— Qual é a aparência dela?

— Ah, Deus, tenho certeza de que não consigo dizer exatamente a aparência dela quando nunca vi coisa parecida; suponho que seja como o fogo-fátuo que as pessoas observam sobre os túmulos. É mais uma sombra brilhante do que uma luz... dá para ver através dela, como ar. Ela vagueia pelo telhado e depois para em um lugar específico. Sua pele ficaria arrepiada se a visse, senhor!

— Gostaria muito que isso acontecesse. Acha que, se saíssemos agora, teríamos essa oportunidade?

— É cedo demais; eu nunca a vi tão cedo. Na primeira vez, meu filho estava doente, e me levantei para pegar um remédio. Quando olhei pela janela, vi aquela coisa brilhando.

— E só por isso pensa que a casa é mal-assombrada?

— Não, senhor; nós escutamos coisas, sons curiosos, mesmo durante o dia.

— Como são esses sons?

— Não conseguiria explicá-los direito para o senhor. Não são humanos.

— Tente me dar uma ideia deles.

— Eles aumentam e diminuem, aumentam e diminuem... não como canto, choro ou conversa... é uma espécie de música gemida, mas também não... ou seja, não é nada parecido

O DEPARTAMENTO DE CARTAS MORTAS

com algo que já ouvi. Parece vir da sala atrás da biblioteca. John e eu seguimos o barulho certa noite. Chegamos perto do alpendre e colamos nossas orelhas nas persianas. Ouvimos claramente. Foi tão assustador que ficaremos felizes em nunca mais nos aproximarmos da casa. Acho que eu não conseguiria.

— Acho que sei o que era — falei, inclinado a rir. — As portas ou os caixilhos foram deixados abertos, de forma que criaram uma corrente de ar. É o vento, cantando pelas frestas da mansão deserta. Eu mesmo já ouvi o vento criar as melodias mais sobrenaturais sob essas circunstâncias.

— Não é o vento — disse a esposa do jardineiro, em tom ofendido.

— Talvez pessoas que não tenham razão para estar lá ganharam acesso à casa. Elas podem vandalizar a mobília ou roubar artigos de valor. A senhora deveria dar uma olhada nisso, sra. Scott, faz parte de seus deveres.

— Ninguém entrou na casa... disso tenho certeza. Examinamos todas as portas e janelas. Não há sinal de que qualquer ser humano tenha estado nas imediações. Estou dizendo, sr. Redfield, são espíritos; e isso não é de surpreender, considerando a forma como o pobre Henry foi tirado de nós.

Ela disse isso de forma solene, recaindo no silêncio taciturno.

Eu estava quase convencido de que a imaginação do casal, já impressionada e nervosa pelo assassinato, convertera algum fenômeno atmosférico insignificante, ou uma combinação de circunstâncias, facilmente explicáveis quando a chave para elas fosse encontrada, no mistério da casa mal-assombrada. Aquilo me entristeceu por duas razões: a primeira era que eles pensavam em ir embora, e eu sabia que sua partida traria problemas para o sr. Moreland, que os deixara a cargo completo do local por anos, em um momento em que ele estava debruçado sobre preocupações mais pesadas para se irritar com assuntos menos importantes; a segunda era que o casal certamente espalharia a notícia pelo vilarejo, fomentando fofocas e conjecturas e despertando um interesse devasso que lotaria a vizinhança com caçadores de aparições ociosos.

Então falei:

— Gostaria que seu marido estivesse em casa. Devo conversar com ele. Não será bom para ele incomodar o sr. Moreland nesse momento ao desistir da situação. Depois de algumas semanas, vocês dois se arrependeriam e se envergonhariam de fazer isso, tenho certeza. O que acha de eu voltar aqui amanhã e entrarmos na casa juntos? Se houver alguma coisa lá que não deveria existir, vamos descobrir. Permanecerei até a senhora arejar os cômodos e pegar a roupa de cama; então pode trancar a casa e deixá-la em paz por algumas semanas sem a necessidade de entrar lá.

— Bem, sr. Redfield, se estiver disposto a fazer isso, eu teria vergonha de recusar. Concordo, é claro, e sou grata ao senhor; pois minha consciência está pesada por deixar as coisas como estão. Estou feliz por ter vindo.

— E diga ao seu marido, por favor, para não mencionar esse assunto a outras pessoas. Seria desagradável para seus patrões.

— Já avisei para ele não fazer isso. E tenho certeza de que John obedeceu. É a última coisa que queremos, causar mais problemas para eles, que já têm tantos agora e que sempre foram bons conosco. O senhor precisa ir?

— Sim. Desejo-lhe uma boa noite, sra. Scott. Voltarei de manhã, pouco antes do meio-dia. Por sinal, soube de alguma coisa sobre a srta. Sullivan?

— Nada. Ela não veio para cá desde o dia em que o senhor a encontrou. Será que a moça desapareceu completamente? Ora, ora, ora... nunca imaginei! Estou dizendo, há dias em que reviro essas coisas em meu cérebro até minha cabeça ficar tonta.

— Assim como eu, e meu coração fica doente. Boa noite, madame.

— Boa noite e boa sorte para o senhor nesta noite sombria.

Ela esperou até eu atravessar o portão, que dava em uma pequena alameda e uma horta. Em seguida, continuei por uma estrada particular que descia até a principal. Conforme me dirigia para o gramado da frente da casa, parei por talvez meia hora, na esperança de ouvir ou ver os assombros sobre os quais a mulher falou. Não havia luz mística, fosse azul ou amarela, sobre o telhado; nenhum som diminuindo e aumentando surgiu sob o céu estrelado; tudo era de um silêncio profundo, da escuridão e da frieza de um túmulo.

Meu certo desdém pelo estado de espírito em que a esposa do jardineiro se encontrava, de repente, deu lugar a emoções mais intensas. Dei, então, meia-volta, quase correndo ao longo da estrada lisa e congelada, cujo caminho era claramente discernível à luz das estrelas invernais. Cruzei com o jardineiro indo para casa, mas não parei para falar com ele — fui direto para meus aposentos. O fogo estava apagado e me deitei na cama, esquecendo-me de tomar o chá.

Fiel à minha palavra, voltei à casa de veraneio dos Moreland no dia seguinte. A sra. Scott trouxe o molho de chaves, eu destranquei as portas e, juntos, entramos no lugar havia muito vazio. Alguém poderia dizer que há sempre algo impressionante, "fantasmagórico", em uma casa abandonada. Quando você entra nela, sente a influência daqueles que estiveram lá na última vez, como se parte deles tivesse permanecido no local. Confesso que senti um temor e um espanto quase supersticiosos, quando ultrapassei o limiar que havia cruzado pela última vez com *ele*. Como estava feliz, cheio de uma vida jovem e nobre, seu rosto iluminado, como o rosto de um homem se ilumina quando está junto da mulher que ama e espera fazê-la dele em breve! Levava Eleanor até uma carruagem e conversavam sobre as melhorias que fariam na casa. Como cada olhar e som voltava a mim! Com um arrepio silencioso, pisei no vestíbulo, que tinha aquele cheiro de mofo de ar confinado típico de uma habitação fechada. Apressei-me para levantar as persianas. Quando abria uma porta, deixava-a escancarada, e logo entrava no cômodo para abrir as janelas, a fim de permitir que a luz do sol entrasse antes de olhar ao redor. Tive que fazer tudo isso sozinho, porque minha companhia permaneceu perto de mim, sem se afastar uma única vez. Entrei em cada cômodo de todos os andares, da cozinha ao sótão, e dei apenas uma olhada neste último, pois a sra. Scott declarou que não havia qualquer coisa que quisesse lá de cima ou que precisava de atenção. Era um sobrado de chão áspero e pé-direito confortável, com uma janela no outão. O telhado subia acentuadamente no centro, uma vez que a casa fora construída em estilo gótico. Como é habitual nesses lugares, havia uma coleção de coisas inúteis: mobília quebrada, baús velhos, uma pilha de colchões em um canto, coberta por um lençol para mantê-los livres da poeira, algumas roupas penduradas em um fio e três ou quatro barris. A sra. Scott estava no pé da escada que levava ao sótão, saindo de um pequeno cômodo usado para guardar coisas. Vi que a mulher ficou incomodada de me ver tão longe dela e, depois de uma breve inspeção do sótão, assegurei-lhe que não havia fantasmas ali.

— Pode se servir de algumas maçãs — disse a sra. Scott, apontando para algumas caixas e barris no cômodo em que estávamos. — John vai mandá-las de volta para a cidade, para a família, daqui a uma ou duas semanas. Temos permissão de mantê-las aqui porque é seco e fresco, e, como o aposento fica no meio da casa, elas não congelam. É um bom lugar para manter as frutas. Homessa! O que foi isso?

— Foi um gato — falei, enquanto colocava duas maçãs no bolso de meu capote. — Soou como um gato no sótão. Se o trancarmos lá, vai morrer de fome.

Subi a escada novamente, olhando com cuidado ao redor e chamando de forma persuasiva o animal, mas gato algum apareceu. Então desci, dizendo que deveria estar em um dos cômodos de baixo.

— O som veio de cima — insistiu minha companheira, parecendo nervosa, mais perto de mim do que nunca.

Eu tinha ouvido o barulho, mas não me aventuraria a dizer se ele tinha vindo de cima ou de baixo.

Se esse é o material com o qual ela cria fantasmas, não me surpreendo que tenha um estoque completo, pensei.

Ao sairmos, a mulher foi cuidadosa em fechar a porta, e pude ver que ela lançava olhares furtivos em cada canto pelo qual passávamos, como se esperasse, a qualquer momento, ser confrontada por alguma aparição indesejável, mesmo à luz do dia. Não havia sinal algum de qualquer intruso que tenha tomado liberdades na casa. Os armários de roupas e porcelanas estavam intactos, assim como as escrivaninhas.

— Este era o quarto de Henry; ele gostava porque tinha a melhor vista para o rio — contou a sra. Scott, parando diante de um aposento no andar de cima.

Ambos hesitamos; seu avental logo estava em seus olhos, e minha própria garganta se fechou de súbito; com reverência, abri a porta e entrei, seguido pela governanta. Quando abri a janela e as persianas, a mulher deu um grito que me assustou. Virando-me rapidamente, eu a vi com as mãos levantadas e uma expressão de terror no rosto.

— Eu avisei que a casa era mal-assombrada — murmurou ela, recuando na direção da porta.

— O que está vendo? — perguntei, olhando ao redor, buscando a causa de seu alarme.

— Este quarto — balbuciou ela — era dele... e ele ainda vem para cá. Eu sei!

— Por que pensa assim? Alguma coisa está fora do lugar? Se sim, tenha certeza de que isso foi causado pelos vivos, e não pelos mortos.

— Gostaria de pensar assim — respondeu ela, solene. — Mas não pode ser. Nada foi mexido em outra parte da casa. Ninguém mais entrou aqui, é impossível, não há nem uma fenda nem uma rachadura, assim, somente um espírito poderia ter entrado. Henry esteve aqui, sr. Redfield; o senhor não vai me convencer do contrário.

— Mas, se entrou — falei, calmamente, pois vi que ela estava agitada demais —, a senhora sente mais medo dele agora do que quando estava encarnado? A senhora o amava; acha que ele vai machucá-la agora? Não deveria ficar feliz, já que acredita em fantasmas, que é um bom espírito que assombra esse lugar... o espírito inocente do assassinado, e não a alma culpada do assassino?

— Eu sei — disse ela. — Não estou com medo... não acho que poderia sentir medo de verdade do fantasma de Henry, mesmo que o visse, mas é tão... terrível, não acha?

— Para mim, não. Se tais coisas fossem permitidas, gostaria de encontrar esse visitante espiritual e fazer-lhe uma pergunta, isso se, é claro, ele pudesse respondê-la. Eu o pediria para indicar o culpado. Se sua mão pudesse sair do mundo espiritual e esticar um dedo acusatório na direção de seu assassino, seria péssimo para aquele ser abjeto, mas ótimo para mim. Porém, o que a faz pensar que Henry esteve aqui?

Ela apontou para a cama; havia uma pressão sobre ela, como se alguma forma leve tivesse se deitado ali — e a leve marca de uma cabeça em um dos travesseiros; dali, indicou uma pequena escrivaninha, entre as janelas, onde havia um livro aberto e alguns papéis e gravuras; então, mostrou um par de pantufas sobre o carpete na cabeceira da cama. O quar-

O DEPARTAMENTO DE CARTAS MORTAS 153

to era encantador, mobiliado em tons de azul e branco — as cores preferidas de Henry. Duas ou três pinturas pequenas e requintadas estavam penduradas nas paredes, e nem o menor dos brinquedos ocupava um lugar qualquer, mas revelava o gosto e o refinamento de quem o escolhera. Das duas janelas, a com vista para o rio entre as colinas e a linda paisagem campestre se estendendo que satisfaria um poeta, alternava entre olhar para a página diante dele na pequena escrivaninha e para a página mais bela da natureza.

— Vim até este quarto no dia do funeral — disse a governanta, com a voz trêmula — e coloquei tudo em ordem, como se o patrão estivesse vindo no dia seguinte. Mal sabia eu que ele realmente viria! Deixei a cama tão lisa quanto papel e troquei as fronhas, arrumando-as sem amassados; coloquei as pantufas com os dedos voltados para a parede, e agora elas estão como ele sempre as deixava quando ia embora. Esses papéis foram remexidos e ele está lendo aquele livro. *Ela* o deu para ele, e era seu favorito; eu vi o patrão diversas vezes com o exemplar nas mãos. O senhor pode não acreditar, sr. Redfield, mas *sei* que Henry voltou para esse quarto.

— Se alguma coisa nesse quarto foi mexida, tenha certeza de que há algum intruso vivo aqui. Um espírito não precisaria de pantufas e não amarrotaria os lençóis.

— O senhor pode falar à vontade, pois é um homem instruído, sr. Redfield, mas não vai me convencer. Não foi um ser humano que fez essa bagunça... ora, o lençol mal está amassado... o senhor pode ver que a cama foi feita e só. Além disso, como o intruso entrou? Pode me dizer? Através do buraco da fechadura, talvez, e saiu da mesma maneira!

Sua voz estava ficando aguda e um pouco sarcástica. Vi que não adiantava tentar dissuadi-la daquela ideia enquanto estava naquele estado de nervos. E a verdade é que eu não tinha um argumento digno para oferecer. Ao que tudo indicava, nada fora mexido no restante da casa; não havia fecho quebrado, barra deslocada e qualquer coisa desaparecida. Seria como se nada mais pesado do que uma sombra tivesse mexido no travesseiro e se movido pelo quarto. Enquanto eu não poderia dizer o que *era*, também não poderia afirmar com certeza o que *não* era.

Sentei-me perto da janela aberta, enquanto alisava o travesseiro e colocava cada artigo com uma exatidão que sem dúvida denunciaria a menor perturbação.

— O senhor mesmo vai ver na próxima vez que estiver aqui — murmurou ela.

Conforme esperava, ergui o pequeno tomo que estava, junto a outros, sobre a mesa à minha frente. Era da sra. Browning, e o abri em uma página onde havia um marcador. Certa vez, vi Eleanor bordando esse mesmo marcador, tenho certeza. Os primeiros versos que chamaram minha atenção foram:

"Fazia tremer a grama
Com uma risada baixa e sombria;
O rio ressonante, que rolava para sempre,
Ficou mudo e estagnado depois."

Naquele momento, uma nuvem cobriu o sol de meio-dia e uma brisa fria passou pela janela aberta. O vento que entrou, fazendo a página virar, não teria sido mais deprimente se tivesse soprado pelo cemitério de uma igreja. Tremendo, continuei a ler:

"Fazia tremer a grama
Com uma risada baixa e sombria;
E o vento dobrou, como uma alma passageira
Acelerado pelo sino de uma igreja;

E sombras, e não luz,
Caíram das estrelas acima
Em flocos de escuridão em sua face
Ainda brilhante com o amor confiante.
Margret! Margret!

Ele *amava* você apenas!
Este amor é transiente também;
O bico do falcão selvagem ainda brinca
Na boca que lhe jurou a verdade.
Ele abrirá seus olhos sem brilho,
Quando as lágrimas caírem em sua testa?
Eis que o verme da morte em seu peito
É a coisa mais próxima do que *tu*,
Margret! Margret!"

Não sei se a governanta falou comigo. As nuvens se aglomeraram sob o sol, uma umidade surgiu no ar. Peguei o livro, olhando para ele, como se estivesse em transe, e ponderei sobre a estranha coincidência. Era evidente que Henry tinha lido aqueles versos quando abriu o livro pela última vez — talvez os apaixonados os tivessem lido juntos, com um suspiro leve pelo destino de Margret, e um sorriso no rosto de cada um ao pensar como era segura a felicidade *deles* — o quão distante estava desse lúgubre "Romaunt"*. Naquele momento, ele abriria seus "olhos sem brilho" pelas lágrimas de Eleanor? Eu parecia ouvir a risada baixa do inimigo zombeteiro, uma esterilidade além da invernal instalou-se na paisagem.

"Fazia o chão tremer!"

---

* Conto ou poema de romance. [*N.T.*]

Sim! Eu logo tinha vontade de acreditar em qualquer coisa que a sra. Scott pudesse afirmar sobre o ocupante daquele recinto. Emoções que nunca experimentara esfriaram meu coração; formas começaram a se reunir em cada canto obscuro. Quando o vento cada vez mais forte bateu de súbito uma porta no vestíbulo abaixo, coloquei-me de pé.

— Teremos um Natal tempestuoso — falou minha companheira. — Será mais apropriado a nossos sentimentos do que um ensolarado, tenho certeza. Homessa! Acredito que meu Johnny esteja chorando! Achei que o pai poderia mantê-lo quieto por algum tempo, até eu conseguir fechar a casa.

— Pensei que fosse o gato.

— Esqueça isso. Já terminei, senhor. Dê uma olhada neste quarto e memorize tudo, por favor. Na próxima vez em que estiver aqui, nós o abriremos juntos.

Voltamos a fechar todas as persianas e trancamos com cuidado as portas, mais uma vez deixando a casa solitária. Não vimos fantasma algum; suponho que a mulher não esperava que *víssemos* um, mas sabia que seus medos não haviam sido dissipados de forma alguma.

— A senhora viu que está tudo bem com o local — falei, entregando-lhe o molho de chaves. — Não há qualquer coisa aqui para deixá-la assustada. Eu preferiria dormir sozinho nesta casa do que em meu próprio quarto. E o farei, se não estiver satisfeita. Tudo que peço é que não escreva para o sr. Moreland até eu vê-la de novo. Devo voltar daqui a alguns dias para ver como estão.

— Vamos esperar até que retorne, então, senhor. Eu me sinto melhor agora que a casa está arrumada. Ouço o choro de Johnny outra vez! Bem, adeus, sr. Redfield. Estará nevando quando o senhor chegar em casa.

Fiz uma caminhada inquieta de volta ao vilarejo — cheia de magnificência solitária e melancolia, o que combinava com meu temperamento. Uma bruma amarelada se acumulava sobre o rio e varria o pé das colinas; nuvens cinzentas rodopiavam em seus cumes; neve escurecida caía em montes ofuscantes. Um vento selvagem parecia soprar o universo em minhas orelhas.

11. A PEQUENA CONVIDADA E A APARIÇÃO

Fui à casa do sr. Argyll para a ceia de Natal e fiquei surpreso ao encontrar Eleanor com a família, pois, embora ela já se reunisse com frequência, imaginei que, durante o feriado, sua tristeza voltasse de forma avassaladora. Em vez disso, percebi uma luz inédita em seu semblante; seu rosto, totalmente destituído de sorrisos ou cores, brilhava com um lustre sereno e solene, muito tocante e entristecedor. Ainda assim, com mais altivez do que qualquer expressão que notara em outras pessoas. Minha imensa simpatia por ela me ensinou a traduzir essa nova fase de sua mente; eu sentia que, com aqueles votos místicos que assumiu com um espírito, Eleanor tinha encontrado algum conforto e se alegrava com a consciência de que era a noiva daquele que a esperava nas mansões do Paraíso.

Esta vida era temporária — para ser suportada humilde e solitariamente por pouco tempo —, então ela iria até ele, que a estaria esperando na única casa verdadeira e permanente. Eu, e apenas eu, a via como esposa de Henry Moreland, algo tão sagrado como se seu parceiro estivesse vivo. Só eu estava preparado, pelo poder de minha paixão e meu sofrimento, para apreciar sua posição e os sentimentos que ela, naquele momento, devolvia aos amigos, para desempenhar um papel na vida que ainda era visto como dever. Não consigo explicar com que emoção de reverência peguei e apertei a pequena e atenuada mão que ela colocou na minha.

Até aquele momento, Eleanor continuava me tratando como sempre. Quer eu tenha imaginado isso em relação ao restante da família, quer eles tivessem mudado mesmo, aquilo ainda era certo, o que me deu mais prazer do que eu poderia imaginar: Eleanor agia da mesma forma — a irmã bondosa e gentil, que me amava e confiava em mim como um irmão querido, mais querido do que nunca, já que tinha dado provas de minha devoção a ela, e visto que não podia ver como meu coração se retorcia com a dor que castigava o dela. Enquanto continuasse a me tratar assim, enquanto eu pudesse lhe dar o menor dos átomos de prazer de qualquer forma, achava que conseguiria aguentar qualquer coisa dos outros. Não que houvesse qualquer coisa para aguentar — qualquer coisa, exceto o ar indefinível que um espírito sensível sente mais intensamente do que qualquer desprezo, claro. O ano novo se aproximava; seria o momento mais natural para encontrar novos companheiros de trabalho; sentia que, se o sr. Argyll tinha a intenção de me oferecer a parceria, faria isso então. Se não, eu deveria procurar outros caminhos e ir embora.

A ceia de Natal foi o banquete suntuoso de sempre, com a velha governanta assumindo a tarefa. Ela, a julgar pela disposição, sentiu que seu trabalho meticuloso seria um alívio para a tristeza geral. Ninguém fora convidado, é claro. Fiquei tocado ao ver como as criadas seguiam colocando toda iguaria imaginável diante da srta. Eleanor, que ela não conseguiria, de forma alguma, nem sequer provar. Uma xícara de café, acompanhada de uma fatia de pão, foi sua parca refeição de Natal. Ainda assim, foi uma felicidade para o pai estar com a filha à mesa. Olhares afeiçoados de Mary buscavam continuamente seu rosto; pai e irmã estavam aliviados e reconfortados por sua expressão tranquila.

James, da mesma forma, estava animado; ele se mostraria radiante se a situação permitisse. Eu, que o conhecia bem, sabia que era a visão da tranquilidade de Eleanor que o inspirava — e que ele não entendia aquela resignação santificada como eu.

Durante as conversas em torno da mesa, que tentei manter o mais alegre possível, acabei mencionando Lenore Burton. Não era a primeira vez que fazia isso, sempre com entusiasmo para atrair o interesse das moças. Mary me fez várias perguntas sobre ela, por fim, virando-se para a irmã e dizendo:

— Você sempre gostou tanto de crianças, Eleanor. Devo pedir para que essa menininha linda passe alguns dias conosco?

— Decerto, Mary, se acha que gostaria da companhia dela.

— Acha que o pai confiaria a guarda dela a nós por algum tempo, Richard?

— Ele pode ser persuadido a isso, sem dúvida.

Depois de deixarmos a mesa, Mary foi até mim, muito animada, para sussurrar suas ideias sobre a visita proposta: ela achava que uma criança amável e agradável na casa poderia interessar Eleanor mais do que qualquer outra coisa, e deixaria, ao menos, o pai animado, pois o homem andava triste com o silêncio e o luto em sua casa.

Eu concordava com ela e decidi escrever naquela noite um apelo insistente ao sr. Burton, prometendo a mais cuidadosa atenção ao frágil botão de flor de sua casa que apenas uma governanta confiável e amigos queridos poderiam lhe dar. Eu iria até a cidade buscá-la e a acompanharia nessa pequena jornada, se ele me concedesse sua autorização, e se a própria srta. Lenore aprovasse.

Recebi a resposta no dia seguinte. O sr. Burton escreveu que Lenore estava encantada com o convite, e que ele aceitava de bom grado, pois fora convocado inesperadamente para Boston, onde permaneceria de sete a dez dias, e que não gostaria de deixar a filha sozinha durante as festas de fim de ano. Acrescentou que precisava partir naquela manhã, mas que eu poderia buscar Lenore a qualquer momento, pois a encontraria pronta, e que, após seu retorno de Boston, iria até Blankville buscar a filha, terminando sua missiva com um agradecimento educado por nosso interesse amigável em sua menininha. Assim, tudo era satisfatório.

No terceiro dia após o Natal, fui de manhã para Nova York, retornando de tarde com meu pequeno tesouro. Ela transbordava felicidade, aproveitando o passeio com o entusiasmo da infância e entregando-se a minha tutela com alegria, o que despertou meu tratamento mais tenro em resposta. A fé ingênua da criança em um adulto traz à tona a parte menos egoísta de seu caráter, curvando sua natureza arrogante e endurecida para proporcionar as mais humildes de suas confiantes necessidades.

As irmãs vieram até o vestíbulo para receber a pequena visitante. Levaram-na até a sala, bastante iluminada pelo lustre e pela lareira, retirando seu casaco. Eu estava ansioso para testemunhar a impressão que ela causaria, pois fora tão generoso em meus elogios que corria o risco de criar uma decepção.

Era impossível ficar desapontado com Lenore, e, antes do chá, ela já tinha conquistado toda a família. Não apenas por sua beleza peculiar, mas sua expressão gentil e suas maneiras modestas entre amigos estranhos aumentaram esse efeito. O sr. Argyll se iluminou de uma forma que eu não via fazia muito tempo; a cada minuto, Mary repetia as boas-vindas da pequena convidada com outro beijo, declarando, com seu jeito belo e obstinado, que o sr. Richard não monopolizaria a srta. Lenore por ser o conhecido mais antigo — já que Lenore escolhera se sentar ao meu lado, com a mão aninhada à minha.

James não estava em casa; chegou apenas depois de termos tomado o chá — bebendo, então, o seu sozinho na sala de jantar — e se juntou a nós tarde da noite. Estávamos reunidos em volta da lareira quando ele entrou. Lenore tinha ido, por conta própria, para o lado da srta. Argyll, acomodada sobre um banco baixo, com a cabeça sobre o colo da moça. Ela formava uma imagem alegre sentada ali, emoldurada pelo preto das roupas de Eleanor. Seu vestido de viagem era de lã carmesim, e suas bochechas, devido ao passeio no ar frio e ao brilho do fogo, estavam quase tão vermelhas quanto suas vestes, enquanto seus cachos dourados fluíam em fios cintilantes sobre os trajes de zibelina contra os quais descansava. A menina respondia, de forma divertida, a alguma brincadeira do sr. Argyll, e eu pensava no esplendor que ela daria àquela casa opaca, quando James foi em frente, estendendo a mão, com um de seus sorrisos agradáveis, dizendo:

— Esta é a mocinha que eu estava tão ansioso para conhecer? Posso ser apresentado, prima Mary, ou a rainha das fadas não permite contato com meros mortais?

Você já percebeu, leitor, quando uma nuvem pequena, flutuando no oeste ao pôr do sol, está prestes a ser banhada por uma luz rosada, e como, instantaneamente, enquanto olha para ela, esta mesma nuvem se torna cinza, perdendo cada partícula de esplendor? Assim a criança mudou quando ele se aproximou e falou com ela. Suas bochechas tornaram-se cinza e pálidas; seu olhar ficou fixo no dele, mas a menina não conseguia sorrir; ela parecia lutar contra alguma repugnância interior e tentava manter o senso que a cortesia exigia. Por fim, estendeu a mãozinha fria para ele, sem dizer nem uma palavra sequer, e sofreu com seu beijo. Então, aproximou-se ainda mais de Eleanor, permaneceu pálida e quieta — sua alegria e seu viço tinham desaparecido. O sr. Argyll não conseguiu reanimá-la — ela encolheu como uma planta sensível.

— Se essa criaturazinha pálida e imbecil é a maravilhosa criança que Richard nos prometeu, devo dizer que ele demonstrou seu bom gosto de sempre — comentou James, em um aparte para Mary.

O rapaz não ficou feliz com a forma como foi recebido.

— Tem algo de errado com ela, James. Está cansada da viagem. Acho que a estamos mantendo acordada até muito tarde. Ela estava bem alegre até pouco tempo atrás.

— Você está cansada? Quer ir para a cama? — sussurrou a srta. Argyll.

— Se possível — respondeu a menina, com ar de alívio.

— Já está sentindo saudade de casa? — perguntou o sr. Argyll.

— Não, gosto bastante daqui — disse Lenore, com sinceridade. — Algo aconteceu comigo agora, senhor, e deve, por favor, me dar licença. Minha cabeça começou a doer, então suponho que seja melhor ir para a cama.

Ela nos desejou boa-noite com um sorriso tão contido que temi que não aproveitaria a visita. A própria Eleanor a levou até a criada que a assistiria e voltou apenas quando a pequena convidada estava deitada.

— Venha, Mary, vamos deixar essa questão de lado e jogar xadrez — falou James, impaciente, conforme discutíamos sobre a visitante. — Estou cansado desse assunto.

— Espere até amanhã e ficará interessado também — respondeu ela.

— Eu gosto de mocinhas saudáveis e normais — falou ele —, mas não de senhoritas moribundas como ela. A menina parece que já leu Coleridge*. Gosto de criança sendo criança.

A repulsa era mútua. Somente eu notei o efeito estranho causado na pequena ao ver James, e, sabendo, como eu sabia, das peculiaridades de seu temperamento, aquilo me impres-

---

* Referência ao poeta Samuel Taylor Coleridge, mais lembrado pelo poema "Rime of the Ancient Mariner", que é longo, triste e por vezes sangrento. [*N.T.*]

sionou e suscitou minha curiosidade. Pelo mau humor com que recebeu qualquer alusão a Lenore, acredito que o próprio James estava consciente de que os olhos puros da menina enxergavam diretamente as câmaras sombrias de seu coração e se assustavam com o que viam lá. Um jovem que apostava a propriedade de seu tio, a mão da filha que ainda não havia recebido, não podia ter uma consciência muito tranquila, e não era agradável ser relembrado de suas delinquências pelos olhos claros de uma criança inocente.

Conforme ele se concentrava no jogo de xadrez, sentei-me, analisando seu rosto e pensando em muitas coisas. Eu me perguntava se o tio e as primas de James não estavam conscientes das mudanças que se deram nele: aquele olhar imprudente e dissipado que forma certas rugas no rosto de um jovem, sobrescrito em seu semblante por sorrisos externos que não conseguiam esconder a verdade de um olhar perspicaz. Perguntei-me se podia justificar meu curso de ação ao manter silêncio sobre o que tinha visto, pois era meu dever informar ao sr. Argyll, não apenas por causa dele, mas também, por James. Embora terrivelmente mortificante para o sobrinho, se tal conhecimento chegasse aos ouvidos do tio, poderia ser o meio de quebrar os novos grilhões do hábito antes que estes fossem fixados nele. Eu sentia que era meu dever. Ao mesmo tempo, adiava aquilo, como uma pessoa na mesma situação que eu naturalmente adiaria a função, pois corria o risco de ter meus motivos mal interpretados, ter insinuado que o interesse próprio estava me levando a pintar James de forma negativa. Não, não poderia fazê-lo!

Cheguei a essa conclusão pela centésima vez, contra a voz mais alta da certeza absoluta. Ficava grato ao me lembrar de que o sr. Burton havia pedido meu silêncio e de que eu não tinha a liberdade para trair sua confiança. Olhando para ele, refletindo sobre essas coisas, com os pensamentos mais estampados em meus olhos do que deveriam se estivesse de guarda, James de súbito levantou o olhar e me encarou. Empurrou o tabuleiro com um movimento zangado, o que derrubou metade das peças e desconcertou de todo o jogo.

— Bem, como lhe pareço, Richard? — O olhar desafiador brilhava com um poder que sobrepôs o meu, sorrindo de forma mortal e me ameaçando.

— Como você é impertinente, James! Acho que só empurrou o tabuleiro porque viu que eu estava prestes a ganhar — reclamou a prima.

— É isso, minha querida; nunca permitirei que você me dê xeque-mate!

— Então não deveria jogar!

— Ah, às vezes, permito que mulheres ganhem o jogo, mas, quando jogo com homens, nunca desisto. Aquele que tiver a coragem de me enfrentar deve se preparar para a derrota.

— Como é generoso com o sexo frágil — falou Mary, sarcástica. — Agradeço muito a você, que nos permite ganhar de vez em quando. Apenas pegue a torre que arruinou, se possível, senhor... e não me peça para jogar xadrez por ao menos quinze dias.

Percebi uma ameaça em suas palavras da qual a garota era bastante inocente; ele jogava o desafio para cima de *mim*; repetidas vezes, seu ar e seus termos eram tais que não pude atribuir nenhuma outra interpretação a eles. James estava determinado a me entender mal — a olhar para mim como alguém que procurava prejudicá-lo. Eu estava no caminho dele — e deveria sair. Era assim que me tratava. Naquela noite, senti, mais do que nunca, a convicção de que minha conexão com a família Argyll estava prestes a se romper. Se James se sentia dessa forma em relação a mim, eu não estaria disposto a assumir uma posição que ele considerava pertencente, de direito, a si mesmo. Pior de tudo, sentia que sua natureza traiçoeira trabalhava em segredo contra mim e que seus esforços já haviam funcionado naqueles cujo amor e respeito eram muito preciosos para mim.

Pouco depois, despedi-me; ele estava tão absorto, com as costas viradas em minha direção, observando algumas gravuras antigas, que não se virou para dar boa-noite. Meu quarto na pensão tinha um ar particularmente desanimado naquela noite; eu me sentia sozinho e amargurado. Meu coração ansiava por simpatia. Determinei que, se uma parceria não me fosse oferecida até o Ano-Novo, proporia uma visita a minha mãe, de cujo amor e encorajamento sentia falta. Meu afastamento também daria ao sr. Argyll a oportunidade de tomar sua decisão.

A visita de Lenore foi, com certeza, um sucesso — da maneira que eu ansiara. Sua natureza delicada e espiritual conquistou Eleanor de uma forma que a fez amar a menina e a começar a sentir um alento com o toque de sua mãozinha, o beijo espontâneo e a simpatia silenciosa que fazia a criança se sentar por horas a fio ao seu lado, sem dizer nem uma palavra sequer, mas analisando, com admiração e reverência, uma tristeza profunda demais para seu jovem coração compreender.

Lenore brincava com o sr. Argyll, conversava e cantava com Mary, mas estava sempre pronta para ir para o lado tranquilo da srta. Argyll. Mary fingiu ciúmes, embora todos nós estivéssemos gratos por ver o interesse de Eleanor pela criança. Um de nossos maiores prazeres era ouvir Lenore cantar. Eu havia mencionado a pureza e o grande compasso de sua voz. Ouvi-la vocalizar alguma música de Handel, durante o crepúsculo de sábado, era quase como obter um vislumbre do céu para o qual sua voz se elevava. Vi Eleanor chorando em silêncio enquanto a menina cantava, e soube que a música amolecera seu tenso coração.

Eu estava interessado em observar duas coisas: primeiro, o apego entre a srta. Argyll e Lenore; segundo, o esforço insistente de James para superar sua aversão, e o sucesso derradeiro que teve.

No segundo dia, ele já havia dominado o desgosto diante da evidente antipatia da criança, que mal conseguia se obrigar a tratá-lo com educação e sempre ficava constrangida e pálida quando ele estava por perto. James Argyll não era o tipo de homem que permitia que uma criança o menosprezasse impunemente. Era repugnante observar e analisar sua indolência; não era fraqueza alguma de poder, pois, quando ele determinava um objetivo, em geral, realizava-o. Vi que havia determinado que conquistaria Lenore.

Ele a cortejou como se ela fosse uma "nobre" em vez de uma menininha; na noite de Ano-Novo, encheu-a de presentes esplêndidos; levou-a para andar de trenó em uma carruagem chique, que declarou ser grande o suficiente apenas para eles dois, com sinos de prata e um cavalo animado. Não deveria ter ficado triste porque Lenore, como o restante do mundo, também se mostrou infiel a mim. Mas fiquei. Fiquei mais magoado com sua crescente indiferença a mim e seu fascínio cada vez maior por James do que era razoável. Deveria saber que passeios e bonecas, flores e lisonjas, além de um delicado anel para seu indicador, ganhariam a afeição de qualquer menina de onze anos. Contudo, imaginara que o caráter de Lenore fosse maior do que isso. Eu havia notado sua atração e repulsa, a primeira sempre para pessoas nobres e verdadeiras, e a segunda para os indignos. Naquele momento, no entanto, meu passarinho ficou encantado com o olhar da serpente; ela estava sob a influência do poder de James, e eu a deixei de lado.

Cerca de dez dias após minha visita à sra. Scott, mantive minha promessa e retornei para saber como estava a situação na casa dos Moreland. Percebi, assim que entrei no chalé, que sua mente estava perturbada pelas mesmas convicções que a incomodavam na ocasião anterior.

— Se não tem um fantasma naquela casa, então nunca existiu coisa assim, e nunca existirá... Ora! O senhor viu por si mesmo que não há um ser humano vivendo lá... *mas tem alguma coisa*! Eu vi e ouvi, e o senhor não pode convencer uma pessoa contra seus sentidos.

— Não quero convencê-la, sra. Scott; quero apenas convencer a mim mesmo do que é essa coisa que a senhora viu e ouviu. Teve alguma nova revelação?

— Vi a luz da morte mais uma vez, sobre a casa; nós a notamos também brilhando no quarto... John e eu. Estávamos tão determinados a ver se eram espíritos que tomamos coragem para entrar na casa de novo no dia seguinte, e, tão certo quanto o senhor está parado aí, *algo* voltou e se deitou na cama de novo... alguma coisa leve, que quase não deixou marca... o senhor não precisa me dizer que era um humano vivo, porque não era. Ouvimos uma criança chorando também, um mau presságio, o livro dos sonhos disse; e, para finalizar, sr. Redfield, não adianta: *nós vimos o fantasma*!

Naquele momento, fiquei tão interessado quanto a mulher poderia desejar; ela parou, de maneira misteriosa, após fazer essa importante declaração, e sentou-se, fitando meus olhos. Devolvi seu olhar com uma pergunta silenciosa, inclinando-me um pouco na cadeira. A sra. Scott ajeitou o avental distraidamente com suas mãos grandes, encarando-me, como se visse a assombração em suas pupilas dilatadas. Decidi que ouviria algo sobre uma sombra ridícula ampliada até uma aparição ou alguma coisa que daria uma pista tangível para o mistério, se é que havia um, na casa dos Moreland.

— A senhora tem sorte — falei. — Por favor, diga-me, como é o fantasma?

— O senhor percebeu que há uma pequena varanda sob as janelas do quarto de Henry?

— Sei que há algo assim.

— Foi lá que o vimos. O senhor sabe como as noites estão claras ultimamente, com a lua cheia e a neve. John e eu fomos, anteontem à noite, para a frente da casa, para ver se conseguíamos achar alguma coisa... e lá estava! Como eu disse, estava claro como o dia, e nós dois o vimos muito bem. Não sei quanto tempo ele teria ficado ali se eu não tivesse gritado. John colocou a mão sobre minha boca para me impedir, mas era tarde demais; o fantasma, de certa forma, surgiu e desapareceu.

— Mas se parecia com o quê? Homem, mulher ou criança?

— Parecia um fantasma, estou dizendo — respondeu a governanta, de forma resoluta. — Suponho que os espíritos se vestem de forma parecida no mundo vindouro, sejam homens ou mulheres. Lemos na Bíblia sobre os robes brancos... e nunca ouvi falar de uma assombração que estivesse vestida de outra maneira. Pode ter sido Henry com sua mortalha, até onde sei... é o que acredito que era...

— Henry nunca usou uma mortalha — respondi, sério. — Ele foi enterrado com um terno preto. Então, a senhora vê que está incorreta.

— Ah, bem, sr. Redfield, não dá para entender essas coisas... não está ao nosso alcance. Posso lhe dizer o que nós dois vimos, e o senhor pode decidir por si mesmo. Havia uma forma, na varanda, de pé, completamente branca. Um manto longo e branco a cobria dos pés à cabeça; seu rosto estava voltado para a lua e os braços estavam erguidos, como se rezasse. Os olhos estavam arregalados e a face era pálida como a de um cadáver. John e eu podemos jurar isso em um tribunal, se for necessário.

— Para onde a forma foi quando desapareceu?

— Para mim, parecia ter desaparecido em pleno ar, mas não tenho tanta certeza. John acha que atravessou a parede da casa.

— A janela às suas costas estava aberta?

— Bem, para falar a verdade, não posso confirmar. O fato é que fiquei tão assustada no instante em que a vi que gostaria de ter abandonado a missão. John queria ficar "para ver se ela iria voltar", mas não deixei, então nós dois corremos.

— Sinto muito por não terem usado seus olhos para ter uma vantagem melhor.

— Quando o senhor vir uma coisa como aquela, imagino que vá correr também. Não é provável que a janela estivesse

O DEPARTAMENTO DE CARTAS MORTAS 171

aberta, ou teríamos notado. Estava fechada na manhã seguinte, como sempre.

— Isso foi ontem. Suponho que a senhora não entrou na casa desde então.

— Deus! Não, senhor. Não entraria lá nem por cem dólares.

— Notou mais alguma coisa peculiar?

— Sim, senhor. Vi pegadas ao redor da casa, na neve.

— É mesmo? — falei, avidamente. — Isso parece algo mais concreto. Posso vê-las?

— Não, senhor; o sol as derreteu. Mas, se acha que há rastros de pessoas entrando na casa para qualquer propósito, conte para mim, por favor: como elas se reúnem na varanda se não há pegadas indo ou voltando da propriedade em direção alguma?

— De fato, não posso explicar até entender esse mistério desde seu princípio.

— Nada pode ser explicado — falou a governanta, de forma triunfante.

A mulher ficou preocupada por eu permanecer cético após me dar provas tão absolutas; a ideia da casa mal-assombrada a deixava inquieta, mas, ainda assim, ela não abandonava a crença de que havia um fantasma no local. Acho que teria ficado desapontada se alguém se apresentasse e jurasse ser o fantasma.

Sentei-me por um instante, ponderando sobre suas declarações. Não houvera algo, na ocasião anterior, que me convencera de que um intruso, fosse humano ou espiritual, tivesse estado na casa — exceto a marca indistinta sobre a cama de Henry. Quanto à prova de que ela não havia sido feita antes da limpeza da casa, não tinha qualquer coisa além da palavra da sra. Scott. Em relação à luz e aos sons de choro, imaginei que, naquele lugar solitário, dois indivíduos da classe a que o casal pertencia, com a imaginação fértil que apresentavam, poderiam facilmente persuadir-se de tais maravilhas. Mesmo essa última informação, de que ambos viram de forma clara e distinta uma forma branca na varanda do quarto, não me deixou muito animado. Não há algo melhor para produzir todos os tipos de figuras e fantasmas para um olhar assustado e supersticioso do que uma noite clara de lua cheia. É bem melhor do que a escuridão mais profunda. A terra é cheia de sombras estranhas; os objetos mais familiares assumem uma aparência incomum sob o luar reluzente, realçada pelas sombras escuras e fantásticas que se estendem para longe. Adicione a isso uma camada de neve espalhada sobre tudo. A paisagem sobre a qual descansamos nosso olhar todos os dias, sob essas circunstâncias, será nova para nós, como se fosse um cenário transplantado de um país estranho e distante. Uma imaginação vívida, predisposta ao trabalho, pode transformar uma roseira ou um poste em um excelente fantasma — uma aparição amedrontadora saída das sombras de uma cornija cheia de neve. No caso em questão, não apenas o homem e sua esposa se encontravam naquele estado febril no qual o olho cria visões, como estavam prontos para relacionar tais fantasmas ao quarto de Henry, que declararam previamente ser a morada favorita da aparição.

Ao analisar o caso, fiquei mais irritado com o casal e sua lenda sobrenatural do que convencido do que quer que fosse. Levando tudo em consideração, a única coisa tangível eram... as pegadas. Se de fato havia rastros de pés caminhando pelas redondezas, seria o bastante para me satisfazer — não da existência de um fantasma, mas de uma pessoa, interessada em bisbilhotar a casa com algum propósito ilegal. Decidi que procuraria o culpado e o pegaria.

Ocorreu-me, de imediato, que um daqueles espíritos audaciosos, encontrados em todas as comunidades, estava propositalmente criando efeitos cênicos no local, para espalhar a notícia de que a casa era mal-assombrada e atiçar a increduli-

O DEPARTAMENTO DE CARTAS MORTAS

dade dos boatos do vilarejo. Fiquei indignado com a desumanidade do plano, e resolvi, caso pegasse o transgressor, infligir um castigo sumário que curaria seu gosto por brincadeiras de mau gosto. A afirmação da mulher de que as pegadas não tinham começo ou fim — de que ninguém se aproximara da casa porque não havia rastros vindo de direção alguma — não recebeu todo o meu crédito. Se esse fosse de fato o caso, então, seria uma evidência concreta de que a pessoa estava escondida na residência — uma ideia tola e aparentemente sem sentido, por muitas razões.

No entanto, eu estava, naquele momento, ainda mais decidido sobre o assunto; eu descobriria a verdade e daria um fim àquilo, antes que relatos dolorosos chegassem aos ouvidos de amigos ou que qualquer desocupado fizesse daquele lugar sagrado, consagrado pelos laços e pelas memórias do rapaz que se foi, o foco de sua curiosidade vulgar.

— Onde está seu marido?

— Colhendo batatas ou plantando sementes no celeiro.

— Por favor, diga para ele vir aqui e me dar as chaves da casa.

Após John chegar, pedi que os dois me seguissem até a casa, o que fizeram com relutância. Entrei na residência, passando de cômodo em cômodo, mas deixei o homem no vestíbulo, para que ninguém pudesse escapar durante minha visita aos andares inferior e superior. Procurei do porão ao sótão, enquanto a sra. Scott, com os olhos azul-claros arregalados, criando uma coragem que não condizia com sua aparência, me acompanhava. Em determinado momento, depois de um barulho repentino, ela agarrou uma das mangas de meu capote, mas as largou quando eu disse que o ruído havia sido causado por seu marido fechando a porta.

— Meu Deus! Meus Deus! Há ratos na casa! — exclamou ela, retirando a tampa de um barril de farinha na despensa. — Estiveram na farinha! Sinto muito, são uma peste horrível, e vão criar problemas se eu não ficar de olho. Acho que vou envenená-los. A sra. Moreland disse para eu levar essa farinha para casa e usá-la, mas não precisamos dela ainda, e a deixei aqui. Agora, eles se aproveitaram dela.

— Se há ratos, não fico surpreso com qualquer tipo de barulho — comentei. — Esses bichos soam como quase qualquer coisa. Vão pisotear feito um exército ou caminhar mansamente feito um ladrão solitário. Derrubarão pratos e xícaras... como esta, quebrada no chão, desde a última vez que estivemos aqui; bagunçarão travesseiros e tirarão livros do lugar. A senhora de fato vai precisar ficar atenta.

— Eles não vão chorar como uma criança ou gemer como um enfermo, nem ficar de pé em varandas usando mortalhas! — observou a governanta.

— Acho que fariam as duas primeiras coisas — falei, sorrindo —, mas, quanto à última, não estou inclinado a afirmar.

— Imaginei que não. Só queria que o senhor tivesse visto aquilo, sr. Redfield.

— Permanecerei aqui esta noite para ver se tenho o prazer, sra. Scott.

— Alegro-me muito em ouvir isso, senhor. Não é agradável ficar na situação em que estou... saber o que sei e minha palavra não ser levada a sério.

Era verdade. Não devia ser agradável para ela que suas declarações sinceras fossem recebidas com tanto ceticismo. Não me admirava que se sentisse magoada, quase ofendida; ao mesmo tempo, sentia que eu ficaria profundamente irritado se descobrisse que não havia algo em toda aquela confusão.

Assim como a primeira busca, a segunda não obteve resultado algum. Já estava quase anoitecendo quando voltamos ao chalé, onde a sra. Scott me permitiu ninar Johnny, seu bebê gordinho e tranquilo, enquanto preparava o chá em um estilo condizente com a importante ocasião da "companhia".

O DEPARTAMENTO DE CARTAS MORTAS   175

— Se estiver mesmo disposto a sentar-se e vigiar, farei café, em vez de chá, sr. Redfield. É melhor para manter a pessoa acordada.

Concordei com esse comentário, pois tinha a mesma opinião. Ela pediu ao marido para moer os deliciosos grãos em um moedor manual, e logo um jantar excelente, com presunto frio e biscoitos quentes, foi servido. A noite prometia ser clara e fria, e a lua só apareceria às onze da noite. Eu me fortaleci contra as dificuldades de minha aventura com duas xícaras de café forte e uma refeição bem-servida; após uma ou duas horas conversando com o casal e cantando para Johnny dormir, abotoei meu capote às oito da noite, enrolei o cachecol ao redor do pescoço e saí para dar início a minha tarefa.

— Deixarei a cafeteira no fogão e o fogo aceso. — Essa foi a promessa da boa mulher, que parecia achar que eu tinha um momento bastante solene à frente.

— Obrigado, sra. Scott. Se eu não fizer descobertas até duas horas da manhã, voltarei para perto do fogo e desistirei. A senhora sabe que meia-noite é a hora mais propensa para assombrações... será inútil permanecer por muito tempo depois disso.

— Que o Senhor o acompanhe — falou ela, honestamente.

Armado com uma bengala resistente, com a qual pretendia infligir castigo em qualquer intruso do tipo terreno, caminhei pelo gramado, fazendo a análise que pude na penumbra. Seguindo o mantra da canção de ninar, "não há nada que possa te assustar", caminhei ao redor da casa até, enfim, parar no alpendre dianteiro, onde caminhei com passos leves de um lado para o outro, buscando sons dentro e fora da residência. Não ouvi nem vi qualquer coisa.

As longas horas passaram devagar. Pouco antes do nascer da lua, a escuridão pareceu se aprofundar, como costuma acontecer antes do nascer do sol. Minha intenção era assumir uma posição no gramado, onde, sem ser visto, poderia observar os acessos à casa e também ver a varanda do quarto de Henry. Era hora de me esconder, antes que a lua me revelasse à pessoa ou ao grupo que pudesse estar de guarda. Assim, sentei-me no pequeno banco rústico completamente rodeado de arbustos perenes, que não só me escondiam como também me proporcionavam uma proteção considerável contra o frio. Até hoje, não consigo sentir o odor pungente dessas plantas sem relembrar as experiências daquela noite. Um silêncio, como aquele que o dr. Kane descreve como uma das características mais impressionantes da longa noite do Ártico, pairava sobre mim; das montanhas, surgiu, gradualmente, o brilho prateado da lua nascente, enquanto os vales ainda permaneciam na mais profunda escuridão. Os trechos de neve que cintilavam de forma tênue se alargavam em campos mais brancos; a casa pitoresca, com suas torres, suas varandas e seu telhado pintado, estava sombria e silenciosa diante de mim. Conseguia ouvir apenas um cachorro latindo ao longe, como se fosse um cachorro dos sonhos latindo em um mundo dos sonhos. Quase me esqueci do motivo de estar ali, naquela hora estranha, naquele lugar solitário, olhando para o aglomerado escuro que era o edifício, vazio de vida e calor como o coração *dela*, naquele momento, estava de felicidade ou esperança. O frio intenso, o odor dos pinheiros e das cicutas e o transe de pensamento em que caí estavam me entorpecendo.

De repente, notei um brilho disforme e sombrio pairando entre as torres escuras. Era a luz da morte sobre a qual a sra. Scott me alertara. Uma emoção calorosa percorreu os dedos de minhas mãos e meus pés, despertando-me para a mais aguçada consciência. Observei-a flutuando e se movendo, parando, flutuando de novo e desaparecendo. Talvez tenha durado três minutos. Naquele ínterim, já havia decidido o que era aquela aparência misteriosa: era a luz de um lampião ou uma vela sendo carregada por uma pessoa. Era o que mais se parecia; mas quem a carregava, e como a luz se refletia *ali* no telhado? Decerto havia um mistério que, caso eu fosse supersticioso ou um indivíduo nervoso, teria me incapacitado para qualquer investigação mais fria. Decidi que, se não pudesse compreender aquela maravilha, então, eu o faria à luz do dia. Observei atentamente, esperando que reaparecesse e me desse um vislumbre de sua origem. Enquanto esperava, um raio de luz passou pelas persianas do quarto de Henry. Assumo que, por um único instante, a mão dos mortos pareceu pairar sobre meu coração: ele ficou gelado e se recusou a bater. Porém, no segundo seguinte, sorri de forma severa para mim mesmo. Nunca fui um covarde moral ou físico. A solução para o mistério estava ao meu alcance, e eu não tinha a mínima intenção de deixá-lo escapar. Sabia que alguma pessoa estava fazendo travessuras na casa deserta; porém, se eu realmente esperava confrontar habitantes de outro mundo, não poderia hesitar.

A chave estava em meu bolso, então, caminhei rápido até a casa, destranquei a porta o mais silenciosamente possível e, segurando com firmeza a bengala, corri para a escada. Estava bastante escuro lá dentro, embora houvesse luz entrando pela porta; devido a minha pressa, chutei uma cadeira ao pé da escada, que caiu no chão. Fiquei agoniado, pois queria encontrar aqueles vagabundos da meia-noite desprevenidos. Por conhecer a localização do quarto, segui na direção dele; estava muito escuro no corredor do andar de cima, com todas as persianas e cortinas fechadas, tateei em busca da maçaneta — algo farfalhou e agitou-se no ar — e escancarei a porta.

Não havia luz ali. Tudo estava mergulhado nas sombras e no silêncio. Antes que pudesse abrir a persiana, deixando entrar uma inundação pacífica do luar prateado, minha esperança de encontrar o intruso estava quase no fim. Tinha certeza de que alguma coisa passou por mim na escuridão do corredor, estava consciente do magnetismo sutil que emana do corpo humano, notado na noite mais densa. Pode ser o magnetismo da alma e não do corpo, e um espírito desencarnado pode ter mandado a mesma corrente elétrica por mim. De qualquer forma, eu estava de mãos vazias. Não achava que outra jornada pela casa resultaria em qualquer descoberta, visto que o aviso fora dado e não havia lampião ou lanterna comigo. Relutantemente, depois de esperar e ouvir por algum tempo em vão, fechei o quarto e a casa, retornando para o chalé, onde bebi o café que esperava por mim, deixado sobre um casaco de búfalo diante do forno. Fui dormir envergonhado.

Não queria falar muito sobre minhas aventuras quando fui avidamente questionado por meus anfitriões na manhã seguinte. Os dois se satisfizeram, embora eu estivesse relutante, por ter visto algo que me confundiu, e ficaram alarmados e triunfantes. Em resposta às perguntas — que não eram insistentes, pois o casal era bastante respeitoso —, assegurei-lhes que tinha razão para pensar que a casa pedia atenção. Não consegui me convencer de quem estava perturbando as instalações, mas não descansaria enquanto não descobrisse. Eu retornaria naquela noite e dormiria na casa; tinha a intenção de entrar fazendo o mínimo de barulho possível, provavelmente antes do anoitecer, para não alertar o intruso ou os intrusos, e estava confiante, assim, de que daria o bote no fantasma. A sra. Scott me observou com um olhar de admiração e espanto.

Ela não dormiria naquela casa sozinha "nem por todos os tesouros de Salomão" e eu, ao menos, não iria me munir de pistolas?

Quando fui ao escritório do sr. Argyll naquela manhã, ele me saudou com notável frieza. Enfim, não conseguia mais esconder de mim mesmo que, não apenas suas maneiras tinham mudado, como ele queria que eu soubesse que elas haviam mudado.

Ele me lançou, enquanto eu entrava, um olhar suspeito, dizendo "Bom dia, Richard" no tom mais formal possível. Nada mais. Peguei um livro, escondendo a dor e a vergonha em uma tentativa de ler, mas minha mente não conseguia se concentrar; eu tentava imaginar as causas da situação em que me encontrava. Um parasita! Sim, um parasita indesejável em um escritório onde não tinha mais direito algum — em uma casa onde não confiavam mais em mim.

"Será que o sr. Argyll colocou um espião para me observar e já sabe que passei a noite inteira fora? E me julga antes que possa dar qualquer explicação?", eu me perguntei, indignado. "Se acha que estou criando maus hábitos, fazendo qualquer coisa errada, por que não argumenta comigo e me dá uma chance de me defender?"

Tive a intenção de seguir seu conselho na questão da casa mal-assombrada, mas fiquei sentado, zangado e em silêncio, me sentindo, ah, magoado e desamparado. Não permaneci muito tempo no escritório; fui para meu quarto, onde escrevi uma carta longa para minha mãe, dizendo a ela que logo a visitaria e explicando que não poderia ir antes porque estava envolvido com a função que dei a mim mesmo.

Sim! Eu havia prometido de coração me dedicar à descoberta do assassino de Henry Moreland. Se a própria Eleanor tivesse colocado o pé naquele coração e o esmagado ainda mais, não sei se teria mantido meu voto.

Não teria ido à mansão naquele dia se uma mensagem não tivesse sido enviada, no fim da tarde, dizendo que o sr. Burton havia chegado e que estava me esperando para o chá. Fui e tive o prazer de ver a pequena Lenore sentada ao lado de James, que agia como se ela fosse uma princesa, e ser tratado com o mínimo de civilidade por todos, com exceção do sr. Burton. A srta. Argyll não estava se sentindo bem e não desceu.

Vi o olhar atento do meu amigo observando a intimidade entre sua filha e seu novo amigo; se ele ficou ou não satisfeito, não saberia dizer; os olhos que liam os pensamentos secretos dos outros homens nem sempre demonstravam suas impressões. Também tinha certeza de que ele notou a mudança no comportamento da família em relação a mim, e minhas próprias maneiras constrangidas.

12. A NOITE NA CASA DOS MORELAND

A chegada do sr. Burton impediu-me de passar a noite na casa dos Moreland; resolvi imediatamente adiar minhas explorações até que ele pudesse me fazer companhia. No dia seguinte, o sr. Burton foi até meu quarto, e tivemos, como sempre, desde que nos conhecemos, uma longa conversa sobre o passado, o presente e o futuro. Não apresentei o assunto do mistério da casa até que muitas outras coisas tivessem sido discutidas.

Meu companheiro estava preocupado com questões importantes que eram apenas dele, as mesmas que o levaram até Boston, mas seu interesse estava ligado, quase tão sinceramente quanto o meu, a desmascarar o criminoso da tragédia de Blankville, e qualquer referência a esse triste tema com certeza chamaria sua atenção. Reconhecemos que estávamos confusos conforme conversávamos naquela manhã, mas não desencorajados. O sr. Burton falou que seguia o rastro de duas notas de quinhentos dólares do Park Bank, que saíram da cidade na semana após o assassinato, tomando rotas bem diferentes: uma estava voltando de St. Louis, cujo curso seus agentes estavam seguindo. Quanto à costureira, ela tinha o poder de desaparecer por completo, como uma luz apagada, sem deixar vestígios, colocando seus perseguidores no escuro. Essa comparação do detetive me lembrou da curiosa luz que me levou, como uma abóbora do Dia das Bruxas, a um atoleiro de incerteza; e estava prestes a começar meu relato sobre isso, quando ele me lançou um daqueles olhares fulminantes e peculiares, dizendo:

— O senhor já se tornou sócio do escritório de advocacia?

— Não, sr. Burton, e acho que nunca serei.

Havia um amargor em minha voz. Ele não demonstrou surpresa, perguntando simplesmente:

— Por quê?

— Acho que James foi escolhido para ocupar a vaga.

— Mas ele ainda não passou no exame da ordem dos advogados.

— Ele está estudando um pouco nos últimos tempos, provavelmente para isso.

— O vento está mudando — disse o sr. Burton, falando como o velho cavalheiro de *A casa soturna*. — Eu vejo onde a terra está. O bom e nobre navio dos Argyll está se encaminhando para as rochas. Ouça-me, ele logo será destruído, e você verá sua ruína espalhada pela costa.

— Peço a Deus para não cumprir sua profecia. Espero nunca viver para ver tal coisa.

— Como poderia ser diferente? — falou ele, levantando-se e andando de um lado para o outro em meu pequeno quarto, como um elefante aprisionado. — Um perdulário e apostador... um homem como *aquele*... prestes a assumir o leme! Mas não é de minha conta... não é nem um pouco de minha conta; nem da sua, aliás.

— Mas é de minha conta! — bradei. — Não posso deixar de tomar o assunto como meu, aquelas meninas são como minhas irmãs, e o sr. Argyll, como meu pai. Ainda assim, como disse... não é, de fato, de minha conta. Eles não permitirão que seja!

Inclinei a cabeça sobre os braços; minha própria perda e decepção estavam recuando diante da ideia da possível derrota. Fiquei surpreso quando o detetive bateu a mão cerrada sobre a mesa com um golpe que a sacudiu; ele estava de pé, olhando não para mim, mas para a parede, como se visse alguém à sua frente, invisível para mim.

— James Argyll é um homem singular... um homem *singular*! Uma pessoa deve ser uma pantera astuciosa e forte para lidar com ele. Por São Jorge, se eu não tomar cuidado, ele ainda vai me vencer... com aquela força de vontade. Vejo todos ao meu redor sucumbindo. O rapaz tem o jogo nas mãos. Por sinal, Redfield, fiquei um pouco surpreso ao ver Lenore tão afeiçoada a ele.

— Por que, sr. Burton? James é um jovem cativante e elegante, nunca lhe faltaram admiradores. Teria sido estranho se sua filha *não* tivesse gostado dele. Foi muito bom com a menina.

— Sim, de fato. Tenho certeza de que devo ficar muito grato a todos vocês. Já lhe contei que deposito grande confiança na percepção intuitiva de Lenore quanto ao caráter das pessoas? O senhor sabe que eu mesmo tenho essa habilidade notável. Quando conheço alguém, pareço ver sua mente, e não seu corpo... não consigo evitar. Bem, já notei que o mesmo acontece com minha filha. Ela é tão jovem e inexperiente que não consegue explicar suas próprias impressões. A menina tem suas preferências, e percebi que se inclina na direção da verdadeira índole, como uma flor faz com a luz, e se afasta das falsas como se fossem sombras. Não esperava que ficasse tão ligada ao jovem Argyll.

Lembrei-me do efeito curioso que sua primeira abordagem causou nela, mas não contei ao pai. Não queria parecer, de forma alguma, ter ciúmes de James. Se ele pudesse tirar meus amigos de mim, mesmo aquela menininha que amei por sua doçura pura, que assim fosse! Era orgulhoso demais para pedir que reconsiderassem suas opiniões.

— O senhor sabe — disse meu companheiro — que ele está fazendo uma maravilha com minha pequena Lenore? O rapaz obteve uma grande influência sobre ela nesses últimos dias. Hoje de manhã, para um propósito que o senhor perceberá ser de enorme importância, tentei, sozinho com ela em meus aposentos, colocá-la no estado de clarividência. Pela primeira vez, falhei. Sua mente não é mais um espelho translúcido, refletindo verdades sem cores ou refração. Ela está sob a influência de uma vontade tão forte quanto a minha... e a minha move montanhas — disse ele, com uma risada.

— Pensei que o senhor não gostaria disso.

— Não gosto, mas ela voltará para casa amanhã. Vou lhe dizer por que procurei a ajuda de Lenore outra vez. Tive sucesso em rastrear Leesy Sullivan até esse vilarejo. Ela veio para cá no dia após a assustarmos no Brooklyn... quer dizer, desceu do trem em uma pequena estação a quase dez quilômetros daqui, não se atreveu a descer neste vilarejo, e, não tenho dúvidas, veio para Blankville a pé, chegando de noite.

— Aquela tia dela está envolvida nisso! — exclamei. — Temos razão para tomar qualquer medida que a obrigue a confessar onde esconde a moça.

— Estou convencido de que a tia nada sabe sobre ela. A sra. Scott manteve vigília atenta sobre a casa?

— Ela não viu a costureira desde aquele dia, e acredito que seria difícil para ela colocar o pé no lugar sem ser descoberta, pois a mulher colocou na cabeça que o lugar é mal-assombrado, e fica de guarda noite e dia.

— Mal-assombrado?

O sr. Burton se sentou e puxou a cadeira com ar de interesse, o que me levou a contar nossas experiências na casa e minha intenção de completar minhas pesquisas naquela noite, na companhia dele, se não tivesse objeções. Ele respondeu que seria um grande prazer e que ele adorava uma aventura do tipo.

De fato, a ideia o agradava imensamente; seu rosto se iluminou, e, após isso, pelo restante do dia, pela primeira vez em nossa curta amizade, eu o vi um pouco agitado e ansioso. Um de seus lemas era: "Aprenda a trabalhar e a *esperar*".

A mente dele era uma daquelas que teria mantido silêncio por sete anos ao invés de falar um instante antes do previsto. Ele quase nunca tinha pressa, não importava o que estivesse

em jogo; mas a chance de ficar *perdu* em uma casa mal-
-assombrada, de "capturar" um fantasma, era uma novidade
em sua carreira de detetive, e isso o divertia. Ele sorriria para
si mais de uma vez durante as horas seguintes.

Assim que terminamos o chá, pedimos licença para a família, demos um beijo em Lenore e, avisando que o sr. Burton ficaria comigo a noite inteira, saímos. Deixei tudo sob os cuidados dele. Quando chegamos ao chalé, encontramos a sra. Scott disposta a considerar o não cumprimento de meu compromisso na noite anterior como prova de que estava assustado com a perseguição; ela, no entanto, aceitou minhas desculpas e aprovava firmemente que eu tivesse uma companhia para enfrentar os perigos espirituais que estava prestes a encontrar. Além disso, preparou seu excelente café, para nos ajudar a permanecermos despertos, e nos ofereceu proteção junto com as chaves da casa.

— Trate o fantasma como trataria qualquer ladrão — falou meu companheiro, conforme nos aproximávamos da porta dos fundos da casa na escuridão. — Ataque-o o quanto antes, se puder.

Era uma noite feroz para uma missão como a nossa. Ela me lembrou daquela em que Henry Moreland foi morto. Uma dessas mudanças repentinas no tempo, comum em nosso clima, vinha acontecendo durante o dia, e, naquele momento, o vento cálido e selvagem que trazia o "degelo de janeiro" soprava no local, fazendo ranger cada tábua solta e os galhos nus das árvores se esfregarem uns nos outros com um som áspero. Nuvens carregadas com bordas irregulares deslizavam pelo ar, e as grandes estrelas espiavam lá embaixo, com olhos arregalados e brilhantes, como se estivessem com medo.

Enquanto estávamos do lado de fora, grandes gotas começaram a cair, e logo estava chovendo forte, como chovera *naquela* noite. De forma gentil, como se fosse um ladrão entrando de maneira criminosa, o sr. Burton virou a chave na maçaneta; entramos na escuridão pesada da casa, fechamos a porta e seguimos em silêncio, comigo na dianteira, pela escada e pelos corredores, até chegarmos ao quarto de Henry. Adentramos em quietude absoluta e nos sentamos em cadeiras, cada uma em um dos lados da pequena escrivaninha. Contudo, poderíamos ter derrubado metade da mobília sem alarmar qualquer intruso — se houvesse um intruso no quarto ou na casa —, devido ao barulho causado pela tempestade.

Durante o tempo em que a chuva batia intermitentemente nas janelas e o vento sacudia a residência solitária, quase fui dominado pelas memórias que o lugar e a tormenta tanto vivificavam. Estava disposto a me convencer do espectro noturno — naquele momento de tristeza e tempestade, sob o teto do assassinado, o mundo material não parecia tão distante dos confins terríveis e sombrios do mundo espiritual quanto parecia no dia a dia comum da vida sob a luz do sol. Meu coração batia forte com a agitação de sentimentos quase poderosos demais para a resistência mortal, então fiquei feliz em considerar que meu companheiro era frio, calmo e vigilante. Ele não tinha memórias do vento e da chuva para dominá-lo como eu; aquele teto não era o teto de seu amigo — e ele não conhecia Eleanor.

Era bastante impressionante, mesmo para a mais maçante das imaginações, ficar sentado lá de noite, naquela mansão vazia, na escuridão, com uma tempestade caindo ao redor, esperando por... não sabíamos o quê. Para mim, com meu temperamento inquieto e sob as circunstâncias peculiares, era completamente instigante.

Por um longo tempo, houve apenas uma interrupção em nossa silenciosa vigília. O sr. Burton se inclinou sobre a escrivaninha, sussurrando:

— O senhor ouviu alguém cantando?

— Com exceção da chuva, não ouvi algo além do vento e do ranger de uma árvore na lateral da casa. Ouça!

Pensei mesmo ter ouvido uma nota leve e angelical de música flutuando no ar acima de mim, mas, naquele momento, a tempestade redobrou seu clamor, superando todos os sons menores.

— A não ser que eu esteja enganado, foi uma voz humana — disse ele, no mesmo sussurro.

— Ou uma celestial — murmurei.

Acredito que o sr. Burton tenha dito "Bobagem!", mas não tenho certeza. Durante mais um intervalo longo de espera, nós dois nos inclinamos para chegar mais perto um do outro no mesmo instante, e o som de alguma coisa sendo empurrada acima atraíra nossos ouvidos atentos.

— São ratos no sótão — falei. — A sra. Scott disse que há ratos na casa.

— Duvido muito que sejam ratos, mas vamos esperar mais um pouco.

O sr. Burton tinha levado um lampião e fósforos, para que pudéssemos ter luz quando desejássemos; se ouvíssemos mais alguma coisa acima, sei que ele iria examinar o sótão. A chuva abrandou um pouco; enquanto esperávamos sentados, o som de algo sendo empurrado foi logo seguido por um padrão leve e regular, como de passos, pelo chão do sótão. Já ouvira ratos fazendo sons bastante semelhantes no teto; e, embora minha pulsação estivesse um pouco mais acelerada, ainda tinha certeza de que eram essas pestes incômodas.

A próxima coisa que chamou nossa atenção foi um brilho. Acho que mesmo o visitante mais espectral dificilmente teria me afetado como aquele repentino raio de luz, surgindo pelo buraco da fechadura e sob o vão da porta. Em silêncio, avançou pelo carpete, movendo-se como se o objeto que a lançava estivesse sendo carregado pela mão de uma pessoa caminhando. Não sei exatamente o que eu esperava quando a luz parou em frente à porta, exceto que ela se abriria e que eu veria... o mistério. Um instante de suspense — então a luz bruxuleante oscilou e se moveu na direção oposta daquela em que apareceu pela primeira vez — estava voltando pelo corredor e descendo as escadas.

— Pois bem — falou meu companheiro, em um sussurro que mal consegui ouvir. — Espere!

A mão que ele colocou sobre a minha estava suada devido à animação. Quando o último brilho amarelo bruxuleou e desapareceu, as intempéries fizeram um grande ataque a nossa cidadela. Não conseguimos ouvir qualquer coisa além do rugido de sua artilharia, dos passos de seus batalhões. Esperamos talvez por cinco minutos.

— Agora.

Então me levantei, seguindo o sr. Burton pela escuridão. Ele abriu a porta em silêncio, atravessou o corredor e, debruçando-se sobre o corrimão, olhou para o andar de baixo. Não conseguimos ver algo até, conforme descíamos a escada, uma leve refulgência de algum cômodo distante penetrar nas trevas.

Com passos cuidadosos, seguimos pelo corredor e pela biblioteca até a sala de estar, onde, você deverá se lembrar, a sra. Scott me garantiu que ouvira barulhos misteriosos. A porta estava entreaberta, mas não o suficiente para nos proporcionar uma visão do interior. Ao pararmos na soleira, escutamos um suspiro — um suspiro profundo, longo e trêmulo. Com a mão hábil, meu companheiro empurrou a porta para que pudéssemos entrar, o que fizemos silenciosamente.

Aquele cômodo, no verão, era a sala favorita da sra. Moreland, onde, nas paredes, ela tinha os retratos, pintados em tamanho real, de sua pequena família. A nossa frente, estava pendurada a imagem de Henry Moreland. Diante dela, havia uma mulher, uma das mãos no alto segurando uma vela acesa em um pequeno castiçal, a outra sobre seu coração, como se aquela imagem dolorosa lhe doesse. Imóvel, extasiada, absorta, assim ela permaneceu; nós não fizemos barulho algum e, se tivéssemos feito, acho que ela não teria ouvido; suas costas estavam voltadas para nós, a luz era direcionada para o quadro sobre o qual seu olhar estava voltado.

A mulher era Leesy Sullivan. Eu a reconheci de imediato, embora não fosse possível ver o rosto. Aqui, por fim, encontramos a fugitiva que tanto perseguimos, assombrando a casa do homem que meus pensamentos a acusavam de ter matado, de pé diante do retrato, na calada da noite, sem saber quem eram as testemunhas do segredo que ela revelava naquele momento. Como obteve acesso à casa ou há quanto tempo era intrusa, deixei que uma investigação futura respondesse — a cena atual era totalmente envolvente.

Por muito, muito, muito tempo ela permaneceu ali. Não a interrompemos. Foi, provavelmente, a expectativa de que a mulher dissesse algo importante para nós, revelando o que pensava, o que manteve meu companheiro quieto. No entanto, Leesy Sullivan nada falou; apenas deu seus suspiros prolongados, até, por fim, colocar a vela sobre a mesa de canto abaixo da pintura e levantar as mãos com um gesto apaixonado em direção a ela, falando, soluçando:

— Henry!

Então, devagar, como se seus olhos se recusassem a deixar o objeto que os atraíam, ela começou a dar meia-volta. Tivemos um vislumbre de seu rosto antes de a costureira nos descobrir: havia uma mancha ardente em cada bochecha fina e duas lágrimas, congeladas, por assim dizer, em suas pálpebras, além de uma curva trêmula nos lábios carnudos e vermelhos da boca terna e bela, como se tremessem de tristeza e amor. Não havia algo selvagem ou severo nela naquele momento. Virando-se, devagar, a moça notou nossa presença, parados na escuridão — dois homens cruéis, caçando-a mesmo naquela fortaleza sagrada. Essa foi a sensação que nos deu pela expressão que passou por seu semblante; senti-me envergonhado e injustificado até que me forcei a recordar tudo.

Ela não gritou, pois havia passado por muitas vicissitudes para sentir qualquer medo; apenas empalideceu e colocou a mão sobre a mesinha para se equilibrar.

— Os senhores enfim chegaram, não? O que querem comigo? Ficarei aqui por pouco tempo e quero paz.

— A paz só vem com a consciência limpa — falou o sr. Burton, severo. — O que está fazendo nesta casa?

— Sei que não tenho o direito de estar aqui, mas onde mais os senhores me deixariam ficar? Não perto de seu túmulo... não, nem perto de seu túmulo! Os senhores querem me arrastar diante de todo mundo, expor meu tolo segredo, que escondi de todos... me colocar na prisão... me matar! Este é seu objetivo, e tem poder para fazer isso, suponho. Sou tão pobre e solitária que me tornei o alvo perfeito para sua perseguição. Bem, se puderem se explicar, façam o que quiserem comigo!

Ela cruzou os braços, encarando-nos com olhos que brilhavam intensamente.

— Se a senhorita não tinha um segredo culpado, por que fugiu de amigos e inimigos? Por que não buscou fazer um depoimento e se explicar satisfatoriamente para nós? — perguntou o sr. Burton.

— O senhor não acreditaria em mim se eu lhe dissesse a razão — zombou ela. — Não é típico da mente de homens acreditar em desculpas de mulheres pobres... essas mentes grosseiras e suspeitas... Não vou revelá-la para esses indivíduos.

De fato, havia uma imponência na moça que me impressionou. Ao nos confrontar, o espírito destemido que cintilava em seu rosto e sua silhueta magra e debilitada obrigaram-me a uma espécie de aquiescência. Não seria eu a subjugar ou a lidar com essa natureza poderosa. Seria o sr. Burton.

— Não é hora nem lugar para se explicar, srta. Sullivan. A senhorita deve me acompanhar até o chalé da sra. Scott, ela cuidará da senhorita até a manhã, e então teremos uma conversa. Não serei agressivo nem tomarei qualquer medida sem boa razão. Tudo que quero é a verdade... e a terei.

— Deixem-me ficar aqui esta noite, prometo que não tentarei fugir. Esperarei aqui até os senhores acharem apropriado vir de manhã.

— Não posso fazer isso, há muito em jogo — disse ele, determinado.

— Então, deixe-me ir pegar a criança — pediu ela.

A mulher segurou novamente o castiçal e a seguimos, subindo a escada que levava ao sótão. Lá, sobre a pilha de colchões no canto, repousava a menininha, dormindo profundamente, como só as crianças conseguem fazer.

— Estávamos aqui embaixo quando o senhor nos visitou no outro dia — disse Leesy, com uma espécie de sorriso amargo. — Tive que me esforçar bastante para a menina não chorar. No fim, ela fez um barulho, mas o senhor afirmou que era um gato.

— Como essa criaturazinha dorme — falou o detetive.

Seu coração era gentil, e não queria perturbar uma criança adormecida.

— É uma pena ter que acordá-la — murmurou sua cuidadora.

— Sim, de fato. Vou lhe dizer o que faremos. Nós a prenderemos aqui e manteremos guarda na despensa até de manhã, se a senhorita não se importar.

— Não me importo de levar Nora na tempestade.

— Diga-me uma coisa — falou o sr. Burton, os olhos brilhantes fitando os dela —, a senhorita é a mãe dessa bebê?

Por um momento, a mulher respondeu ao seu olhar com espanto, então o sangue rosado correu para o pescoço, as bochechas e a testa — uma virgem corando, o que mostrava todo o lado suave e infantil de seu caráter.

— Se sou mãe de Nora? — repetiu ela. — Achei que soubesse que nunca me casei.

O detetive nada fez, um pouco envergonhado pela simplicidade perfeita da resposta.

— Pelo que me contaram, é a filha de sua prima morta... uma órfã, acredito — disse ele. — Bem, srta. Sullivan, nós a deixaremos aqui, sem perturbá-la, pelo restante da noite.

Descemos até o segundo andar, trancando a despensa com a escada que levava ao sótão, bastante satisfeitos em manter a vigília até de manhã, já que havíamos descoberto a intrusa misteriosa da casa mal-assombrada.

13. A SOMBRA ASSUME UMA FORMA

Nós acendemos nosso lampião, sentamo-nos em um sofá de vime quase em frente à porta trancada e nos mantivemos acordados conversando. A tempestade havia diminuído para o padrão monótono de uma chuva constante.

— Estou surpreso — disse o sr. Burton — pelo senhor não ter compreendido de imediato o segredo desta casa. No instante em que falou a palavra "mal-assombrada", eu sabia que fim teriam nossas investigações. Resolvemos um mistério que tem me incomodado por muito tempo. Eu sabia que Leesy Sullivan estava aqui, em algum lugar próximo; o local exato do esconderijo era tudo que eu queria saber, e, quando o senhor mencionou a casa dos Moreland, pensei: "É isso!". Só tinha medo de que a costureira nos enganasse outra vez antes de colocarmos as mãos nela. E, na verdade — falou ele, rindo —, não sei se não vai acontecer. Ela pode evaporar pelo teto antes do amanhecer.

— Realmente, não pensei nela, sr. Burton; tinha quase certeza de que outra pessoa estava fazendo algum jogo, fosse por travessura ou coisa pior. Contudo, como poderia saber, quando dois exames cuidadosos à luz do dia falharam em revelar qualquer coisa? Não parecia haver lugar pelo qual uma pessoa pudesse entrar na casa, e, quanto a uma mulher e uma criança serem as intrusas, vivendo e sobrevivendo aqui por semanas... acho que nada além de provas contundentes teriam me convencido dessa façanha. Estou curioso para saber como ela conseguiu.

— Eu deveria ter vindo aqui primeiro — comentou, seguindo sua linha de pensamento. — Mulheres são como aves quando meninos se aproximam do ninho. Elas revelam a si mesmas e ao querido segredo voando pelo local. Se a srta. Sullivan fosse homem, estaria no Kansas ou na Califórnia neste momento; sendo mulher, eu deveria ter procurado por ela exatamente no lugar que pareceria natural para ela evitar. Uma coisa é certa: ela amava o jovem Moreland com uma intensidade maior do que a maioria das mulheres. Já tive que lidar com índoles como a dela... em que um cérebro poderoso é subserviente de uma força emocional ainda mais poderosa. Ela era orgulhosa e ambiciosa, estava descontente e tinha gostos e percepções que alcançavam uma esfera muito mais elevada da vida. A srta. Sullivan teria sido uma herdeira e filha favorita magnífica; ainda assim, no amor, teria sido humilde e abnegada... daria tudo e não contaria com coisa alguma. É uma pena que tal capacidade para a alegria trouxe apenas ruína.

— Se ela amava Henry, como pôde, sob qualquer rompante de ciúme, tê-lo machucado? A mulher me parece terrível sob qualquer ponto de vista.

— Não sei se o machucou ou o fez ser machucado. As circunstâncias estão contra ela. Porém, estou longe de acreditar que ela seja culpada e bastante ansioso para interrogá-la. Devo interrogá-la sozinho, pois está assustada e será insolente. Vou acalmá-la, magnetizar sua vontade, por assim dizer, e arrancarei dela a verdade. Cada átomo de conhecimento que tiver, de qualquer maneira conectado a Henry Moreland, extrairei dela e consolidarei tudo em um só conjunto, para ser usado contra a moça. Se confia em meu julgamento, Richard, como tenho orgulho de pensar que confia, não terá objeções quanto a eu ver a srta. Sullivan sozinho e decidir, após o interrogatório, se há motivos para sua prisão como parte do assassinato.

— Não tenho objeções. É uma prerrogativa sua vê-la sozinho, e tenho a maior confiança em você. Suponho que o sr. Argyll e o pai de Henry sejam os indivíduos apropriados para decidir sobre a prisão e o processo.

— É claro. E se, depois de ter falado com ela, não conseguir extrair fatos que justifiquem que a moça seja levada a julgamento, não lhe darei a liberdade até que tenha consultado ambas as famílias, expondo toda a evidência diante delas. Vão relutar em iniciar um processo que não possam sustentar, mesmo que tenham a *impressão* de culpa. Por sinal, Redfield, essas *impressões* são coisas curiosas. Suponho que devo lhe contar que há pessoas que, sem nem uma partícula de prova de qualquer tipo, têm a impressão de que *você* seja o culpado.

Eu me levantei do sofá, encarando-o, sem saber se lhe dava um soco.

— Não me olhe assim — disse ele, rindo baixinho. — Não falei que *eu* tive tal revelação interior. E não revelei isso para ferir seus sentimentos; na verdade, o fiz para poupá-los. Pois, se não estou enganado, a mesma pessoa que confidenciou suas impressões a mim recentemente foi aos poucos confidenciando para outros. O pensamento, a mínima possibilidade, uma vez considerado, mesmo que sem muita atenção, e expulso como um convidado indesejado, ainda causa uma influência nociva. Você está sobre um terremoto, Richard... e pode ser engolido a qualquer instante.

— Eu?

— Sim. Detectei os rumores premonitórios. Digo isso apenas para avisá-lo, para que esteja pronto para se defender.

— Encaro com desdém essa chance de me defender! Defender-me, homessa! Contra o quê? Quem se atreveu a insinuar contra mim esse pensamento que o senhor ecoou? Mas é desnecessário perguntar... foi meu inimigo, James Argyll. Ele me odeia como a cascavel odeia o freixo!

— Bem, o desgosto é mútuo. O senhor nega que também teve o mesmo pensamento... entenda, um mero pensamento fugaz... de que *ele* pode ter sido o culpado do que está acontecendo?

Meu olhar consciente desviou diante dos olhos azul-acinzentados que me atravessavam. Deus sabe que tal impressão, tal crença, às vezes vaga e sombria, vívida, porém breve como um raio, tinha me incomodado diversas vezes. Já sugeri isso, quando disse que estava feliz porque, se James alguma vez tivesse pegado dinheiro sem permissão de seu tio, ele o desperdiçaria na mesa de jogo. Logo, voltei a erguer o olhar.

— Se tive essa suspeita, lutei contra ela, e nunca a sussurrei para um ouvido mortal. Ele buscou me prejudicar de várias maneiras; já eu, tentei vencê-lo e me conciliar, ser amigável, devido ao respeito que tenho por sua família. Quanto a dar um passo para fixar um estigma desse tamanho sobre ele, sem lhe dar uma chance de apagá-lo abertamente, sou incapaz de fazê-lo. O senhor tem liberdade de nos julgar, sr. Burton.

— Sabe que não gosto dele — assumiu. — Contudo, aversão alguma que possa sentir por ele impedirá que eu pondere todos os fatos que estão sob minha observação com imparcialidade. Estou no caminho certo nesta busca, e vou segui-la até seu fim sombrio, mesmo que o senhor a abandone. A justiça será feita! Se o raio atingir a cabeça mais elevada de todo este vilarejo aristocrático, *cairá* no lugar certo.

Ele se levantou, andando de um lado para o outro pelo corredor com uma expressão austera e pensativa. Quanto a mim, afundei-me no assento, oprimido pela confirmação mil vezes pior do que meu maior medo. As *suspeitas em relação a mim* rastejavam como uma sombra na morada dos Argyll. Senti sua aproximação havia muito tempo; naquele momento, todo o meu ser ficou frio, congelado, com exceção de um espasmo ardente de indignação que latejava em meu peito.

Conforme a aurora cinzenta se aproximava, a chuva parou. A manhã chegaria devagar. Assim que ficou claro o suficiente, ouvi o jardineiro cortando lenha para o fogo, e, pouco depois, fui até ele, a mando do sr. Burton, para pedir um desjejum para a mulher e a criança. Não vou descrever o espanto loquaz do marido e da esposa quando anunciei que havíamos encurralado o fantasma, que tinha se provado ser Leesy Sullivan. É claro que o mau agouro da criança chorando estava explicado, além do desaparecimento de uma quantidade considerável de farinha, condimentos e maçãs, pelo qual a sra. Scott culpara os ratos.

Ia totalmente contra a inclinação formal e correta da sra. Scott preparar um desjejum para "essa mulher provavelmente desavergonhada que se comporta dessa maneira, que ninguém na Terra poderia explicar", mas a satisfação de sua curiosidade feminina compensou o ultraje de sua sensibilidade, e ela levou os aperitivos requeridos para as prisioneiras.

Quando entramos no sótão, à luz do sol nascente, a srta. Sullivan estava sentada quieta no canto dos colchões, encaracolando o cabelo cor de linho de Nora nos dedos. Uma obstinação reticente marcava seus olhares e suas ações; ela mal respondeu às perguntas da sra. Scott — e falava apenas quando o conforto da criança estava envolvido. Por *ela*, a costureira comeu um pouco dos pratos quentes e bebeu do chá, alimentando silenciosamente a garotinha ansiosa, enquanto dávamos uma olhada nos arredores.

Verifiquei então que uma pequena claraboia, escondida da vista externa pelas chaminés e pelos trabalhos ornamentais das ameias, fora por onde o brilho misterioso que tantas vezes pairava sobre o telhado saía. A ocupante dessa grande casa evidentemente havia se preparado para o inverno. Ela escolhera o sótão como lugar mais seguro, para o caso de pessoas entrarem na casa deserta por qualquer motivo; para cá, trouxera um minúsculo forno a carvão, usado no verão para aquecer ferros de passar, que abastecia com o combustível que sobrara no local. Os víveres deixados na casa serviram bem às necessidades. Era evidente que, através do extremo cuidado e da vigilância, saindo de casa apenas na escuridão da noite, ela poderia ter permanecido ali por um tempo consideravelmente mais longo, imperturbável em sua reclusão, se a luz, que a moça só se atrevia a acender até que tudo estivesse escuro e silencioso no pequeno chalé, não tivesse atiçado a curiosidade que enfim levou à descoberta.

O sr. Burton bebeu uma xícara de chá e comeu um pão; e, então, a seu pedido, foi deixado sozinho com a mulher em silêncio, sentada lá com sobrancelhas resolutas e lábios firmemente fechados, como se tivesse trancado seus pensamentos.

Será necessária toda sua diplomacia para deixá-la em um humor comunicativo, pensei, enquanto olhava para o rosto dela. Fiquei gelado pela vigília noturna e ainda mais gelado pelas palavras do detetive durante esse período. Retornei para a lareira do chalé, esperando por três horas, em um devaneio doloroso, respondendo quase de forma aleatória aos comentários da governanta.

Após o intervalo de três horas, o sr. Burton chegou carregando Nora nos braços, que acariciava sua bochecha com a mão gordinha, e com a costureira em seu encalço, cujas maçãs do rosto tinham rastros de lágrimas e cujo olhar predatório e desafiador dera lugar a uma expressão desanimada e gentil.

— Sra. Scott, quero que me faça uma gentileza — disse ele, com suas maneiras autoritárias e persuasivas, a quem as pessoas raramente pensavam que valia a pena fazer objeções. — Quero que cuide da srta. Sullivan e da priminha dela até eu mandar notícias requisitando a presença de ambas. Pode ser hoje ou demorar mais de uma semana. Nesse ínterim, se precisar de qualquer trabalho de costura para a senhora ou para o pequeno Johnny, ela ficará feliz em ajudar.

— Tenha certeza de que ela é bem-vinda — falou a mulher, com um tom que não indicava tanta certeza assim.

— Obrigado. Sabia que poderia contar com a senhora. Johnny, venha cá e conheça a srta. Nora. Estou pronto, Richard, se também estiver, para voltar ao vilarejo. Lenore vai se perguntar o que aconteceu conosco. Bom dia a todos.

E nos retiramos.

— Não tem medo de deixar a moça sem alguém para vigiá-la, depois de todos os problemas que ela nos causou?

— Ela permanecerá lá; prometeu para mim. Se decidir fugir agora, não há problema. Estou perfeita e completamente convencido de que a srta. Sullivan é inocente de qualquer participação no assassinato de Henry Moreland, ou de que saiba qualquer coisa sobre o crime... exceto uma informação que posso usar caso necessário. Darei minha opinião ao sr. Argyll, com minhas razões para pensar assim; se ele optar por prendê-la, a moça estará no chalé. Richard, esse assunto foi tão longe quanto o possível! Hoje, direi ao sr. Argyll que vou me retirar do caso, que desisto. Espero que entenda que não o abandonarei por completo, que ainda manterei meu interesse nele e que ainda seguirei em segredo com as investigações, o que acredito que acontecerá melhor se todas as partes acreditarem que desisti. Você se incomoda?

— Se me incomodo, que diferença faz? Não cabe a mim decidir. Acredito que ache que é o melhor.

— Sim. Assim como você o fará um dia, se vivermos para ver o final de tudo isso. Nesse meio-tempo, permaneço seu amigo, Richard, não importa se darei sinais claros de amizade em breve ou não. Você tem liberdade de se dedicar à causa tão ardentemente quanto antes... e, se quiser me consultar, sabe como me encontrar.

Eu me senti estranho enquanto caminhávamos juntos. Ele falava como se sentisse que alguma mudança estava a caminho, como se as coisas fossem assumir novas formas, como se, em breve, eu fosse precisar de amizade, e, ainda assim, ele fosse obrigado a esconder a sua atrás de uma máscara de frieza. Eu não entendia. Senti-me um tanto ofendido por ele e totalmente desanimado.

Jantei com o detetive na casa do sr. Argyll. Foi a última vez que me sentei àquela mesa.

Durante a tarde, o sr. Burton teve uma conversa privativa com a família, *da qual fui excluído*, e, à noite, ele retornou à cidade, levando Lenore consigo, o último adeus de sua mãozinha foi para James, o último beijo, para a srta. Argyll.

Na manhã seguinte, o sr. Argyll me informou que havia resolvido fazer de seu sobrinho seu parceiro de escritório, e que eu estava livre para buscar outra oportunidade que tivesse para entrar no negócio. Seus gestos foram frios; ele não demonstrou arrependimentos em relação a minha provável decepção, causada por sugestão dele; e eu podia sentir que tinha sido dispensado de sua amizade tanto quanto de seu escritório. Não perguntei por quê. Minha língua ficou seca como cinzas quando pensei em tentar. O sr. Burton me deu a pista dos sentimentos que motivaram a ruptura de uma amizade de longa data — a fim de evitar quaisquer questões. Explicação alguma poderia ser dada — nada poderia obliterar a memória do erro tão mortal que estavam cometendo comigo. A taça de ouro da amizade foi quebrada na fonte — a água se derramou no chão.

Disse a ele que estava considerando visitar minha mãe e que aproveitaria a oportunidade para fazer a viagem. Talvez, nos arredores da antiga casa de meu pai, encontrasse o que desejava no âmbito profissional, com um agradecimento formal por sua bondade passada (que eu mentalmente jurei encontrar algum meio de pagar), e implorei para que ele não se preocupasse com minha sorte; fiz uma mesura e me retirei do escritório onde havia passado tanto tempo nos três anos anteriores.

O DEPARTAMENTO DE CARTAS MORTAS

Cego, tonto e com frio, fui para a pensão fazer as malas.

Antes de ir para a cama, meus parcos preparativos foram concluídos. Roupas, livros, os poucos artigos e presentes de amigos permitidos em um pequeno quarto alugado foram facilmente alocados no receptáculo de viagem. Porém, quanto ao restante — a riqueza que meu coração acumulou silenciosamente durante a colheita dourada da juventude —, onde estava? Fora levado para longe por um vento forte.

Dormi um pouco, pois estava exaurido por minhas emoções, além da vigília recente; mas estava de pé logo cedo. Minha viagem seria ao meio-dia, e não poderia partir sem dar adeus para muitos conhecidos simpáticos do vilarejo. Contudo, todos esses pequenos prazeres e cortesias da vida foram levados para longe, como areia em meu caminho. Não tinha, então, qualquer coisa para fazer durante a manhã tediosa, a não ser fingir comer meu desjejum, até a hora em que tinha planejado me despedir das jovens.

Não iria para longe sem vê-las; se houvesse qualquer acusação em seus olhares, eu iria confrontá-la. Ainda assim, não acreditava que Eleanor me faria uma injustiça. De olhos azuis, tão gentis quanto seu caráter, *ela*, ao menos, ficou triste por mim — acreditava em mim. Não admiti a mim mesmo quanto conforto eu encontrava nessa fé, até ficar surpreso com isso. Minha bagagem foi despachada, meu relógio marcava onze da manhã, e passei pela casa a caminho da estação, reservando alguns minutos para a despedida. Bati na porta e uma das criadas a abriu. Pedi a ela para chamar a srta. Argyll, para que pudesse me despedir antes que fosse visitar minha mãe, e Mary — gostaria de vê-la também.

Enquanto esperava, fui até as agradáveis e familiares sala e biblioteca, dando adeus em silêncio a elas, com todas as lembranças que se misturavam. Logo, a mensageira retornou:

— A srta. Argyll deseja tudo de bom, mas não pode receber o sr. Redfield agora.

— Onde ela está?

— Na sala do café da manhã, observando as flores.

Fui em direção ao cômodo com uma mistura selvagem de raiva e paixão, decidido a fazê-la confessar a razão desse tratamento. Com certeza, três anos de convivência me davam aquele direito. Em três minutos, confrontei-a onde estava, sob o portal entre a sala do café da manhã e o jardim de inverno, como uma estátua envolvida em crepe.

— Eleanor!

Ela recuou e levantou as mãos com uma expressão de horror. Bom Deus! O olhar no rosto de Eleanor foi o suficiente para me matar. Dei meia-volta de forma tão apressada quanto tinha ido. Enquanto tropeçava ao longo da passagem, a visão turva com o terrível aumento da pulsação do sangue em mim, um par leve de braços envolveu meu pescoço, uma bochecha úmida de lágrimas foi pressionada contra a minha — era Mary.

— Esqueça o que eles falam de você, Richard — disse ela, soluçando. — Não acredito em uma só palavra... em uma só palavra! E nunca acreditarei. Sou sua amiga. Amo você; sim, de fato. *Eu* não quero que vá embora. — E ela me beijou duas ou três vezes.

Segurei o rosto gentil com minhas mãos frias, encarei seus olhos cintilantes e beijei rapidamente sua bochecha corada.

— Deus te abençoe, Mary — falei, indo embora.

PARTE II

1. A CARTA

O leitor pode, então, entender por que congelei de emoção enquanto estava sentado no Departamento de Cartas Mortas, com a epístola manchada pelo tempo em mãos. Cada palavra queimava em meu cérebro. Por mais obscura que fosse — evasiva — a missiva direcionada a uma pessoa desconhecida de um vilarejo próximo —, eu tinha *certeza* de que as sugestões vagas faziam referência à tragédia pecaminosa que ocorrera em 17 de outubro de 1857. Ali estava, em minhas mãos — enfim! —, uma pista do mistério que um dia jurei resolver. No entanto, o quão tênue era a pista que poderia, afinal, levar-me a caminhos ainda mais profundos de dúvida e perplexidade!

Enquanto ponderava, ela parecia se despedaçar e escapar de meus dedos. Apesar disso, algo dentro de mim dizia que *eu segurava a chave que decerto desvendaria o mistério*. Nunca conseguirei expressar de forma correta os sentimentos que, nos primeiros momentos, me dominaram. Meu corpo estava gelado, mas minha alma me feria e se agitava como fogo, parecendo se erguer com "asas florescentes" de chamas com a convicção de um rápido triunfo que viria após longo sofrimento. Levantei-me, peguei meu chapéu e saí do correio, para não retornar por um tempo. Passei metade da noite em meu quarto na pensão, observando a carta sobre a mesa diante de mim.

Antes de prosseguir com a história, revelarei, em poucas palavras, o breve e monótono registro de minha vida desde que fora excluído — excluído é a palavra que você deve usar, Richard, por mais arrogante e sensível que possa parecer — do convívio e da presença dos Argyll, além de ter minhas perspectivas exterminadas de um acordo muito esperado na vida.

Visitei minha mãe, que ficou chocada com a mudança que ocorrera em mim, e entristecida por tê-la mantido em segredo. Contudo, não estava com vontade de fazer confidências. Minha gentileza se tornou fúria; eu estava amargo, sarcástico, cético; nem de minha própria mãe aceitei a simpatia que meu coração frio parecia não mais querer. Apenas uma coisa me salvou do ódio total pela humanidade: a memória do rosto de Mary, quando ela me procurou para se despedir. Naqueles olhos doces havia confiança e amor; as lágrimas que corriam e caíam sobre seu busto, o tremor de seus lábios, os soluços e as palavras carinhosas atestavam a tristeza com que ela havia visto meu banimento.

É evidente que minha mãe ficou surpresa ao ouvir que eu tinha ido embora de Blankville sem a intenção de retornar, que a parceria longamente subentendida não mais se cumpriria. No entanto, não me pressionou para dar muitas explicações. Esperou com paciência que eu lhe contasse tudo, e, nesse ínterim, cuidou de minha saúde e meu conforto como apenas uma mãe viúva pode fazer com o filho único — com uma gentileza que só é menor que a do Céu, porque é, forçosamente, terrena.

Antes de eu estar em casa havia duas semanas, a tensão anormal de minha mente e meus nervos produziu um resultado certeiro: ocorreu uma reação e caí doente. Devido ao humor mais suave que tomou conta de mim enquanto eu convalescia, contei toda a história horrível das influências que romperam minha conexão com os Argyll. A tristeza por mim, a indignação contra meu inimigo ou inimigos por parte de minha mãe foi como esperado. Mal consegui contê-la de ir de imediato a Blankville, para ficar diante de seu velho amigo, o amigo de meu pai, e acusá-lo, cara a cara, do erro que cometera em relação a seu filho. Porém, a persuadi a não fazer isso. Perguntei se não percebia que o erro era irreparável. Eu não conseguiria perdoá-los. Era um erro que não admitia discussão, então que a nuvem caísse entre eles e nós, com os caminhos separados a partir de então. Com isso, ela enfim se rendeu; e, se houvesse algum bálsamo para meu orgulho e meus sentimentos feridos, eu o encontraria na ternura intensificada, comovente e quase perfeita com que minha mãe procurou compensar para mim o que eu havia perdido.

Por algumas semanas, deixei-me ser levado por sua atenção curativa. Assim, decidi que estava na hora de encontrar trabalho tanto para as mãos quanto para a mente. Minha mãe tinha amigos influentes. Como já mencionei, minha sorte foi um tanto prejudicada pela morte prematura de meu pai, mas nossa família e suas amizades estavam entre as melhores. Tínhamos, inclusive, um parente no poder em Washington, e, pensando nisso, candidatei-me a um cargo de escriturário. Recebi a resposta no momento em que a carta morta chegou tão estranhamente às minhas mãos.

Pode parecer improvável que eu tenha abandonado a profissão para a qual estudei com tanto zelo. Porém, a própria memória desse zelo e as esperanças que o estimularam me traziam um desgosto para a lei. Precisava tanto de uma mudança de ares quanto de objetivos. O golpe dado em meu coração também atordoou minha ambição. Para alguém com meu temperamento, minhas aspirações, minha ganância, todas as paixões e atividades menores da vida são apenas degraus que conduzem pela encosta até o cume coroado de rosas, onde o amor se senta, sorrindo, sob o olhar celeste. Eu, pelo menos naquele momento, destruído prematuramente, não era mais o mesmo, mas era como um estranho dentro de meu próprio santuário.

Fui para o Departamento de Cartas Mortas e dei início a minha rotina de abrir envelopes e registrar conteúdos, como se tivesse nascido para aquilo. Eu era um funcionário rápido, quieto e benquisto por meus colegas, que me achavam um pouco frio e cético, um tanto reservado, muito sério para um camarada tão jovem, e um empregado eficiente que fazia por merecer seu salário. Era tudo que sabiam sobre Richard Redfield. E, naqueles dias, eu também não sabia muito sobre mim mesmo. Os meses se passaram, um atrás do outro, com uma frieza deprimente. No verão, eu sofria com a poeira sufocante; no inverno, abria caminho pela lama nojenta, de um lado para o outro, de meus alojamentos até os prédios de escritórios. Foram essas as mudanças que as estações me trouxeram, para quem, certa vez, o perfume das violetas primaveris enchia de alegria pungente e o odor das rosas de junho tornava tão feliz quanto um deus no Olimpo.

Passei metade da noite pensando sobre aquela breve revelação, tão preciosa para mim, e ainda assim tão repugnante. Quanto mais eu refletia sobre as palavras, menos vívida ficava minha esperança de fazer qualquer uso triunfante para detectar as duas partes culpadas: a pessoa que escreveu a carta e a pessoa a quem era endereçada. Eu poderia expô-la ao sr. Argyll, mas ele talvez não sentisse, como eu, que a epístola tivesse qualquer ligação com o assassinato, nem que havia algo a provar, exceto que a missiva poderia ter sido enviada a *mim*. De fato, o sr. Argyll poderia muito bem perguntar como fingi que isso chegou a mim através do trabalho rotineiro do Departamento de Cartas Mortas, depois de todo esse tempo — quase dois anos!

Aquilo me intrigava bastante. Normalmente, a carta, após não ser reivindicada, teria sido enviada a Washington três meses após ser recebida em Peekskill, e já teria sido jogada no lixo ou nas chamas havia muito tempo. A mão dominante da Providência parecia estar movendo os homens neste terrível jogo.

Naquele momento, reconheci-a e senti uma convicção solene de que, mais cedo ou mais tarde, o assassino sofreria o xeque-mate. Era essa segurança, mais do que qualquer evidência contida na mensagem, que me dava a esperança de que ela eventualmente seria o instrumento de punição dos culpados. Lembrei-me da promessa que fiz certa vez para minha própria alma, de nunca descansar das buscas até ter arrastado o assassino do homem inocente ante a presença terrível da Justiça. A promessa que não consegui cumprir, parcialmente devido ao dano causado a minha autoestima e também devido às circunstâncias que lançaram suspeitas sobre mim, aos olhos daqueles interessados, e tornara perigoso agir quando todos os meus motivos eram mal interpretados. Contudo, no momento em que o Destino se interpôs de maneira singular, tanto em meu nome quanto no nome da Verdade, assumi nova coragem. Fiquei alarmado com minha apatia. Naquela noite, escrevi minha carta de demissão ao correio, reuni meus poucos bens novamente e, na manhã seguinte, estava a caminho de Nova York.

Meu primeiro objetivo era consultar o sr. Burton. Não o via desde o dia em que fora embora de Blankville; sabia apenas, por acaso, que ele ainda residia em Nova York, tendo ouvido seu nome ser relacionado a um caso que levou alguns detetives a Washington poucas semanas antes.

Nunca perdoei ou compreendi o papel que ele desempenhou na última conversa com os Argyll. Lembrava-me da garantia que me dera de amizade, mas não acredito que tenha demonstrado qualquer afeição por mim na consulta com a família, ou os resultados não teriam sido tão desastrosos. Ainda assim, confiava nele; o sr. Burton era o homem certo para aquela emergência, e levaria a carta a ele. Achava um tanto provável que, na multiplicidade de novos interesses, as circunstâncias que nos aproximaram tanto haviam desaparecido de sua mente e que precisaria despertar outra vez suas memórias sobre os detalhes.

Na manhã seguinte à minha chegada a Nova York, consultei a lista telefônica e descobri que o sr. Burton ainda morava na 23rd Street, então liguei para ele na primeira hora aceitável.

Enquanto entregava meu cartão para a criada, seu patrão saiu da biblioteca no fim do corredor e, apressando-se, apertou minha mão calorosamente. Seu tom alegre era uma evidência melhor de seu prazer ao me ver do que suas palavras, que foram bastante cordiais.

— Ouvi sua voz, Richard — falou ele —, e não quis esperar o senhor ser conduzido após todas as formalidades. Bem-vindo, meu amigo. — Sua expressão era como se ele tivesse dito: "Bem-vindo, meu filho".

Ele me levou até a biblioteca e, colocando-me em uma poltrona, sentou-se diante de mim, olhando-me com os olhos profundos e azul-acinzentados de que me lembrava tão bem. Depois de perguntar como estava minha saúde, ele falou:

— O senhor tem novidades.

— Tem razão, sr. Burton... ou não estaria aqui. Suponho que saiba que trabalhei no Departamento de Cartas Mortas nos últimos dezoito meses?

— Sim, eu sei. Nunca tive a intenção de deixá-lo escapar de meu pequeno círculo de amigos, sobretudo de forma tão completa não sabendo de seu paradeiro.

— Esta carta chegou anteontem ao escritório, e, por sorte, fui o funcionário que a abriu.

Entreguei-lhe a missiva. Ele examinou o envelope com atenção antes de desdobrar o papel dentro dele; conforme o segurava e o analisava, uma daquelas mudanças maravilhosas — que eu já tinha notado em outras ocasiões importantes — se passou em seu rosto. Sua inteligência prática observou a data, os carimbos do correio e o encaminhamento apressado, quase tomando para si o conteúdo da carta antes mesmo de lê-la. Por alguns instantes, ele examinou o lado exterior, e então a pegou, leu com um olhar rápido e sentou-se, segurando-a, perdido em pensamentos, esquecendo-se, evidentemente, de minha presença. Uma palidez severa foi se instalando aos poucos em seu rosto geralmente plácido. Por fim, o sr. Burton olhou para cima e, ao me ver, voltou à realidade.

— É triste termos que pensar que tais criaturas estão vivas e prosperando — falou ele, quase decepcionado, até que seu rosto se iluminou —, mas não posso dizer o quanto estou feliz por ter lido isso. Em parte, a mensagem explica algumas coisas que já tinha descoberto. Este documento ter ido parar em suas mãos é maravilhoso, Richard.

— Por mais simples que a explicação se prove ser, sempre acreditarei que foi algo da Providência.

— Tudo é advindo da Providência — disse —, nada mais, nada menos. Causas terão efeitos. Mas agora, quanto ao autor desta missiva... estou feliz por ter uma amostra da caligrafia do malfeitor; isso me permitirá conhecer o escritor quando o vir.

— Como assim, sr. Burton?

— Tenho uma ideia de como ele é em minha mente. Tem mais ou menos trinta anos, é baixo e de ombros largos, musculosos; tem uma compleição sombria e olhos escuros; o terceiro dedo de sua mão direita foi ferido, de modo a contrair os músculos e deixá-lo inútil. Ele tem alguma educação, adquirida por estudo árduo, já que é independente e toma as próprias decisões. Sua infância foi passada na ignorância, entre as piores pessoas, e sua natureza é quase totalmente depravada. Ele é mau por instinto, hereditariedade e criação; e, agora, nosso abençoado Redentor dificilmente encontraria nele algo bom o suficiente para lhe prometer a esperança de salvação final. É curioso que ele algum dia tenha achado por bem estudar, de modo a adquirir até o conhecimento superficial que possui. Deve ter sido levado a isso por uma paixão poderosa. Se pudesse saber que paixão é essa, talvez tivesse a chave para destrancar o portão para alguns outros assuntos.

O DEPARTAMENTO DE CARTAS MORTAS

Encarei o sr. Burton com espanto conforme ele proferia rapidamente essa análise da aparência pessoal e do caráter do autor da epístola.

— O senhor o conhece? — perguntei.

— Não sei seu *nome* e nunca o vi. Todo o conhecimento que tenho dele, fiz através de sua caligrafia. É o suficiente para mim, não posso errar... — Então, observando meu olhar confuso e incrédulo, sorriu e acrescentou: — Por sinal, Richard, você não está ciente de minha habilidade na arte de ler homens e mulheres a partir de um exemplar de sua caligrafia. É uma das minhas melhores competências na profissão. Os resultados obtidos às vezes impressionam meus colegas. Contudo, asseguro-lhe, não há mágica alguma envolvida. O estudo paciente e a observação incansável, com percepções rápidas, são os únicos feitiços que utilizo. Com um talento natural moderado, afirmo que qualquer indivíduo poderia se igualar a mim nessa arte... uma arte sombria, de acordo com alguns de meus conhecidos... ao dedicar o mesmo tempo que um músico dedica para dominar um instrumento.

— Não estou certo disso, sr. Burton. Imagino que seria necessária uma mente de composição singular como a sua para ter resultados em uma arte sem regras e sem fundamentos.

— Tem suas regras, para mim, mas, como provar é melhor do que argumentar, mostre-me quaisquer cartas ou fragmentos de escrita que tenha. Gostaria de deixá-lo satisfeito, antes de prosseguirmos, pois não quero que pense que está trabalhando com um desmiolado que se dedica a um passatempo às suas custas.

Esvaziei o bolso interno de meu capote, dentro do qual havia diversas cartas: uma de minha mãe, um bilhete de meu tio em Washington, um convite de um velho colega da faculdade para seu casamento em Boston e duas ou três epístolas de conhecidos — uma, eu me lembro, era um pedido de um jovem para que conseguisse algo para fazer naquele centro magnético de todas as pessoas desempregadas: Washington. Destas, revelei a ele apenas o cabeçalho e a assinatura, com, talvez, alguma frase de menor importância, que não informaria o caráter ou os objetivos dos autores. Não preciso descrever minha surpresa quando, em cada uma das missivas, o sr. Burton deu uma descrição cuidadosa e exata da idade, da aparência, dos hábitos, do ofício e das qualidades mentais da pessoa cuja caligrafia ele examinou.

Eu mal conseguia acreditar em meus próprios sentidos: devia haver alguma "mágica" ali, como os truques que os malabaristas fazem com cartas. No entanto, meu respeito pela seriedade das atividades de meu companheiro e a natureza indubitável de suas provas não me permitiram duvidar por muito tempo. Tornei-me um crente em *seus fatos*, e entrego estes fatos aos meus leitores, sob o risco de ver o nariz sensível da maioria se erguer com uma expressão de ceticismo, que, para mim, é mortificante. O caráter do sr. Burton é real, e a verdade de suas conquistas maravilhosas se tornarão parte da história.

O terrível tema que nos uniu não nos permitiu perder muito tempo nessas experiências interessantes, porém irrelevantes. Discutimos o passado e o presente. O sr. Burton me assegurou que nem por um dia perdeu o caso de vista — que seu interesse nele havia se aprofundado, em vez de diminuído; que não ficara ocioso durante esse longo período, mas que já reunira alguns fatos de certa importância, quase mandando me chamar uma ou duas vezes. Não fizera isso porque estava esperando que alguns assuntos viessem à tona, e, "agora, estava feliz o bastante por ter a carta em mãos".

Ele me informou que Leesy Sullivan habitava de maneira discreta na cidade, vivendo sobretudo de doações dele, pois a tuberculose avançara muito para que a moça se esforçasse demais com a agulha. A criança morava com ela, saudável e bela.

Não perguntei sobre James Argyll, mas ele me contou que o jovem vinha com frequência para a cidade, que, por

O DEPARTAMENTO DE CARTAS MORTAS

um período, parecia deprimido e jogava desesperadamente. De qualquer forma, nos últimos tempos, estava se comportando melhor.

— Tenho a impressão — comentou o detetive — de que James está prestes a se casar com uma de suas primas... provavelmente, a mais nova. E, quanto aos seus hábitos condenáveis, eu o fiz entender, de forma indireta, que, se não fossem interrompidos, seria condenado por eles diante do tio. Fiz isso após ficar convencido de que se casaria com uma das jovens e por compaixão pela família.

Minha cabeça desabou em minhas mãos. Já fazia muito tempo que não recebia notícia alguma dos Argyll — nem a morte teria criado um espaço mais árido entre nós. Ainda assim, no momento em que as moças foram mencionadas, uma torrente de antigas emoções recaiu sobre mim, sob a qual eu lutava, quase sufocando. Uma dor afiada partiu meu coração com a ideia de Mary, aquela menina inocente, gentil e amável, tornando-se esposa de James. Senti que aquilo deveria ser evitado, mas como poderia interferir? E por que deveria fazê-lo? Lembrei-me do momento em que ela fora até mim e dissera: "Não acredito em uma só palavra... em uma só palavra! E nunca acreditarei. Sou sua amiga. Amo você". Eu sabia que tinha dado um sentido particular àquelas palavras chorosas e passionais de sua última confissão, que, afinal, não era garantido. Temi que ela me amasse de fato e que, naquele último momento triste e problemático, seus sentimentos se revelaram — e sentia uma esperança de que não fosse assim. Minha própria paixão não correspondida — minha vida solitária e sem companhia — me ensinara empatia, e eu não era tão egoísta a ponto de ter minha vaidade pessoal agradada pela ideia de que aquela jovem criatura me amasse, a quem eu não amava, exceto como irmã.

Ainda assim, senti uma pontada de pena ao ouvir que James havia mudado de Eleanor para a irmã mais nova — um desejo de que ela amasse a mim no lugar dele, cujo busto frio e enganador nunca seria um abrigo seguro para uma mulher tão afetuosa quanto Mary. Com esse pesar, senti um triunfo por Eleanor ter permanecido inexpugnável no sublime e solitário cume de sua tristeza. Era o que eu esperava dela. Glorifiquei sua lealdade ao morto. Eu a amei pela beleza nobre de seu caráter e teria ficado decepcionado se o teste tivesse demonstrado que ela não tinha qualquer um dos atributos pelos quais a idolatrava. Ela me fez um mal muito cruel, mas ainda preferia que errasse comigo do que consigo mesma.

Por último, o sr. Burton me assegurou que tinha notícias da nota de quinhentos dólares que havia sido roubada da mesa do sr. Argyll. Aquilo de fato era importante, e mostrei, por meio de minha expressão, como estava absorto nos detalhes. A nota fora parar nas mãos da Wells, Fargo & Co., mais ou menos seis meses após o roubo, tendo sido trocada por um atendente na Califórnia e passada para eles junto com os outros montantes que recebiam constantemente. Enfim, ele tinha dado como certo que era a mesma nota, uma das duas que deixara Nova York na semana do furto; a outra ele localizara em St. Louis, e não constatara qualquer ocorrência suspeita associada a ela.

A Wells, Fargo & Co. lhe dera todo o apoio a seu alcance para descobrir quem havia vendido a nota para a filial californiana da casa, mas a resposta que voltara de lá era que o indivíduo que se desfez da cédula era um estranho, a caminho das regiões de mineração, que eles nunca tinham visto ou voltariam a ver, e cujo nome não fora anotado em lugar algum. O funcionário que fez a breve transação não tinha lembrança distinta dele, exceto que era um homem bastante corpulento, com uma expressão desagradável — sem dúvida uma das pessoas "difíceis" tão frequentes nos arredores de São Francisco.

Evidentemente, ficou claro para nós que estávamos com a carta morta, que a nota de quinhentos dólares era parte do montante referido pelo escritor, que tinha saído da escrivaninha do sr. Argyll e que era o dinheiro sujo pago por um assassinato. O destinatário era a pessoa que, na epístola, declarava explicitamente sua intenção de fugir para a Califórnia. Estávamos muito animados com esses fatos. Em nosso entusiasmo, então, parecia fácil estender a mão por todo o continente e impô-la sobre o culpado. Contudo, mal percebemos a longa e cansativa busca a que estávamos condenados — a leve pista que tínhamos do indivíduo cujos atos ainda eram tão evidentes para nós.

Com essa revelação de conspiração, minha mente procurou ansiosamente pelo cúmplice, que mais uma vez se estabeleceu na srta. Sullivan. Para mim, ela tinha jogado um feitiço sobre a visão, em geral, clara do sr. Burton; de forma que resolvi manter uma vigília separada que não deveria ser influenciada pelas decisões dele. Enquanto pensava nisso, o sr. Burton andava de um lado para o outro. De repente, parou diante de mim e me encarou com aqueles olhos vívidos, tão cheios de poder, e falou com a confiança de alguém que teve uma visão reveladora:

— Agora compreendi o significado completo da carta. Em primeiro lugar, foi escrita "ao contrário", ou seja, significa o contrário do que diz. O contrato *foi* cumprido. O valor era esperado, a emigração foi decidida. O dia claro era uma noite chuvosa; o que foi tirado, na verdade, não fora uma fotografia, mas uma vida humana. E não vê, Richard? O velho amigo era o esconderijo do instrumento que causou a morte, que o cúmplice deveria investigar. Esse instrumento é o palito de dentes quebrado. Foi escondido no bolso do velho amigo. Agora, quem ou o que era esse velho amigo? Richard, Leesy não afirmou ter visto um homem descendo do velho carvalho à direita da mansão dos Argyll na noite do assassinato?

— Sim.

— Então é *isso*. Não preciso de mais informações. O abraço são os galhos do velho carvalho. A não ser que tenha sido removido, o que é improvável, visto que a carta nunca foi recebida, a faca ou a adaga, que perdeu a ponta no ferimento, será encontrada em um buraco à esquerda daquela árvore.

Fitei-o espantado, mas ele, inconsciente de minha admiração, sentou-se com uma expressão aliviada, quase contente.

2. NOSSAS VISITAS

Ficamos tão envolvidos em nossos planos de ação que não vimos a hora passar e esquecemos até de comer. Já tinha passado muito da hora do almoço quando um criado veio perguntar se deveria trazer a bandeja, tendo esperado em vão pelo costumaz chamado. Com sua aparição, Lenore entrou, a mesma criatura amável e semelhante a uma sílfide, mas parecendo muito menos frágil do que na última vez que a vira. Ao me ver, seu rosto perdeu a cor e a recuperou — ela hesitou por um instante, então se aproximou e me estendeu a mão com um sorriso e um beijo. O pai já havia dito que a criança fizera duas ou três visitas à mansão Argyll durante minha ausência; e atribuí seu rubor, ao me encontrar, ao seu coração franco acusando-a dos pensamentos depreciativos que tivera sobre mim. Decerto, a influência sutil de James, sem necessidade alguma de colocar a ideia em palavras, a alertara que eu era um homem mau, mas, no momento em que me viu, arrependera-se de ter sentido aquilo e dispôs-se a renovar nossa velha amizade.

Antes que o almoço fosse concluído, o sr. Burton se perdeu em um devaneio, que concluiu dizendo:

— Precisamos da ajuda de Lenore, se ela puder nos dar qualquer assistência.

Relutei em ver a criança colocada novamente naquele transe atípico, mas outras considerações eram ainda mais importantes do que nosso receio pelo choque ao sistema nervoso dela; então, após ter conversado conosco e cantado para mim, o sr. Burton a submeteu ao experimento. Já fazia tanto tempo que havia exercido seu poder sobre ela, que foi necessário um esforço maior do que na última ocasião que eu testemunhara para colocá-la na condição desejada. Ele, no entanto, acabou tendo sucesso. A carta morta foi colocada nas mãos da menina, quando a observamos murchar como se uma serpente houvesse deslizado sobre seu colo; porém, ela não jogou o objeto longe, como parecia propensa a fazer.

— O que vê, Lenore?

— Está escuro demais para enxergar qualquer coisa. Uma lâmpada brilha na calçada, e vejo um homem colocando a carta na caixa. Está tão agasalhado que não consigo discernir seu rosto; ele se aproxima e vai embora logo.

— Siga-o, Lenore.

— Está escuro demais, pai. Estou perdida nas ruas. Ah, eu o ultrapassei novamente. Ele caminha tão rápido... é baixo e corpulento... e parece ter medo de alguma coisa. Prefere atravessar a rua a passar na frente de um policial e se mantém nas sombras. Agora estamos na barca... é a barca de Fulton, eu a conheço bem. Ah, Deus! A água sobe e o vento sopra... está amanhecendo, mas chove bastante... e a água bate tanto que não consigo entrar na barca.

— Não desanime, minha filha. Eu daria tudo para que o seguisse pelo rio e me dissesse em que casa parou.

— O vento está forte. Tudo é escuridão e incerteza. Eu o perdi... não consigo diferenciá-lo de outros — disse Lenore, lamentavelmente.

— Tente outra vez, minha querida. Olhe bem para a carta.

— Tudo é escuridão e incerteza — repetiu ela, em um tom vago.

— É inútil! — exclamou o sr. Burton, em um estouro de decepção. — Já faz muito tempo desde que foi escrita. A personalidade do autor se afastou dela. Se ao menos Lenore tivesse conseguido segui-lo até seu refúgio, nossas investigações no local poderiam ser bastante recompensadoras.

Ao perceber que era impossível conseguir mais informações da criança, ela foi liberada do transe, estimulada com um cálice de licor e mandada para tirar uma sesta antes do jantar. A menina mal tinha saído da biblioteca quando dei um pulo, exclamando:

— Bom Deus, como é fácil! E eu aqui, sem nunca ter pensado nisso.

— O que é fácil?

— Descobrir quem é John Owen a quem a carta foi direcionada em Peekskill. É claro... ora, que tolo eu fui.

— Temo que não será tão fácil. Pessoas que mantêm correspondência com esse propósito não se apresentam abertamente para receber suas cartas... e esta é antiga. Além disso, é bastante possível que seja a única missiva enviada pelo correio a esse endereço... e a carta, evidentemente, nunca foi reclamada.

— Ao menos, vale a pena investigar — comentei, menos triunfante.

— Claro que sim. Queremos, também, averiguar como a carta chegou a Washington quase dois anos depois. Proponho irmos a Peekskill no primeiro trem da manhã.

Esperar até de manhã parecia demorado demais para mim. Porém, como eram quatro da tarde e eu não tinha o direito de pedir para o detetive abrir mão de seu jantar e do conforto de sua noite, não fiz objeções. E, de fato, o tempo passou mais rápido do que eu esperava; ainda tínhamos muito a discutir. O jantar foi servido e logo era hora de se retirar antes que pudéssemos amadurecer nosso curso de ação. Iríamos até Peekskill e descobriríamos tudo o possível sobre John Owen. Se não conseguíssemos alguma informação importante, seguiríamos, de noite, para Blankville, para entrar, camuflados pela escuridão, no gramado da casa dos Argyll, e obter a faca ou adaga quebrada, arma que, acreditávamos, estaria escondida em certo carvalho nas redondezas. Por duas razões, desejávamos fazer isso sem o conhecimento da família: a menos importante era que eu não queria que eles soubessem de minha visita, porém a outra era que nós dois tínhamos certeza de que poderíamos executar nossos planos com mais sucesso se os amigos nada soubessem sobre eles. E, então, se ainda assim não conseguíssemos descobrir o cúmplice, iríamos até a Califórnia.

O leitor poderá perceber que estávamos determinados a cumprir nossos propósitos pela disposição com que dedicamos tempo, dinheiro e esforço mental ao nosso objetivo. Propus a visita à Califórnia, declarando minha intenção de realizá-la, quando o sr. Burton me surpreendeu ao se oferecer para ser minha companhia. Era um sacrifício que não poderia pedir ou esperar dele, mas o detetive não permitiu que eu visse isso sob essa perspectiva, dizendo, com agradável assertividade, que Lenore precisava fazer uma viagem pelo mar, e que estava pensando em realizar uma por causa dela. Seria uma jornada de lazer e de negócios. Além disso, acrescentou com uma risada que teria sido satírica se não fosse tão franca, tinha medo "de que a missão não fosse um sucesso se eu tentasse realizá-la sozinho". Respondi que reconhecia minha própria ineficiência em comparação ao seu talento e à sua experiência — tudo que tinha para me encorajar era a devoção com que fazia meu trabalho, e confiava que só *isso* já me trouxesse alguma recompensa. Claro que, se ele estivesse mesmo disposto a ir comigo, ficaria muito feliz.

Chegamos rapidamente a Peekskill no dia seguinte. Encontramos o mesmo atendente em serviço que estava no escritório no momento em que a carta morta chegara. Quando o sr. Burton — enquanto eu posicionava-me cuidadosamente no fundo — mostrou o envelope e perguntou como ele pôde ter sido encaminhado ao correio com tanto atraso, o oficial ficou um pouco envergonhado, como se concluísse que estava prestes a ser repreendido por negligência por parte de algum indivíduo indignado.

— Vou lhe dizer como aconteceu, sr. Owen — falou ele —, se o senhor é o destinatário do envelope. O senhor nunca veio buscar a carta, e, antes de expirar o prazo exigido por lei para enviá-la a Washington, a missiva ficou presa em uma fenda e só foi descoberta há quinze dias. Veja bem, a estrutura aqui não era a ideal para um escritório, e nunca foi apropriada para tal. Neste mês, enfim recebi novas caixas, prateleiras foram instaladas e o local foi arrumado. Ao derrubar as antigas instalações, foram descobertas várias cartas que haviam escorregado em uma fenda entre a prateleira e a parede. Esta foi uma delas. Pensei "antes tarde do que nunca", embora a princípio tenha considerado jogá-la no forno. Espero, senhor, que a perda da mensagem não tenha lhe trazido uma grande inconveniência.

— Era de alguma importância — respondeu meu companheiro, com um tom de voz normal —, e fico feliz em recuperá-la, pois resolve uma questão sobre a qual tinha dúvidas. Meu criado deve ter sido bastante negligente, eu decerto o mandei buscar a carta. Não se lembra de um jovem, um cocheiro, vindo pegar minhas mensagens?

— Ele nunca veio mais de duas vezes, até onde sei — respondeu o atendente, lançando um olhar curioso ao sr. Burton. — Eu me perguntava para quem eram... já que não estavam endereçadas a alguém que eu conhecesse... e conheço quase todo mundo daquela área. Estava de passagem por nossa cidade, talvez?

— Sim, eu era um desconhecido que apenas passou duas ou três vezes por seu vilarejo, parando a negócios. Meu endereço oficial é em Nova York. O cocheiro foi contratado no vilarejo vizinho para me guiar por alguns dias. Quase me esqueci dele. Gostaria de chamá-lo para prestar contas sobre algumas de suas condutas, que não foram satisfatórias. Pode descrever a aparência dele? Embora suponho que não tenha prestado atenção especial no rapaz.

— Já era noite em ambas as ocasiões em que veio. Estava com a parte inferior do rosto agasalhada e o chapéu puxado para baixo. Não poderia lhe dizer qualquer coisa sobre ele, na verdade, exceto que tinha olhos pretos. Se não estou enganado, eram olhos pretos ou escuros. Acho que me lembro deles olhando para mim de forma muito atenta através desse vidro. Mas era noite, e eu não me lembraria daquela ocasião se não tivesse me perguntado, naquela época, quem era John Owen. É provável que o sujeito fosse um ladrão... ele parecia um pouco vigarista.

Eu, ouvindo a conversa de longe, queria perguntar se esse cocheiro agasalhado era pequeno e magro, pois estava pensando em uma mulher. Enquanto analisava como fazer a pergunta para o sr. Burton, ele continuou:

— Um sujeito pequeno, se me lembro bem? Realmente queria não ter me esquecido do nome dele.

— Não sei lhe dizer mais nada sobre isso — respondeu o atendente. — Não saberia declarar se era grande ou pequeno, branco ou negro, exceto os olhos, que foram tudo o que vi dele. Se quer saber mais, por que não vai até a cocheira que reuniu a equipe para o senhor? Claro, o empregador dele poderia lhe contar tudo que deseja saber.

— Este *seria* o melhor curso de ação — falou o detetive, com uma risada. — Porém, meu bom amigo, é bastante fora de meu caminho ir para S..., e devo pegar o trem daqui a uma hora e meia. Afinal, o assunto não é de tanta importância assim. Tive a curiosidade de saber o que havia mantido a carta aqui por tanto tempo. Bom dia, senhor.

Nunca passou pela cabeça do atendente perguntar como tínhamos um documento que não havia sido devolvido pelo Departamento de Cartas Mortas — pelo menos, não enquanto permanecemos com ele —, embora ele possa ter colocado o cérebro para trabalhar após nossa passagem.

O DEPARTAMENTO DE CARTAS MORTAS

Como só queríamos chegar a Blankville após escurecer, tivemos que descer do trem mais uma vez em uma pequena estação intermediária, com meia dúzia de casas ao redor; e ali passamos, como pudemos, várias horas tediosas, cuja monotonia foi apenas parcialmente amenizada pela influência de um jantar na pequena taverna anexa à estação. Conforme o sol começava a se pôr e a noite se aproximava, uma inquietação feroz mexia com meus nervos. Aquela paz — se o entorpecimento e a lentidão de meus sentimentos gelados pudessem ser chamados de paz — presente por tantos meses havia se quebrado. As forças do hábito e da memória entraram em ação à medida que me aproximava do que um dia havia sido tão querido. E, quando, no crepúsculo, o trem parou e nós embarcamos, minha lembrança correu à frente daquele cavalo de aço, chegando antes mesmo de a pequena jornada começar.

Ao alcançarmos Blankville, descemos do último vagão e caminhamos na direção do vilarejo, sem nos aproximarmos da estação, pois eu temia que as luzes pudessem me denunciar a algum antigo conhecido. Era uma noite amena, no início de setembro, e eu não tinha desculpas para me agasalhar, então puxei o chapéu para baixo, com a certeza quase absoluta de que não seria reconhecido à luz da lua, que, propagada por nuvens leves e finas, transfundia o céu ocidental.

Caminhamos em áreas quietas do vilarejo até as dez da noite; e, então, com a lua já tendo se posto, fomos na direção da mansão Argyll, seguindo pela malfadada rua. Não sei se meu companheiro notou minha perturbação quando passamos pelo escritório e chegamos à frente do gramado, escuro sob a luz das estrelas, com as sombras de suas belas e velhas árvores. O passado não havia morrido como criei o hábito de acreditar — a vida é doce e forte no coração da juventude, que suportará muitos golpes antes de deixar de bater com a vibração trêmula da esperança e da paixão.

Uma luz tênue brilhava das janelas da sala e de diversos outros cômodos, mas a porta estava fechada, e tudo estava tão calmo por perto que não acreditávamos correr risco algum ao entrar pelo portão e procurar o majestoso carvalho — uma árvore poderosa, o orgulho do jardim, que ficava afastada do caminho que levava ao pórtico frontal e a apenas dez metros do canto esquerdo da mansão, às vezes, quase alcançada por seus maiores galhos.

Avançamos juntos na escuridão, sabendo que, caso algum problema acontecesse em nossa visita, antes de seu propósito ser alcançado, eu deveria me retirar, enquanto o sr. Burton se aproximaria corajosamente e daria a desculpa de uma visita ao sr. Argyll. Minha familiaridade com o local e minha superioridade na arte da escalada fez com que o dever de subir a árvore recaísse sobre mim. Enquanto meu companheiro ficava de guarda lá embaixo, eu fui, cuidadosamente, abrindo caminho durante a noite, na direção do "segundo galho à esquerda", tateando o buraco que sabia existir — pois, em meus dias de menino, não deixava qualquer ponto daquela grande e antiga árvore sem ser visitado.

Nem cinco minutos se passaram desde que começara a busca quando meus dedos, pressionando a cavidade irregular do membro em decomposição lenta, tocaram um objeto frio que eu sabia ser aço. Minha mão recuou com um estremecer instintivo, mas então retornou imediatamente ao trabalho, puxando com cuidado um instrumento delgado do qual não consegui distinguir a forma precisa. Ao levantar a cabeça, depois de capturar o objeto, meu olhar recaiu sobre uma cena que me manteve fascinado por tanto tempo que a paciência de meu amigo ao pé da árvore deve ter sido duramente testada.

As janelas na lateral da sala que davam para o lado esquerdo estavam abertas, os lustres, acessos, e, de meu ninho aéreo na árvore, tinha uma visão completa do interior. Por algum tempo, vi apenas uma pessoa. Sentada à mesa central, diretamente sob a luz do lustre, estava uma das irmãs lendo um livro. A princípio — sim, por um minuto completo — pensei se tratar de Eleanor! Como era antes, quando a obediência de minha alma foi em sua direção, como uma flor faz com o sol — tão jovem, tão florescente e radiante quanto era antes da chegada da destruição —, o orvalho nos lábios, o brilho na testa, a glória da saúde, da juventude e da alegria em cada feição e em cada peça de roupa, desde a resplandecência de seu cabelo até a cintilação de seu sapato de seda.

— Será possível? — murmurei. — Existe tal poder de ressuscitação na vitalidade humana como este?

Enquanto tentava encontrar uma resposta, percebi meu erro. Notei (e me perguntei como poderia ter me enganado, mesmo que por um instante) que aquela linda mulher era Mary, que, durante os meses de minha ausência, tornara-se tão parecida com a irmã mais velha que era quase a contrapartida do que Eleanor havia sido. Quando a deixei, ela era uma menina, meio criança, meio mulher, com a promessa de uma doçura rara. Naquele momento, neste breve verão de quinze meses — tão rápida tinha sido a culminação da magia —, ela havia se expandido para a perfeição de tudo que havia de mais belo em uma mulher.

Uma consideração, causada, provavelmente, pelo infortúnio que se abatera sobre a casa — uma sombra que envolvia a irmã — atenuava a alegria brincalhona que outrora a caracterizara e acrescentava a graça do sentimento a seu comportamento. Eu não conseguia contemplar aquela fronte clara e meditativa sem perceber que Mary havia adquirido profundidade de sentimentos e de beleza feminina. Ela usava um vestido de tecido lustroso, que brilhava de leve à luz amarela, como água cintilando ao redor de um lírio. Enquanto se inclinava sobre o livro, os cabelos se amontoavam no pescoço, suavizando seus contornos requintados; tão próximo, tão vívido, estava o *tableau-vivant* inconsciente, visto através da moldura aberta da janela, que imaginei ouvi-la respirar e inalei a fragrância persistente em seus cachos e seu lenço.

Enquanto a observava, outra figura entrou em meu plano de visão. Eleanor, como eu a via em meus sonhos, sem cor, vestida de preto, ainda jovem, ainda bela, mas coroada feito uma rainha, com a majestade de sua desolação, o que a mantinha afastada da simpatia, embora não da adoração. Surgindo por trás da cadeira da irmã, ela se curvou por um instante para ver que obra atraía a mais nova, beijou o bonito rosto, que sorriu instantaneamente para ela, e se foi pelo corredor. Eu a ouvi desejar um boa-noite em voz baixa.

Então, quase antes de ela desaparecer, surgiu a terceira figura em cena. James, aproximando-se de algum sofá onde estivera descansando, pegou o livro das mãos de Mary e o segurou por alguns momentos, dizendo algo que fez com que as bochechas da moça corassem. Sua mão logo recuou, mas ele a pegou, beijando-a, e eu o ouvi dizendo:

— Ah, Mary, você é cruel comigo... e sabe disso.

Foi apenas quando o escutei que me dei conta de que não deveria estar ali, espionando e entreouvindo. A princípio, eu parecia, inconsciente das circunstâncias, um espírito errante que se demorava nos limites do Éden, contemplando a beleza de fora de sua esfera. Assim que notei minha posição, tomado pelo medo, com a luz da janela iluminando o galho onde me escondia, comecei a descer de meu ninho, mas James havia tirado a prima da cadeira e ambos se aproximaram da janela e ficaram lá, o olhar fixo, aparentemente, no exato ponto do carvalho gigante em que eu estivera.

Eu havia rastejado de meu primeiro local de descanso e estava prestes a pular no chão, quando a presença deles me paralisou, na situação mais perigosa possível. Não me atrevia a me mover por medo de ser descoberto. Fiquei paralisado por uma consciência repentina de que, se fosse encontrado ali, seria vítima de uma combinação singular de *evidências circunstanciais*. Encontrado perambulando à noite, como um ladrão, nas instalações daqueles que prejudicara, buscando remover furtivamente a evidência de minha culpa — a arma com que o homicídio fora cometido, escondida por mim, na época, nesta árvore, e, naquele momento, procurada para afastá-la de uma possível descoberta. Ora, eu lhe digo, leitor, que, se James Argyll tivesse me descoberto ali, pegado a faca e me acusado, nada teria me salvado da condenação. O caso teria sido tão conclusivo, e a culpa tão terrivelmente agravada, que a população teria tomado o assunto nas próprias mãos e me linchado, para demonstrar seu amor pela justiça. Nem o testemunho do sr. Burton teria virado a maré em meu favor; ele seria acusado de tentar esconder meu pecado, e sua reputação não o salvaria do banimento pela opinião pública. Enquanto pensava nisso, comecei a suar frio. Não por medo da morte nem por horror ao mundo — mas o pavor do julgamento das duas irmãs tomou conta de mim.

Se esta declaração de minha posição crítica, quando o tremor de um galho poderia condenar um homem inocente, tornar meu leitor mais atencioso à questão das provas circunstanciais, serei recompensado pelas dores que então suportei.

O jovem casal saiu para o gramado. Não me preocupei com o que havia acontecido com o sr. Burton, pois sabia que ele estava escondido nas sombras e poderia recuar com segurança; ele, sem dúvida, sentia mais ansiedade em relação a mim.

— Tire o cachecol, Mary — falou James, com aquela voz suave e prazerosa, que me fez arder de ódio no instante em que a ouvi. — A noite está quente, não vai lhe fazer mal ficar aqui fora por alguns instantes. Não me negue um pequeno intervalo de felicidade.

Como se atraída mais pela vontade sutil dele do que pelo próprio desejo, Mary segurou o braço do primo, e os dois andaram de um lado para o outro, duas ou três vezes, sob a luz da janela, parando diretamente abaixo de meu galho da árvore, que parecia tremer com as batidas de meu coração. Um raio de luz atingiu o rosto de James, de modo que pude ver sua expressão enquanto ele conversava com a jovem criatura ao seu lado — um rosto bonito, sombrio, cintilando de paixão e determinação, mas sinistro. Rezei em silêncio para que Mary tivesse os olhos para lê-lo da mesma forma que eu.

— Mary, você me prometeu uma resposta esta semana. Fale agora. Afirmou que seria minha esposa... agora, diga-me quando poderei reivindicá-la. Não acredito em noivados longos, quero que seja minha antes que qualquer desastre surja entre nós.

— Eu lhe prometi, James? Realmente não sabia que você considerava o que falei como uma promessa. De fato, sou tão jovem, e sempre fomos bons amigos... primos, você sabe... que mal compreendo meus sentimentos. Gostaria que não me persuadisse demais; nós dois podemos nos arrepender. Nunca acreditei no casamento entre primos; então não acho que deveria se sentir magoado, primo James.

Ele interrompeu a voz trêmula com um tom um pouco mais agudo do que seu primeiro, mais persuasivo:

— Fico surpreso por não sentir que já a considero minha noiva. Nunca pensei que fosse uma coquete, Mary. E, quanto a nossa familiaridade, já contei o que penso sobre isso. Conheço o segredo de sua relutância... devo revelá-lo a você?

Ela ficou em silêncio.

— Seu coração ainda pertence àquele canalha. Supõe-se que pavor e ódio seriam os únicos sentimentos que poderia nutrir em relação a um traidor e... não direi a palavra, Mary. Você o defendeu fervorosamente e insistiu em nos acusar de tê-lo prejudicado, contra o julgamento do próprio pai e dos amigos. Suspeitei, então, pelo calor de sua amizade declarada a ele, que, entre seus outros feitos *honrosos*, ele havia conquistado o coração de minha prima, pelo prazer de lisonjear seu amor-próprio. E suspeitarei, se insistir em me afastar, mesmo sabendo que seu pai deseja nossa união, que ele ainda o mantém, apesar do que se passou. Não se esqueça de que toda a minha existência está dedicada a você.

— Ele nunca "ganhou" meu coração por meios injustos — falou a moça, com orgulho. — *Dei* a ele o que lhe pertencia... e ele nunca soube o quão grande era essa parte. Gostaria que *tivesse* sabido, pobre Richard! Ainda acredito que todos o julgaram cruelmente. Sou *amiga* dele, James, e me magoa ouvi-lo falar dele assim. Mas isso não me impede de ser sua amiga também, primo...

— Não repita "primo", Mary. Estou cansado, e meio enlouquecido por meus sentimentos... o que me deixa desesperado. Uma coisa é certa: não poderei permanecer onde você estiver se continuar tão indecisa. Quero uma resposta final hoje. Se não for propícia, partirei amanhã e buscarei minha má sorte em alguma outra parte do mundo.

— Mas o que papai fará sem você, James?

Havia angústia e uma cadência um tanto submissa na voz de Mary.

— Isso é algo para você pensar.

— Sua saúde está piorando tão rápido ultimamente, e ele depende tanto de você... confia tanto em você. Receio que, se todas as esperanças e os planos fossem outra vez frustrados, ele morreria. Papai jamais se recuperou da morte de Henry, e de Richard... ter ido para longe.

— Se pensa assim, Mary, por que ainda hesita? Você reconhece que me ama como um primo... deixe-me ensiná-la a me amar como um marido. Minha doçura, isso me deixaria tão feliz.

Mas por que deveria tentar repetir aqui os argumentos que ouvi? O principal fardo deles era o bem-estar e os desejos de seu pai e sua irmã — misturados com explosões de ternura —, e, o que era ainda mais poderoso, o exercício daquela vontade suave, ainda que terrível, que havia funcionado até aquele momento contra todos os obstáculos. Basta dizer que, quando os primos, enfim — depois do que me pareceu uma eternidade, embora não pudesse ter sido mais do que vinte minutos —, voltaram, eu tinha ouvido a promessa de que Mary se tornaria a esposa de James antes do início do ano seguinte.

Nunca um homem ficou mais feliz em se libertar de uma situação desagradável do que eu ao descer de meu poleiro quando as duas figuras passaram para dentro da casa. Meu medo de ser descoberto foi absorvido pela profunda vergonha e arrependimento por ter sido obrigado a escutar uma con-

O DEPARTAMENTO DE CARTAS MORTAS

versa como aquela. Dando alguns passos na escuridão entre as árvores, sussurrei:

— Burton.

— Você se meteu em uma bela situação — respondeu ele, imediatamente, em voz baixa, enquanto segurava meu braço e íamos para o portão. — Não sabia que teríamos uma tragicomédia improvisada e muitíssimo interessante.

— Pelo visto, o senhor não perdeu muito a paciência ao esperar, para estar brincando com o assunto.

— Já lhe disse meu lema: "Aprenda a trabalhar e a *esperar*", Richard. Os deuses não tomarão atitudes precipitadas. Conseguiu pegar a faca?

— Sim — respondi, sinistramente.

Ter em mãos a coisa traiçoeira e assassina que havia causado tantos danos mortais me causava uma sensação agourenta.

O som de venezianas sendo fechadas nos assustou e nos fez apertar o passo. Em seguida, olhamos para trás e vimos a parte inferior da casa escura, então nos apressamos e, sem importunar alguém, para que nossa presença em Blankville não fosse descoberta por uma única pessoa, pegamos o trem noturno para Nova York, cidade a que chegamos às duas da manhã. Pouco depois, estávamos na casa do sr. Burton, acordando a criadagem um tanto surpresa.

Foi apenas quando entramos na biblioteca e fechamos as portas, com a lareira a gás ligada com toda a força, que tirei a arma do bolso e a entreguei a meu companheiro.

Nós dois nos inclinamos curiosamente para examiná-la.

— Isso — disse o detetive, em um tom surpreso e um tanto agitado — é um instrumento cirúrgico. Veja, é bem diferente de uma faca comum. Corrobora uma de minhas conclusões. Eu falei que o golpe fora dado por uma mão experiente... no caso, foi uma mão especialista em anatomia. Eis outro elo em minha corrente. Espero ter paciência até tê-la forjado ao redor do culpado.

— Não há dúvida de que a carta morta se referia ao assassinato. O instrumento está quebrado — comentei.

— Sim, sem dúvida alguma — falou ele. Então, o sr. Burton foi até uma gaveta de uma escrivaninha e pegou o pequeno pedaço de metal que fora encontrado no corpo de Henry Moreland. — Perceba, elas se encaixam. Obtive essa importante evidência e a guardei, depois que outros desistiram de todos os esforços para disponibilizá-la. Como tive sorte em preservá-la. Então, o casamento deve acontecer dentro de três meses, não? Richard, devemos descansar agora. Muita coisa pode ser feita em três meses, e eu daria todo o ouro que tenho no banco para esclarecer esse assunto antes que o casamento aconteça. Se a *cerimônia* ocorrer antes de estarmos satisfeitos com nossas investigações, eu as abandonarei para sempre. Um médico... um médico... — disse ele, refletindo. — Eu sabia que o sujeito tinha aprendido algum ofício... ele era cirurgião... sim! Por São Jorge! — exclamou ele, saltando da cadeira como se tivesse levado um tiro e andando rapidamente pela sala.

Vi que estava muito animado, pois era a primeira vez que o ouvira usar aquela expressão. Esperei até ele me contar o que surgira de forma tão súbita em sua mente.

— O sujeito que se casou com a prima de Leesy e fugiu era médico... a srta. Sullivan me contou isso. Richard, começo a ver a luz! A aurora está próxima!

Não sabia dizer se o discurso era figurativo ou literal, pois o dia começava a nascer entre nós dois, conspirando ali durante a noite, como se fôssemos os criminosos em vez de seus implacáveis perseguidores.

— Três meses! Temos tempo, Richard!

E o sr. Burton me deu um forte abraço, em uma explosão esfuziante.

3. A CONFISSÃO

Durante a tarde, fizemos uma visita à srta. Sullivan. Era a primeira vez que eu a encontrava desde aquela estranha noite de vigília na casa dos Moreland, e confesso que não poderia vê-la sem um arrepio interior de aversão. Por mais ilimitado que fosse meu respeito e minha confiança pelo sr. Burton, achava que ele havia errado em suas conclusões quanto ao caráter daquela mulher, ou que, ao menos, havia escondido de mim suas opiniões reais, por alguma razão a ser explicada no momento apropriado. Se ainda tinha suspeitas, era evidente que as mantivera longe da moça tão habilmente quanto de mim, pois percebi, pela maneira como a srta. Sullivan o recebeu, que ela o considerava um amigo.

Apesar de ter sido informado de sua saúde debilitada, fiquei chocado com a mudança na srta. Sullivan desde que a vira pela última vez. Foi com dificuldade que ela se levantou da poltrona quando chegamos, a plenitude desaparecera de sua figura naturalmente majestosa, as bochechas estavam encovadas e em chamas com o fogo da febre, enquanto os olhos escuros, que sempre pareceram arder acima das profundezas insondáveis de uma paixão vulcânica, naquele momento, quase resplandeciam de luz. Algo parecido com um sorriso apareceu em seu rosto quando ela viu meu companheiro, mas os sorrisos eram estranhos demais para se sentirem confortáveis ali, e aquele desapareceu assim que o vi.

Não acho que ela gostava mais de mim do que eu gostava dela, cada um se afastava do outro instintivamente; não teria falado comigo se eu tivesse vindo sozinho, mas, em respeito a seu amigo, fez uma mesura para mim e me convidou para me sentar. Uma criancinha no cômodo correu até o sr. Burton, como se esperasse um pacote de bombons, que ele retirou do bolso. Porém, conforme o detetive se concentrava na conversa com Leesy, eu a persuadi a vir até mim, e ela logo estava sentada sobre meu joelho. Era uma menininha bonita, de aproximadamente três anos, em cujas feições rechonchudas eu não conseguia mais encontrar qualquer semelhança com a "tia". Ela tagarelava da maneira típica das crianças e, ao ouvi-la, perdi alguns comentários do sr. Burton. De qualquer forma, logo minha atenção foi despertada ao ouvir a srta. Sullivan exclamar:

— Uma viagem! De quanto tempo?

— Três meses, pelo menos.

Suas mãos afundaram no colo, e ela ficou pálida e agitada.

— É presunçoso de minha parte ousar lamentar; não tenho qualquer relevância, mas o senhor é muito bom para mim. Não sei como vamos sobreviver sem o senhor.

— Não se preocupe com isso, minha criança. Farei acordos com a mesma pessoa que a hospeda agora para mantê-la até meu retorno, e, se adoecer, para cuidar bem de você.

— O senhor é demasiadamente bom — respondeu ela, tremendo. — Terá a bênção desta mulher solitária. Queria apenas que ela tivesse o poder de lhe trazer boa sorte em sua jornada.

— Talvez — disse ele, com um sorriso. — Tenho muita fé nessas bênçãos. No entanto, Leesy, acho que pode ajudar de uma forma mais tangível.

Ela o encarou, em dúvida.

— Quero que me conte tudo e qualquer coisa que saiba sobre o pai da pequena Nora.

— Por que, senhor? — perguntou, rapidamente. — Espero que não tenha ouvido falar dele.

Leesy olhou para a criança, como se tivesse medo de que Nora pudesse ser arrancada dela.

— Sua saúde está muito deteriorada, Leesy; suponho que dificilmente espera recuperá-la. Não ficaria feliz em ver Nora sob a proteção do pai antes de partir?

Ela esticou os braços para a criança, que desceu de meu joelho, correu e subiu em seu colo, onde a mulher manteve a cabeça encaracolada perto do peito por um momento. Sua atitude era como se ela protegesse a pequena de um perigo iminente.

— Eu sei, com muito mais certeza do que qualquer outra pessoa, que meus dias estão contados. Acredito que nunca mais o verei, sr. Burton, e foi isso que me entristeceu quando o senhor falou em fazer uma viagem... não é que eu pensasse tanto em meu conforto. A neve do inverno me esconderá antes que volte da viagem, e minha querida ficará sozinha. Sei disso... é minha única preocupação. Mas eu preferiria deixá-la sob a responsabilidade gélida de um orfanato... sim, preferiria que ela acabasse na rua, com seu rosto inocente como única proteção... a entregá-la ao pai.

— Por quê?

— Porque ele é um homem mau.

— Até onde sei, ele está na Califórnia, e, como estou indo para São Francisco, e talvez visite a região mineradora antes de voltar, pensei que gostaria de mandar uma mensagem para ele, avisando-o das condições da criança. O homem pode ter juntado dinheiro a essa altura e lhe enviaria uma boa quantia para sustentar a pequena Nora até que ela tenha idade suficiente para cuidar de si mesma.

A mulher apenas balançou a cabeça, puxando a criança para mais perto, trêmula.

— Eu me esqueci do nome dele — falou o sr. Burton.

— Não direi ao senhor — respondeu a srta. Sullivan, com o retorno da antiga ferocidade de uma pantera caçada. — Por que nunca, nunca, nunca posso ser deixada em paz?

— Acha que eu faria algo que a machucaria ou a prejudicaria? — indagou o detetive, com uma voz gentil, ainda que penetrante, que tinha o poder de mover as pessoas a sua vontade.

— Eu não sei — bradou ela. — O senhor parecia ser meu amigo. Mas como posso ter certeza de que tudo isso não é simplesmente alguma maquinação para me destruir no fim? O senhor o trouxe para minha casa — disse ela, olhando para mim —, o homem que me perseguiu. O senhor me prometeu que eu ficaria livre dele. E agora quer colocar um cão de caça em meu encalço... como se eu devesse ser levada ao túmulo sem ter permissão para ir em paz.

— Eu lhe asseguro, Leesy, não fazia ideia de que tinha tanta antipatia pelo pai de Nora. Não tenho objetivo algum em incomodá-la. Prometo-lhe que palavra alguma minha lhe dará pista sobre suas atuais circunstâncias, nem sobre o fato de que ele tem uma filha viva, se ele não souber disso. Você será protegida... encontrará paz e conforto. O que eu gostaria é que me contasse a história de sua vida, seus hábitos, seu caráter, onde vivia, o que fazia da vida; e darei minhas razões para querer essas informações. Uma circunstância que o liga a um caso que estou investigando surgiu... quer dizer, se ele for a pessoa que penso que é... uma espécie de médico, suponho?

A srta. Sullivan não respondeu à pergunta tão habilmente colocada, ela ainda nos observava com olhos brilhantes e taciturnos, como se estivesse pronta para mostrar as garras, caso nos aproximássemos.

— Ora, Leesy, deve me dizer o que quero ouvir. — A atitude do sr. Burton era, naquele momento, a de um patrão. — O tempo é precioso. Não posso esperar por causa dos caprichos de uma mulher. Já prometi... e repito, dou minha palavra... que aborrecimento ou prejuízo algum se acometerá sobre *você* através do que poderá me dizer. Acredito que prefira me responder calmamente a ser obrigada a falar perante um tribunal, tudo bem. Eu *preciso* que me fale sobre esse homem.

— *Homem*, sr. Burton? Chame-o de criatura.

— Pois bem, criatura, Leesy. Você o conhece melhor do que eu e, se diz que ele é uma criatura, suponho que posso considerar isso como algo garantido. O nome dele é...

— Ou era George Thorley.

Ao ouvi-la, dei um sobressalto que atraiu a atenção de ambos.

— O senhor provavelmente sabe alguma coisa sobre ele, sr. Redfield — comentou a moça.

— George Thorley, de Blankville, que tinha uma botica na parte baixa do vilarejo. Ele não deixou o lugar três anos atrás, após a suspeita de negligência profissional?

— Exato. O senhor o conhecia?

— Não posso dizer que sim. Não me lembro de ter trocado uma única palavra com ele. Mas o conhecia de vista. Ele tinha o tipo de rosto que faz a pessoa olhar duas vezes. Acho que comprei algumas coisas sem importância em sua loja uma vez. E a fofoca que corria sobre ele na época em que fugiu marcou seu nome em minha memória. Eu era quase um estranho em Blankville, tendo vivido lá apenas por um ano.

— Como ele conseguiu ter alguma ligação com sua família, Leesy?

A srta. Sullivan empalideceu durante a agitação de nossa conversa, mas corou outra vez com a pergunta, hesitou e, por fim, fitando o detetive nos olhos, respondeu:

— Como o senhor prometeu que não me perturbará mais com essa questão, e já que tenho obrigações para com o senhor, algo de que não posso me esquecer, vou lhe contar o restante da história, sendo que parte dela já revelei naquela manhã na casa dos Moreland. Na ocasião, confessei para o senhor um segredo de coração que nunca havia contado, exceto para Deus, e também revelei parte da história de minha prima para satisfazer sua curiosidade sobre a criança. Contarei agora tudo que sei sobre George Thorley, que é mais do que gostaria de saber.

"A primeira vez que o vi foi há mais de quatro anos, pouco depois de ele estabelecer sua lojinha, que, o senhor há de se lembrar, não era muito longe da casa de minha tia em Blankville. Certa noite, ela me mandou comprar algo que aliviasse a dor de dente, e fui ao lugar mais próximo, que era a botica nova. Não havia outra pessoa lá além do dono. Fiquei surpresa com a grande educação com que me tratou e no interesse que demonstrou no caso de minha tia. Ele demorou muito para separar o remédio, colar o rótulo e me dar o troco, então pensei que minha tia certamente estaria irritada quando eu levasse as gotas para ela. O dono perguntou nosso nome e onde morávamos, e pensei que era apenas um pouco de sua tagarelice, a fim de obter a boa vontade de seus clientes."

A srta. Sullivan, em geral, falava com grande naturalidade, mas, vez ou outra, um toque do país de sua mãe, seja no sotaque ou na expressão, demonstrava sua origem irlandesa.

— Esse foi o início de nossa amizade, mas não o fim. Não demorou muitos dias para ele criar uma desculpa para telefonar para nossa casa. Eu era jovem, alegre e saudável, e a verdade é que George Thorley se apaixonou por mim. Minha tia ficou muito lisonjeada, dizendo que eu seria uma tola se não o encorajasse... afinal, ele era um médico e um cavalheiro... e trataria sua esposa como uma rainha... que, se eu me casasse de imediato com ele, eu não precisaria mais costurar e me matar de trabalhar para os outros. Era o que ela esperava de mim, que eu seria ao menos a esposa de um médico, depois dos estudos que me proporcionou e com a boa aparência que tinha. Não é vaidade alguma de minha parte dizer que este

O DEPARTAMENTO DE CARTAS MORTAS   241

barro, que em breve será misturado ao pó da terra, era lindo... em demasia, aliás, para minha própria paz... pois isso me fez desprezar os pretendentes humildes e honestos que poderiam ter me garantido uma vida modesta e feliz.

"No entanto, também não foi apenas isso, e não vou me rebaixar ao dizer que não era porque eu era linda que me mantive distante daqueles em meu patamar, era porque tinha pensamentos e gostos que eles não conseguiam compreender... que minha vida estava acima da deles em esperança, em aspiração. Eu era ambiciosa, mas apenas para desenvolver o melhor que havia em mim. Se eu pudesse ser só uma costureira pelo restante de meus dias, então seria muito habilidosa e fantástica em meu trabalho, como se pintasse com agulha e linha. Mas isso não lhe diz qualquer coisa sobre George Thorley.

"Desde o início, não gostei dele. Não sou boa em ler o caráter das pessoas, mas eu o entendi muito bem e tive medo dele. Fui muito fria, pois vi que ele tinha um temperamento explosivo e não queria que dissesse que eu o havia encorajado. Falei para minha tia que não achava que ele fosse um cavalheiro... havia visto muitos homens respeitosos e bons nas casas em que costurava, e eles não eram como aquele médico. Disse a ela, também, que o dono da botica tinha um temperamento violento e um caráter ciumento, e que não conseguiria fazer mulher alguma feliz. Mas ela não o via assim, seu coração estava voltado para a loja do boticário, que, segundo ela, se tornaria uma ótima drogaria com o nome dele em letras douradas acima da porta do estabelecimento.

"George logo propôs noivado e ficou terrivelmente zangado quando o recusei. Acredito que ele me amava, a sua maneira egoísta, mais do que amou qualquer outro ser humano. Ele não desistia nem permitia que eu tivesse paz de suas perseguições. Seguia em meu encalço sempre que eu saía, e, se falasse com outro homem, ele ficava irado. Passei a sentir que era vigiada o tempo inteiro, pois, às vezes, o boticário ria com seu jeito odioso e me contava coisas que tinha visto quando eu pensava que ele estava a quilômetros de distância.

"Duas vezes, em particular, lembro-me de sua paixão selvagem e de me ameaçar. Foi depois — aqui, a voz dela, apesar de todos os esforços para se manter firme, tremeu e ficou mais grave — de ele ter me visto na carruagem com a sra. Moreland. Ele disse que aquelas pessoas estavam me fazendo de boba... que eu estava tão impressionada com a atenção delas que o desprezava. Respondi que, se eu o desprezava, não era por aquele motivo, era porque ele se comportava de modo pouco cavalheiresco comigo e me espionava, quando não tinha motivos para se intrometer em meus assuntos. Isso o deixou mais louco do que nunca, e ele murmurou palavras de que não gostei. Falei que não temia qualquer coisa mortal e que não me assustava a ponto de me obrigar a casar com ele. George disse que ainda me assustaria de um modo que nunca conseguiria superar.

"Acho que ele gostava da coragem que eu demonstrava; parecia que, quanto mais eu tentava fazê-lo me odiar, mais determinado ficava em me perseguir. Não sabia por que eu o compreendia tão bem, pois, naqueles dias, não faziam mexericos sobre sua personalidade. De fato, as pessoas não sabiam muito sobre ele, que caiu nas graças de alguns dos mais proeminentes cidadãos de Blankville. Ele me contou um pouco de sua história, que sua família era inglesa; que ele, como eu, era órfão; que, por sorte, conseguira uma vaga em um consultório médico em uma das cidades deste estado... uma daquelas situações humildes em que se esperava que ele cuidasse do cavalo do médico, conduzisse a carruagem, guardasse os remédios, atendesse às ordens e tudo o mais. Ele era inteligente e rápido, ficava muitas horas desocupado enquanto esperava atrás do balcão, e passou essas horas lendo livros de Medicina, que conseguia pegar um de cada vez. Assim, e observando

O DEPARTAMENTO DE CARTAS MORTAS   243

com atenção os métodos do patrão, seus conselhos aos pacientes que iam ao consultório e ao ler e preparar as receitas constantemente, obteve um conhecimento surpreendente da ciência. Decidido a se tornar médico e a manter uma drogaria, que ele sabia ser um negócio lucrativo, não posso negar que teve a energia de seguir com seus planos.

"Como conseguiu obter o capital para abrir a botica em Blankville, eu nunca entendi, mas sei que assistiu a palestras sobre cirurgias em um inverno em Nova York, e trabalhou em um hospital lá por pouco tempo. Tudo isso foi feito dentro da honestidade e provou que ele era ambicioso e enérgico, mas eu não gostava nem confiava nele. Havia algo sombrio e oculto nas maquinações de sua mente, do qual eu me afastava. Eu sabia que ele também podia ser cruel, dava para ver na maneira com que tratava crianças e animais. Não havia algo que gostasse mais do que praticar sua arte cirúrgica desenvolvida de forma incompleta em algum sofredor desafortunado. Quanto mais insistia que eu gostasse dele, mas eu o odiava.

"Era nessa crise que eu me encontrava quando minha prima veio de Nova York para fazer uma visita a minha tia. Como aparecia quase toda noite, é claro que ele logo a conheceu. Para me deixar com ciúmes, começou a prestar mais atenção nela. Nora era uma moça bonita, com olhos azuis e cabelos claros, de mente inocente, não muito brilhante, aprendiz de um chapeleiro na cidade. Acreditava em tudo que o *doutor* Thorley dizia a ela, e se apaixonou por ele, é claro. Quando foi embora, depois da pequena folga, George descobriu que, em vez de provocar meu ciúme, despertara minha raiva pela maneira que a enganou. Dei-lhe uma boa bronca por isso e concluí dizendo que nunca mais falaria com ele.

"Bem, logo depois disso surgiu o escândalo sobre ele ter causado a morte de uma pessoa por negligência médica. George achou que era prudente fugir, então vendeu o estoque pelo preço que conseguiu e se escondeu em Nova York. Eu não sabia, a princípio, onde ele estava, mas me sentia aliviada por me livrar dele. Passado um tempo, decidi ir para a cidade em busca de emprego em uma loja chique. O senhor sabe, sr. Burton, pois uma vez abri meu coração para o senhor, que uma paixão selvagem, louca, mas sem pecado, atraiu-me até lá. Não tenho vergonha disso. Deus é amor. Quando estiver na presença dele, eu me cobrirei de glória no poder desse amor, que, neste mundo sombrio, apenas me preocupou e me fez desperdiçar a vida. No Paraíso, nossas vidas serão de adoração."

Ela bateu as mãos magras e olhou para cima com uma expressão extasiada. Eu a observei com renovada surpresa e quase reverência. Não espero encontrar em outra mulher toda a resignação de mente e coração que a prepararam para a devoção cega e absoluta como Leesy Sullivan.

"Quando fui à cidade para conseguir algum lugar para morar, encontrei minha prima, que disse estar casada com George Thorley havia algumas semanas. Os dois moravam em um lugar bom e tranquilo, e o marido ficava muito em casa... na verdade, ele quase nunca saía.

"Era evidente que Nora não ouvira falar das razões que ele tivera para deixar Blankville e que não imaginava por que o marido se mantinha tão quieto. Claro que não tive coragem de dizer a ela, mas decidi que era melhor eu permanecer em Blankville... Então voltei para a casa de minha tia, sem tentar algo em Nova York.

"Mais ou menos seis meses depois, recebi uma mensagem de Nora implorando para que fosse vê-la. Eu amava minha prima e estava triste por ela ter se casado com o dr. Thorley. Sentia que havia algo errado, então fui para a cidade e a encontrei no miserável cortiço onde então morava, morrendo de fome em um quarto que mal tinha mobília. Ela explodiu em lágrimas ao me ver, e, quando consegui fazê-la parar de chorar, minha prima me disse que não via George havia mais de três meses, que ou ele sofrera um acidente ou fugira, dei-

O DEPARTAMENTO DE CARTAS MORTAS 245

xando-a sem um centavo e com uma saúde tão debilitada que mal conseguia comprar um pedaço de pão ou pagar o aluguel do quarto."

— Acha mesmo que ele a deixou? — perguntei.

— Como posso saber? — respondeu ela, olhando para mim de forma lamentável com seus olhos azuis inocentes. — Ele era um cavalheiro, e temo que tenha se cansado de sua pobre e irlandesa Nora.

"'Eu avisei, prima. Sabia que George Thorley era um malfeitor, mas você foi convencida por suas belas palavras e não quis prestar atenção. Sinto muito, muito, muito por você, mas isso não vai desfazer o que está feito. Tem certeza de que é a esposa dele, querida Nora?'

"'Tanta certeza quanto tenho do Paraíso', berrou ela, zangada. 'Mas fomos casados por um clérigo protestante, para agradar George... e tenho a declaração em lugar seguro... ah, sim, de fato.'

"Nunca consegui saber se a cerimônia fora realizada por um ministro oficial; sempre suspeitei de que minha pobre prima tinha sido enganada, e foi por isso que minha tia, que também pensava assim, ficou magoada e tão brava com os senhores quando foram lhe fazer perguntas. Porém, quer minhas suspeitas estivessem corretas ou não, Nora era a esposa de George, sem dúvida, na visão dos anjos, tanto quanto uma mulher pode ser a esposa de um homem. Pobre criança! Não hesitei mais em ir para Nova York. Ela precisava de minha proteção e minha ajuda. Paguei pelo quarto dela até o dia de sua morte, o que aconteceu alguns dias depois do nascimento da coitada de sua filha. Providenciei, então, um enterro decente, consegui uma ama-seca para a bebê e trabalhei para manter a situação assim. Era um conforto para mim, senhor. Meu coração estava triste, e assumi a pequena criatura quase como se fosse minha. Havia prometido a Nora que a criaria, e, até então, mantive minha palavra.

Odiava o pai pela maneira como tratou minha prima, mas amava a criança; me dava prazer fazer suas lindas roupas e vê-la bem-cuidada. Sabia que não deveria me casar e adotei a filha de Nora como minha.

"O corpo de Nora mal havia esfriado no caixão quando, certa noite, fui surpreendida por uma visita de George Thorley. Onde esteve durante aquele tempo, não sei dizer. Ele tentou criar uma desculpa em relação a sua conduta com minha prima, dizendo que se casou em um ataque de ciúmes, ao qual eu o levei com minha frieza; que estava tão atormentado que não conseguia ficar com ela, pois não a amava; que foi para o Oeste; e que trabalhava muito para tentar esquecer o passado. Mas não conseguia, e, quando viu a morte de sua esposa no jornal, sentiu-se terrível, porém esperava que eu o perdoasse e me casasse com ele. Disse que tinha iniciado um bom negócio em Cincinnati, que eu não desejaria qualquer outra coisa e que não *deveria* negá-lo novamente. Estava tão indignada que eu me levantei e o encarei até ele ficar branco como uma folha de papel. Chamei-o de *assassino*... sim, assassino de Nora... e ordenei que nunca mais falasse comigo ou se aproximasse de mim. Sabia que ele ficara terrivelmente irado, seus olhos brilhavam como fogo, mas ele não falou muito mais. Enquanto pegava o chapéu para se retirar, perguntou se o bebê estava vivo. Não respondi. Ele não tinha direito algum à criança, e eu não queria que ele a visse ou tivesse qualquer ligação com ela.

"Depois disso, por muito tempo, não tive notícias dele. Podia ter permanecido na cidade o tempo todo ou ido para Cincinnati. De qualquer forma, um dia, estava indo da pensão para a loja e o encontrei caminhando ao meu lado. Nora era quase um ano mais velha então. Ele começou a conversar comigo, pedindo-me em casamento outra vez; e, para me assustar, comentou como era lindo o bebê que Nora tinha se tornado, e que precisaria encontrar uma esposa para cuidar de sua filha. Segundo ele, a menina o pertencia, e iria reavê-la imediatamente. Se eu tivesse qualquer interesse na criança, poderia demonstrar me tornando sua madrasta. Ele também falou que tinha muito dinheiro, e pegou um punhado de moedas de ouro para me mostrar. Mas aquilo só me fez pensar o pior dele. George me seguiu até em casa, até meu quarto, contra minha vontade, e lá me virei para ele e disse que, se ousasse se forçar à minha presença de novo, chamaria a polícia e o entregaria às autoridades de Blankville pelo crime que o fez sair do vilarejo.

"Depois de ele ir embora, afundei-me em uma cadeira, tremendo de fraqueza, embora tivesse sido muito corajosa em sua presença. Ele parecia um espírito maléfico quando sorriu para mim enquanto fechava a porta, seu sorriso fora mais ameaçador do que qualquer carranca. Fiquei assustada por Nora. Todos os dias esperava ouvir que a criaturinha havia sido tirada de sua ama-seca; tremia noite e dia; mas nada aconteceu com a criança e, desde então, não vi mais George Thorley. Se ele está na Califórnia, fico feliz, pois é longe e talvez ele nunca consiga encontrar a filha. Prefiro que ela morra e seja enterrada com sua mãe e comigo do que viver para conhecer o pai.

"Parece que minha sorte foi estranha, por ter sido seguida por um homem como esse, por ter colocado meu coração tão acima de mim, e então ter caído, devido a esse amor, em um poço de circunstâncias tão terrível. Não apenas ficar com o coração partido, mas ser caçada pelo mundo com minha pobre cordeirinha."

Assim concluiu a costureira, os olhos escuros fitando o horizonte.

O olhar e o tom lamentáveis com que disse isso me tocaram profundamente. Pela primeira vez, senti de forma plena a extrema crueldade com que a tratei, se ela fosse tão inocente quanto suas palavras declaravam sobre aquele terrível e inominável crime do qual a culpei. Naquele momento, acreditava em sua inocência e sentia pena pelos sofrimentos melancólicos que secaram a fonte de sua vida. Eu a respeitava por aquela humilde e perfeita devoção, dando tudo sem pedir algo em troca, com a qual ela derramou sua alma àquele cuja memória convocou seus amigos para uma vigilância insone em nome da justiça. Não era de surpreender que ela se retraísse em minha presença, que me visse como alguém pronto para machucá-la. Contudo, isso foi apenas em sua presença; assim que saí, senti as dúvidas retornando.

— Você tem algum retrato de George Thorley? — perguntou o sr. Burton.

— Não. A pobre Nora tinha seu ambrótipo, mas, depois de sua morte, joguei-o no fogo.

— Pode descrevê-lo para nós?

A srta. Sullivan deu uma descrição similar àquela dada pelo sr. Burton após ler a carta morta. Ele perguntou, inclusive, sobre o terceiro dedo da mão direita, ao que ela respondeu:

— Sim, ele mesmo se machucou em um de seus experimentos cirúrgicos.

Nós nos propusemos a ir embora, com o detetive mais uma vez assegurando Leesy que ele preferia protegê-la contra Thorley do que permitir que ele a incomodasse. O sr. Burton garantiu também que ela seria bem-cuidada em sua ausência, e, além disso, se a pequena Nora ficasse sozinha no mundo, ele estaria de olho na menina e cuidaria para que fosse criada de forma adequada. Esta última garantia iluminou o rosto da tuberculosa com sorrisos e lágrimas; mas, quando o sr. Burton lhe estendeu a mão, despedindo-se, ela começou a soluçar.

— É nosso último encontro, senhor.

— Tente permanecer bem até eu voltar — pediu ele, animado. — Posso querer muito ver você, então. E, por sinal, Leesy, uma última pergunta: você me disse, certa vez, que não reconheceu a pessoa que viu no gramado da casa do sr. Argyll naquela noite... tem alguma suspeita de quem possa ser?

— Nenhuma. Acredito que aquele homem era um desconhecido. Só o vi por causa de um clarão no instante em que ele descia da árvore; mesmo se fosse alguém que eu conhecesse, não sei se o teria reconhecido.

— É só isso. Adeus, pequena Nora. Não se esqueça de Burton.

Ouvimos os soluços da moça após fecharmos a porta.

— Sou o único amigo dela — disse meu companheiro, conforme nos afastávamos. — Não admira que esteja comovida por me ver ir para longe. Como a doença já dura muito, não sei se vai sobreviver até voltarmos. Espero poder vê-la viva para testemunhar o triunfo triste de nossa empreitada.

— O senhor fala como se o triunfo já estivesse assegurado.

— Se ele estiver em algum lugar sobre a Terra, encontraremos o dr. George Thorley. Não é possível que estejamos no rastro errado. Você sabe, Richard, que não lhe confiei todos os meus segredos. Não haverá alguém mais surpreso do que você quando eu convocar as testemunhas e resumir minhas conclusões. Ah, que essa hora chegue logo! Opa, esqueci de meu lema: "Aprenda a trabalhar e a *esperar*".

4. EMBARCANDO PARA A CALIFÓRNIA

No navio a vapor seguinte, iríamos rumo à Califórnia. Por conselho do sr. Burton, comprei minha passagem sob um pseudônimo, pois não queríamos atiçar a curiosidade dos Argyll, que poderiam ver a lista de passageiros e suspeitar de algo pela proximidade de nossos nomes. Aos amigos, que por acaso souberam de suas intenções repentinas, o sr. Burton explicou que a saúde de sua filha demandava uma mudança de clima e questões profissionais o faziam preferir a Califórnia.

Foi uma sorte que eu tivesse vivido de maneira simples e reservada em Washington, já que as despesas de tal viagem eram altas e apareceram de forma tão inesperada. Eu não desperdiçara dinheiro com excessos, buquês ou jantares regados a Champanhe; pagara minha pensão e os custos da lavagem de roupas, além de uma conta muito moderada ao meu alfaiate; e o restante de meu salário ia para uma conta bancária em Nova York. Minha alma destroçada e meus gostos pálidos não exigiam vultosas gratificações — nem a compra de novos livros, de forma que, naquele momento, tinha fundos para essa demanda repentina. O sr. Burton pagou pelas próprias despesas, o que, na verdade, não pude evitar, pois não tinha meios para que fizesse diferente.

Tínhamos um objetivo claro, mas nenhum plano definido; este seria formado de acordo com as circunstâncias que enfrentaríamos após nossa chegada a El Dorado. É claro que nosso homem vivia com um nome falso e viajara com um nome falso; assim, poderíamos ter todas as dificuldades para encontrar seu rastro. Na época, o detetive descobrira a devolução da nota de quinhentos dólares vinda de São Francisco. Ele, então, com grande perseverança, obteve acesso e anotou os nomes dos passageiros de todos os navios a vapor que navegavam na época do assassinato ou próximo a ela, com destino à Califórnia. Dos nomes, escolheu aqueles que sua curiosa sagacidade sugeria serem os mais propensos a se revelarem fictícios e, se nenhum método mais rápido se apresentasse, ele pretendia localizá-los, até encontrar *o homem*. Em tudo isso fui seu assistente, disposto a cumprir suas instruções, mas confiando todo o assunto às mãos mais experientes do sr. Burton.

Durante os longos e monótonos dias de nossa viagem, eu pareci ter sido "Mudado pelo mar!"*.

Mudei para algo bem diferente do tipo de ser enrijecido que fui gradualmente me tornando. Com a rotina enfadonha de minha vida no escritório, também foram quebradas muitas das formas cínicas de pensar que eu havia desenvolvido. Senti como se as fontes da juventude ainda não estivessem completamente secas. O verdadeiro segredo dessa melhoria estava na esperança que eu nutria de que os verdadeiros criminosos logo seriam trazidos à luz e de que os Argyll perceberiam o erro cruel que tinham cometido. Já em minha imaginação, eu havia aceitado o arrependimento deles e perdoado sua injustiça.

Parecia que cada sopro da brisa do mar e cada salto das ondas cintilantes levavam para longe parte da amargura que se misturava com minha natureza. A velha poesia da existência começou a aquecer meus pulsos gelados e a iluminar o céu da manhã e da noite. Durante horas muito melancólicas, porém deliciosas, eu subia até algum posto de observação solitário — pois era um perfeito marinheiro entre as cordas — e lá, onde o azul do céu encontrava o azul do oceano, formando um círculo cerúleo no qual flutuavam apenas as nuvens eté-

---

* *A tempestade*, de William Shakespeare, ato I, cena 2. [*N.T.*]

reas, toda a doçura do passado vinha flutuando até mim em fragmentos, como o odor das flores sopradas de alguma costa amada e distante.

A imagem mais vívida de meus sonhos marítimos era a da sala da velha mansão Argyll, tal como eu a vira pela última vez, na noite de minha subida ao carvalho. Mary, no despontar rosado da juventude, o ideal de beleza aos olhos de um homem jovem e apreciativo, cujo padrão de perfeição feminina era elevado, enquanto sua sensibilidade ao encanto era intensa — Mary, lendo o livro sob a luz abundante do lustre —, eu amava relembrar a cena, mas ela sempre era prejudicada por aquela sombra de James se intrometendo cedo demais entre mim e a luz. Mas aquela visão fugaz de Eleanor foi como se uma santa tivesse olhado para mim de seu santuário. Vi, então, que ela não era mais deste mundo, no que dizia respeito às suas esperanças. Minha outrora forte paixão lentamente se transformara em reverência; eu havia sofrido com ela com uma dor totalmente abnegada, e, quando vi que seu desespero se tornara uma resignação paciente e aspirante, senti menos pena e mais reverência afetuosa. Eu teria sacrificado minha vida para deixar seu coração em paz, mas já não pensava em Eleanor Argyll como uma mulher a ser abordada pelos amores deste mundo.

Ainda assim, enquanto mergulhava em meus devaneios marítimos, acreditei ter esgotado minha riqueza de sentimentos sobre esse amor morto e sagrado. Eu tinha feito minha primeira oferenda aos pés de uma mulher incomparável entre suas companheiras, e, como ela havia escolhido outro, deveria viver solitário, honrado demais por ter adorado alguém como Eleanor.

Por Mary, sentia uma grande admiração e o maior amor fraternal. As nobres palavras que a moça proferiu a meu favor me emocionaram com gratidão e aumentaram a ternura que sempre nutrira por ela. Quando pensava em seu casamento próximo, não era com ciúme, mas com certa pontada indefinível que vinha de minha antipatia pelos motivos e pelo caráter de James. Não acreditava que ele a amava. James *amara* Eleanor, mas Mary era apenas um meio de assegurar o nome da família de seu tio, uma propriedade, respeitabilidade. Ao recordar aquela visita à mesa de jogo, sinto, por vezes, que *preciso* regressar desta viagem a tempo de interferir e romper o casamento. Correria o risco de ser tratado mais uma vez como antes — de ser incompreendido e insultado —, mas correria *qualquer* risco para salvá-la da infelicidade que viria dessa parceria! Assim pensava em um momento, e, no seguinte, persuadia a mim mesmo a não fazer papel de tolo. Afinal, após estar casado, James poderia ser um bom marido e cidadão.

A pequena Lenore era a luz e a glória do navio. As pessoas quase imaginavam que, com um anjo tão bom a bordo, mal algum poderia acontecer à embarcação. E, de fato, tivemos uma viagem rápida e próspera.

Ainda assim, ela foi tediosa para o sr. Burton. Nunca o vira tão agitado. Dizia que ele tornava as horas muito mais longas ao contá-las tantas vezes, mas era evidente que tinha alguma ansiedade que não compartilhara comigo. Um pavor febril de atrasos recaiu sobre ele.

Depois de cruzarmos o istmo e entrarmos no Pacífico, sua inquietação diminuiu. No entanto, ocorreu um pequeno atraso, que ameaçava irritá-lo e trazer de volta sua impaciência.

Descobriu-se que o capitão levava a bordo muitos passageiros que prometera desembarcar em Acapulco. Era um dia ensolarado e belo do início de outubro quando nosso navio avançou pela pequena baía. Quase todos estavam no convés, para observar o país e o porto à medida que nos aproximávamos. Eu também estava lá, mas na parte coberta, com Lenore, que se encantara com o ar quente e a costa esverdeada, e cujos cabelos esvoaçavam na brisa fresca, mas deliciosa, como uma bandeira dourada. A menina observava as montanhas distantes, a névoa ensolarada e as águas cintilantes da baía, com toda a inteligência de uma mulher; embora eu estivesse mais satisfeito com a cor em suas bochechas e com o truque que o vento pregava em seus cabelos do que com toda a paisagem ao redor. A criada da criança, uma matrona firme e atenciosa que havia muito tempo cuidava dela, também estava no convés, conversando com alguns de seus novos conhecidos, e não pôde deixar de vir até nós com o pretexto de apertar mais o xale de Lenore.

— Olhe para ela, sr. Redfield — falou a mulher. — Já a viu com aparência tão viva e saudável, senhor? O patrão tinha razão... era de uma viagem marítima que ela precisava, acima de todas as coisas. Suas bochechas estão lustrosas como moedas e, se posso dizer, é a opinião da companhia que os dois são a dupla mais bonita do convés. Ouvira mais de uma pessoa afirmar isso na última meia hora.

— É uma meia verdade — respondi, rindo e olhando para Lenore, cuja mente modesta e quieta nunca estava alerta para elogios.

Ela riu porque eu ri, mas permaneceu inconsciente de sua bela aparência.

— Lá vem o papai — disse ela. — Algo aconteceu.

Com seu maravilhoso e rápido discernimento, tão parecido com o do pai, ela percebeu, antes de mim, que o homem estava nervoso, embora se esforçasse para parecer mais calmo do que realmente se sentia.

— Bem, Richard e Lenore — falou ele, em voz baixa. — O que me dizem de nos separarmos um pouco?

— Nos separarmos? — perguntamos os dois, muito naturalmente.

— Sei que é bastante repentino, isso é verdade.

— O que vai fazer? Caminhar pelas praias ou visitar os vales e as montanhas do México?

— Não estou brincando, Richard. A informação, que me chegou da maneira mais estranha e inesperada, torna imperativo que eu pare em Acapulco. Estou tão surpreso quanto você, mas não tenho tempo de lhe contar a história. Em vinte minutos, o navio começará a desembarcar os passageiros em um bote, e, se eu decidir ficar nesse país, preciso ir a minha cabine para pegar algumas roupas.

— Está falando sério, pai? — perguntou Lenore, prestes a chorar.

— Sim, minha querida. Temo que você deva ir para São Francisco sem mim, mas terá Marie e Richard, que cuidarão de você tão bem quanto eu. Quero que se divirtam, que não se preocupem e que peguem o navio de volta. A viagem até São Francisco durará quinze dias, e *eu os encontrarei no istmo*. Como não terá algo para fazer após sua chegada, aconselho-a a explorar o lugar e a passear durante os dias agradáveis. O tempo logo vai passar, e, em cinco semanas, se Deus permitir, nos encontraremos e ficaremos felizes, minha menina. Vá, vá até Marie, e diga a ela o que estou prestes a fazer. Peça que venha aqui para receber minhas ordens.

Lenore se foi, de forma um tanto relutante, e o sr. Burton continuou falando comigo, que estava em um silêncio causado pelo torpor do espanto.

— Por mero acaso, ouvi uma conversa entre as pessoas prestes a desembarcar que me convenceu de que George Thorley, em vez de estar na Califórnia, não está nem a cinquenta quilômetros de Acapulco. Se eu não tivesse certeza disso, não correria o risco de fazer experimentos agora, quando o tempo é de suma importância. Contudo, estou tão certo disso que não vejo qualquer coisa para você fazer em São Francisco a não ser ajudar a pequena Lenore a passar o tempo de forma agradável. Pensei, tão calmamente quanto pude sob a pressão da pressa, se seria melhor você parar comigo e esperar o resultado de minha visita ao interior em algum hotel de Acapulco, ou seguir até o fim da jornada, retornar e me encontrar no istmo. Por conta da criança, acho melhor você terminar a viagem conforme o esperado. O ar marítimo está fazendo muito bem a ela e, a menos que se preocupe em demasia, não há por que não aproveitar a viagem.

— Farei como me aconselha, sr. Burton, mas é claro que ficarei intoleravelmente ansioso. De minha parte, preferiria seguir com o senhor; no entanto, devemos fazer o que for melhor para todos.

— Não poderia me ajudar se permanecesse comigo; a única coisa que ganharia é que o suspense terminaria antes. Porém, asseguro-lhe, você deveria se alegrar e sentir-se feliz pela descoberta tão adiantada do fato mais importante: o esconderijo daquele homem. Acha que eu desejaria um atraso? Não. Tenho certeza da informação ou não daria esse passo inesperado. Como é curiosa a maneira da Providência! Parece que recebi ajuda, apesar de tudo. Fiquei zangado ao ouvir que nos demoraríamos em Acapulco, e agora isso se provou nossa salvação.

— Deus permita que esteja certo, sr. Burton.

— Deus permita. Não tema meu fracasso, Richard. Você tem motivos para se alegrar em dobro. Não confia em mim?

— Bastante... mais do que em qualquer pessoa sobre a Terra.

— Faça o que peço, então: cuide de minha filha e me encontre no istmo. É só o que precisa fazer.

— Sr. Burton, não está se colocando em perigo? Não está correndo riscos que deveria compartilhar com outros? Seria prudente eu seguir viagem, ocioso e próspero, deixando-o fazer todo o trabalho e enfrentando todos os perigos da jornada?

— É o que desejo. Pode haver algum risco, sim, porém não mais, talvez, do que encontro todo dia em minha vida. Talvez não saiba — disse ele, alegre —, mas tenho muita sorte. A malícia e a vingança me seguiram com uma centena de disfarces... já escapei seis vezes de comida envenenada; diversas bombas caseiras, embrulhadas como presentes elegantes, me foram enviadas; três vezes me virei para o assassino, cujo braço estava levantado para atacar... mas escapei incólume de todo perigo, para prosseguir silenciosamente pelo caminho no qual um vívido senso de dever me chama. Não acredi-

O DEPARTAMENTO DE CARTAS MORTAS

to que vá falhar neste, que é um dos casos mais atrozes pelo qual já me interessei. Não, não, Richard; gosto do trabalho... e a sensação de perigo aumenta sua importância. Não gostaria que fosse de outra forma. Como disse, se Deus quiser, encontrarei vocês no istmo. Se não cumprir meu compromisso, então pode ter certeza de que algo ruim me ocorreu. Se assim for, providencie a passagem de minha pequena família para casa, e pode, se quiser, voltar para cuidar dos fios soltos que deixei. O navio lançou âncora, devo preparar minha valise para desembarcar.

Ele deu meia-volta, mas logo parou e retornou, com um ar de perplexidade.

— *Haverá* algo, sim, para você fazer lá, Richard. Tinha esquecido da nota de quinhentos dólares, que certamente foi parar na Califórnia pouco tempo depois do roubo. Se eu estiver enganado, afinal... mas não! Minha informação é bastante conclusiva... devo seguir esse caminho agora, e, se estiver no encalço errado, será um mau negócio. No entanto, não vou me deixar pensar assim — disse ele, se iluminando novamente. — Se quer aprender um pouco de minha arte, rastreie o destino daquela cédula. Ao fazer isso, poderá encontrar evidências que, se eu falhar aqui, talvez ainda sejam úteis.

Com um mau pressentimento, eu o observei enquanto descia a escada para o convés inferior — a forma, o rosto e as maneiras expressando a energia indômita que o tornava o homem que era.

Quando o sol mergulhou, naquela noite, atrás das ondas calmas do Pacífico, Lenore e eu caminhamos pelo convés sozinhos. Ela enxugava em silêncio as lágrimas que caíam com a sensação de quase deserção que a partida repentina do pai causara, e eu mal conseguia animá-la, como ele havia me ordenado, pois também sentia o melancólico isolamento de nossa situação: viajando para uma terra estranha no rastro de um mistério terrível.

5. NO ENCALÇO

Não preciso me alongar muito sobre nossa visita a São Francisco, visto que nada de importante para o sucesso de nossa empreitada resultou dela. Do instante em que passamos pela Golden Gate até sairmos por ela, fiquei inquieto com uma preocupação que me deixava nervoso e sem sono, que destruiu meu apetite e me cegou diante de metade das atrações da cidade, com seu crescimento sem paralelo e sua civilização híbrida. Dediquei a maior parte do tempo a procurar, durante a noite, por todos os covis, bares, teatros e hotéis de segunda classe, populares ou afastados, examinando cada um dos milhares de rostos desconhecidos, em busca daquele semblante sinistro que achava que conseguiria reconhecer, na tentativa de identificar o homem que passou a nota do Park Bank para a Express Company.

Fui recompensado, após dias de busca, ao constatar, de forma definitiva, que um respeitável cavalheiro, um espanhol que ainda residia na cidade, descontou uma nota de quinhentos na mesma hora em que a que buscávamos foi aceita pela instituição bancária. Fui conhecer o indivíduo e, com uma delicadeza de tratamento com a qual me lisonjeei, descobri, sem ser muito impertinente, que ele ajudara um colega passageiro, dois anos antes, que desembarcara em Acapulco e que desejava trocar dinheiro por ouro. No fim, o forasteiro repassou cerca de dois ou três mil dólares em moeda dos Estados Unidos, que ele, então, encaminhou para a Express Company.

Burton estava certo, então! Meu coração foi até a boca quando Acapulco foi mencionada. A partir daquele momento, senti menos medo do fracasso, e mais, se ainda era possível, curiosidade e ansiedade.

Minha intenção era seguir para Sacramento em busca do rosto assustador que ocupava minha mente; mas, depois dessa revelação, cedi de bom grado à crença de que o sr. Burton encontraria o rosto antes de mim. Com alívio resultante dessa esperança, comecei a dar mais atenção às ordens para cuidar bem de sua filha.

A saúde e o ânimo de Lenore estavam cada vez melhores, e, quando comecei a me esforçar para ajudá-la a passar o tempo, a criança ficou muito feliz. A dependência crédula da infância era sua característica mais marcante. Era o suficiente para ela que seu pai a tivesse dado para mim por um tempo; a menina se sentia segura e alegre, e fez todas aquelas pequenas exigências a minha atenção que uma irmã pede a um irmão mais velho. Mal notava que ela tinha quase treze anos, pois Lenore era muito pequena e magra, além de inocentemente infantil em suas maneiras e sentimentos. Sua criada era uma daquelas mulheres ativas que gostam de muita responsabilidade; a viagem, para ela, foi cheia do tipo de animação que preferia, já que todo o encargo da donzela foi confiado aos seus cuidados — um dos acontecimentos inesperados mais deliciosos que já lhe acontecera. Acredito que ela se alegrava todo dia com a ausência do sr. Burton, porque isso aumentava a importância de seus deveres.

Mesmo assim, fiquei feliz quando este período de quinze dias terminou e retornamos para nossa viagem. Minha mente vivia adiantada, pensando no momento em que eu deveria vê-lo, esperando-nos no istmo, onde prometeu nos encontrar, a forma familiar do bom gênio de nosso grupo, ou... veria aquele espaço em branco, o que anunciaria notícias fatais.

Deslizamos, prósperos, sobre as ondas arredondadas do Pacífico, através de dias ensolarados e noites de luar brilhante. Durante as noites suaves, Lenore, embrulhada com xale e capuz por sua fiel criada, permanecia comigo no convés, às vezes até bem tarde, cantando, uma após a outra, aquelas deliciosas melodias nunca interpretadas de forma mais sutil e compreensível do que por aquele pequeno espírito de canção. Aglomerações extasiadas se reuniam, a distâncias respeitosas, para escutar, mas ela cantava por minha causa e pela música, sem prestar atenção em quem ia ou vinha. De vez em quando, mesmo hoje, acordo à noite, depois de sonhar com aquela viagem, com o longo rastro de prata brilhante seguindo o navio, como se um milhão de *peris**, em seus botes de pérolas, estivessem velejando conosco, atraídos pelo encantamento da voz pura que subia e descia entre as estrelas e o mar.

Nas 24 horas antes de chegarmos ao istmo, testemunhamos uma mudança no longo período de céu claro, comum naquela estação do ano. Torrentes nos alcançaram, e continuaram hora após hora, fazendo com que ficássemos trancados na cabine. Fomos cercados por uma parede cinzenta, como se um mundo sólido se formasse ao nosso redor e nunca mais veríamos o céu azul, o ar fresco e os fortes raios do sol.

Lenore, cansada da monotonia, enfim adormeceu em um dos sofás, e fiquei feliz pela menina descansar, pois ela estava inquieta com a perspectiva de ver o pai na manhã seguinte. Era esperado que o navio chegasse ao porto em algum momento depois da meia-noite. À medida que as horas passavam, fiquei tão impaciente que me senti sufocado pelos limites da embarcação e pela estreita e cinzenta tenda de nuvens. A menina foi cedo para a cabine. Peguei então emprestada uma capa impermeável de um dos oficiais do navio e caminhei pelo convés a noite toda, sob chuva torrencial, pois não conseguia respirar

---

* Criaturas do folclore persa semelhantes a anjos. [*N.T.*]

em meu quartinho. Era tão possível, tão provável, que o mal tivesse acontecido ao detetive solitário, que se apresentava como "um estranho em uma terra estranha", em sua perigosa missão, que culpei-me amargamente por ceder a seus desejos e permitir que ele permanecesse em Acapulco. Para me consolar, lembrei-me de sua capacidade de lidar com o perigo — sua força física, sua inabalável frieza de nervos e mente, sua calma frente a seus objetivos e vontade indomável, diante da qual os impulsos de outros homens eram quebrados como juncos por um vento forte.

A chuva incessante me lembrou de duas noites memoráveis, e a associação não serviu para me deixar mais alegre. Não havia vento algum com a chuva, assegurou-me o capitão, depois de eu ter perguntado a ele com frequência suficiente para irritar um oficial, que respondeu, pela vigésima vez, que estávamos "bem", "nem meia hora atrasados", que "chegaríamos ao istmo precisamente às duas horas da manhã" e que eu deveria "ir para a cama em paz, para me preparar para me levantar cedo pela manhã".

Não tinha a mínima intenção de ir me deitar. Os passageiros não seriam incomodados até o amanhecer, mas eu estava ansioso demais para pensar em dormir. Disse a mim mesmo que, se o sr. Burton estivesse tão impaciente quanto eu, ele estaria, apesar da tempestade e da hora tardia, no cais, aguardando nossa chegada; e, se fosse o caso, não me encontraria adormecido. Ao nos aproximarmos do porto, amontoei-me entre os marinheiros na parte dianteira do barco e forcei os olhos para ver o pequeno brilho emitido pelas luzes ao longo do cais. Como sempre, houve considerável agitação e barulho com a chegada do navio, gritos vindos da embarcação e da costa, além de uma agitação de cordas e palavrões dos marinheiros. Os passageiros geralmente ficavam aconchegados em seus beliches, onde permaneciam até de manhã. Em poucos instantes, as cordas foram lançadas para a terra e estávamos atracados em nosso cais. Debrucei-me sobre a amurada e espiei através da névoa; a chuva havia gentilmente parado de cair naquele momento; várias lâmpadas e lanternas brilhavam ao longo das docas, onde pessoas se ocupavam com seus trabalhos relativos à chegada do navio. Contudo, procurei em vão pelo sr. Burton.

Decepcionado, desanimado, eu ainda fazia o reconhecimento dos vários grupos, quando uma voz alta e alegre gritou:

— Richard, alô!

Experimentei uma repulsa bem-vinda quando esses tons agradáveis me levaram à consciência de que o sr. Burton havia emergido da sombra de um poste de luz, no qual se apoiara, e naquele momento estava quase ao alcance de um aperto de mão. Eu poderia ter rido ou chorado ao reconhecer a voz e a forma familiares. E logo ele subiu a bordo. O aperto que dei em sua mão, quando nos aproximamos, deve ter sido forte, pois ele estremeceu. Eu nem precisava perguntar se foi bem-sucedido ou ele precisava responder, pois o brilho em seu rosto garantia que o detetive não havia falhado.

— Tenho muito a lhe contar, Richard. Mas primeiro, minha querida... ela está bem... e feliz?

— Ambas as coisas. Não tivemos acidente algum. Ficará surpreso ao ver Lenore, ela melhorou muito rápido. Meu coração está bem mais leve do que estava há uma hora.

— Por quê?

— Ah, temia que você não tivesse escapado de Acapulco.

— Você parece pálido, é verdade, Richard... como se não tivesse dormido por uma semana. Deixe sua mente sossegar, meu amigo. *Está tudo bem*. A viagem foi proveitosa. Agora, se Deus nos der brisas favoráveis para o retorno, dois anos de esforço honesto serão recompensados. A justiça será feita. Os ímpios da alta sociedade serão rebaixados.

Ele sempre falava como se estivesse impressionado com um terrível senso de sua responsabilidade em trazer à luz as iniquidades dos ricos; e, nesta ocasião, sua expressão era extraordinariamente séria.

— Onde está minha garotinha? Qual é o número de sua cabine? Gostaria de lhe roubar um beijo antes de acordar, mas suponho que a cuidadosa Marie tenha trancado a porta, então não vou perturbá-las. Ainda faltam três horas para o dia raiar. Posso contar-lhe toda a história de minhas aventuras nesse intervalo, e suponho que você tenha o direito de ouvi-la o mais rápido possível. Não vou mantê-lo em suspense. Entre na cabine.

Encontramos um cantinho sossegado, onde, nas primeiras horas após a meia-noite, à luz fraca das lâmpadas da cabine, naquele momento quase apagadas, escutei, desnecessário dizer com doloroso interesse, o relato da visita do sr. Burton ao México. Vou recontar a história aqui, tal como ele a passou para mim, com as mesmas reservas que, evidentemente, tinha ao falar comigo.

Tais reservas — algo que não pude deixar de notar que o detetive fazia com frequência, desde o início de nossa amizade, e que, o leitor se lembrará, às vezes, despertava minha indignação — me confundiam e me incomodavam, mas logo chegaria o momento em que eu as compreenderia e apreciaria.

Naquele dia de nossa viagem, quando o navio foi detido para o desembarque de parte de seus passageiros em Acapulco, o sr. Burton, inquieto com a demora, estava inclinado sobre a amurada do convés, tamborilando impacientemente os dedos, quando sua atenção foi aos poucos absorvida pela conversa de um grupo de mexicanos ao seu lado, vários dos quais faziam parte do grupo que estava prestes a deixar o navio. Eles falavam o espanhol corrompido de seu país, mas o ouvinte compreendia bem o suficiente para entender o que era dito.

Um deles descrevia uma cena que ocorreu quando desembarcou naquele mesmo porto, cerca de dois anos antes. O navio, com destino a São Francisco, sofreu um acidente e foi levado até Acapulco para reparos. A maioria dos passageiros, sabendo que a embarcação não sairia antes de 24 horas, quebrou a monotonia do atraso desembarcando. Vários nova-iorquinos rudes, que iam para as minas, brigaram com alguns nativos, e armas, como facas e pistolas, foram usadas livremente. Um cavalheiro chamado Don Miguel, dono de uma grande e valiosa *hacienda* a mais ou menos cinquenta quilômetros de Acapulco, e que acabara de desembarcar do vapor, tentou, imprudentemente, interferir, pois não queria que seus compatriotas fossem tão sensíveis com os visitantes. Foi recompensado por suas boas intenções com uma facada na lateral do corpo. Ele sangrou profusamente e logo estaria morto se seu ferimento não tivesse sido tratado de imediato por um jovem americano, um dos passageiros de Nova York, que havia desembarcado para ver a paisagem e não participara da briga, observando a *mêlée* quando Don Miguel foi ferido. O mexicano, extremamente grato pela atenção rápida, concebeu uma simpatia calorosa pelo jovem, cuja rapidez e prontidão "ianque" atraíram sua atenção enquanto a bordo do navio. Tendo dado a prova de sua aptidão para o lugar ao curar o ferimento de Don Miguel, o cavalheiro, durante as duas ou três horas em que o jovem estrangeiro permaneceu às suas ordens, ofereceu-lhe o cargo de médico em sua imensa propriedade, com a promessa de que ele receberia benefícios muito mais importantes do que um salário. Essa oferta, após breve hesitação, foi aceita pelo estrangeiro, que afirmou estar em busca de fortuna e não lhe importava onde a encontraria. Fosse no México ou na Califórnia, apenas queria ter a certeza de que seria abastado. Isso, Don Miguel, com essa amizade súbita, prometeu de pronto. Além das vastas terras de pasto, ele tinha interesse nas minas de prata que faziam fronteira com sua *hacienda*. O dr. Seltzer ficou profundamente interessado e, de excelente humor, voltou ao navio para pegar sua bagagem, então despediu-se de seus companheiros de viagem.

— E pode se considerar de fato afortunado — disse o sr. Burton —, pois todos se sentiriam honrados pela amizade de Don Miguel, que é tão nobre quanto rico. De minha parte, não entendo como ele depositou tanta fé no médico "ianque", que tinha para mim um ar de aventureiro. Contudo, ele o levou para casa, fez dele um membro de sua família, e, antes de eu deixar Acapulco, ouvi falar que Don Miguel lhe dera sua única filha como esposa, uma moça linda que poderia ter escolhido os melhores jovens da região.

Pode-se imaginar com quanto interesse o sr. Burton ouviu a história revelada pelo mexicano tagarela. Ele imediatamente imaginou que nosso homem poderia ser esse bem-aventurado dr. Seltzer, que havia se registrado como senhor, e não doutor, na lista de passageiros, e cujo nome estava entre aqueles que o detetive selecionara como suspeito.

(Interrompi aqui a narrativa de meu amigo para explicar a questão das notas que foram trocadas por espécie com um passageiro, mas descobri que o sr. Burton já sabia tudo sobre elas.)

Aos poucos, e com tato, o sr. Burton não demorou a extrair do grupo uma descrição da aparência pessoal do dr. Seltzer, junto com todos os fatos e as conjecturas relativos a sua história desde sua ligação com Don Miguel. Tudo que ouviu o deixou "duplamente certo", e não havia tempo a perder ao decidir o caminho a ser seguido nesta bifurcação inesperada da perseguição. Descer em Acapulco era óbvio, mas o que fazer com o restante do grupo, ele não conseguiu, a princípio, determinar. O sr. Burton sabia que eu estaria ansioso para acompanhá-lo; ainda assim, temia que, se todos nós desembarcássemos e alugássemos quartos em algum dos hotéis, o astuto dr. Seltzer, sem dúvida sempre alerta, poderia perceber um motivo para alarme e garantir sua segurança ao fugir.

Seguir sozinho, com um nome falso, como um explorador científico de minas, parecia-lhe o método mais seguro e discreto para abordar a presa, e o sr. Burton tomou essa decisão antes de nos procurar para anunciar sua intenção de desembarcar em Acapulco e nos deixar seguir viagem sem ele.

6. ENFIM, ENFIM

Enquanto nosso navio se afastava em direção ao mar aberto, o sr. Burton caminhou até a antiga cidade espanhola em ruínas e parou no hotel, onde encontrou vários de seus companheiros de viagem. Essas pessoas ficaram surpresas com o fato de ele ter abandonado o restante de seu grupo para uma visita à decadente cidade, mas, quando lhes explicou o desejo de visitar algumas das minas abandonadas e examinar o caráter da região montanhosa, antes de prosseguir com investigações semelhantes na Califórnia, o espanto delas deu lugar à indolência habitual de temperamentos pouco curiosos.

Havia no hotel dois ou três americanos, que rapidamente se apresentaram ao sr. Burton, ávidos por notícias de casa. Enquanto conversavam, o jantar das quatro da tarde foi anunciado. Bebeu seu chocolate tranquilamente, após a sobremesa, conversando à vontade com seus novos amigos; e, ao manifestar o desejo de conhecer mais a velha cidade, um deles se ofereceu para acompanhá-lo em uma caminhada. Eles passearam entre palmeiras e voltaram pelas ruas dilapidadas, tornadas pitorescas por uma procissão de católicos, que serpenteavam pelo crepúsculo com suas tochas, até que a lua surgiu e brilhou sobre o oceano agitado.

A maioria das pessoas, em negócios semelhantes aos do sr. Burton, teria ido de imediato ao cônsul americano para obter assistência, mas ele se sentia totalmente à altura do desafio e não desejava ajuda no empreendimento que estava prestes a levar a cabo. Por isso, recusou o convite de seu companheiro para visitar o cônsul e, enfim, voltou ao hotel. Ao chegar, sentou-se um pouco no corredor aberto e iluminado pela lua, antes de se retirar para o quarto, onde ficou acordado, analisando os passos a serem tomados no dia seguinte, e um tanto perturbado pelas portas e janelas abertas, que eram a norma do estabelecimento.

Ele despertou da primeira tentativa de dormir com um cachorro esfregando o focinho frio em seu rosto, e da segunda, com um lagarto o escalando; mas, como não era um homem nervoso, conseguiu dormir profundamente. Serviram-lhe, de manhã cedo, uma xícara de café em seu quarto e, antes que o tardio desjejum estivesse pronto, ele já tinha saído, concluindo os preparativos para uma visita às terras de Don Miguel. Todos conheciam a reputação daquele cavalheiro, e o sr. Burton não teve dificuldade em conseguir os serviços de dois indígenas seminus e de aparência preguiçosa para servirem de guias, os quais, com três mulas desamparadas, destinadas a carregar a comitiva, estavam à porta quando ele terminou a refeição. Foi aconselhado a ir armado, pois, embora o caminho até Don Miguel fosse antigo e muito percorrido, havia sempre algum perigo naquele país. Uma ou duas pistolas seriam o suficiente, nem que fossem para manter a ordem entre seus guias.

O sr. Burton agradeceu seus conselheiros, disse-lhes que não temia coisa alguma e partiu na longa, quente e tediosa viagem — cinquenta quilômetros no lombo de uma mula, sob o sol do Sul, era algo mais trabalhoso do que ele jamais imaginou que uma jornada daquela extensão pudesse ser. Ao meio-dia, descansou um pouco em uma miserável pousada à beira da estrada e comeu tortilhas fritas toleráveis com uma sobremesa de limão, banana e laranja. Com um suprimento dessa refrescante iguaria nos bolsos, ele enfrentou o sol vespertino, determinado a chegar na *hacienda* antes de escurecer.

À medida que se aproximava de seu destino, a paisagem mudou. A estrada larga, que cortava uma área de palmeiras, campos de milho e pomares de figos e pêssegos, tornou-se mais estreita e irregular, e a superfície do terreno mais acidentada. Diante dele, as colinas se erguiam, crescendo conforme recuavam, alguns dos picos brilhantes parecendo cintilar com a neve. Um ar fresco desceu delas; o cenário, embora mais selvagem, era lindo e muito romântico. Cansado como estava com a conduta de uma mula que condizia com a reputação de sua espécie, o sr. Burton desfrutou da magnífica cena diante dele, conforme se aproximava da *hacienda* de Don Miguel. A propriedade ficava ao sopé de uma colina, a primeira de uma cadeia que se sobressaía a ela, com vista para o vale. Planícies ricas, algumas altamente cultivadas, e outras cobertas com rebanhos de centenas de cabeças de gado, ficavam na base da colina, que era fortemente arborizada e de onde saltava uma cascata cintilante, não mais bela aos olhos do que a promessa de frescor aos pastos abaixo e os "privilégios hídricos" às minas que se acreditava estarem em algum lugar nos cânions da montanha.

Antes de entrar na propriedade, o sr. Burton garantiu uma noite de alojamento para seus *peons* em uma cabana à beira da estrada, e, tendo-os recompensado muito bem, dispensou-os do serviço, seguindo sozinho pela estrada particular, que, através de bosques de árvores floridas e perfumados pomares de pêssegos, conduzia à longa, baixa e espaçosa mansão de Don Miguel.

O criado que veio recebê-lo informou que o proprietário estava em casa, e logo foi levado a sua presença, na fresca sala de estar com piso de cerâmica, onde descansava, esperando a hora do jantar.

A capacidade de agradar do sr. Burton era grande demais e seu refinamento muito real para que não conseguisse causar a impressão que desejava no cavalheiro em cuja casa ele se intrometera. A fria cortesia com que foi inicialmente recebido logo adquiriu um tom mais cálido, e foi com sincera cordialidade que Don Miguel lhe ofereceu abrigo e plena liberdade para fazer todas as pesquisas que desejasse sobre seu patrimônio. A habitual antipatia dos espanhóis por *los yankees* parecia superada no caso de Don Miguel, talvez devido à amizade que tinha com o genro, de quem logo falou, antecipando o prazer que daria ao dr. Seltzer de conhecer um cavalheiro que vinha de sua antiga casa, Nova York. Por esse motivo, deu boas-vindas duplas ao desconhecido. O sr. Burton se interessou pelo anfitrião e gostou dele, considerando-o inteligente, generoso e entusiasmado; seu coração o repreendeu quando ele pensou na missão para a qual fora àquele pequeno paraíso isolado, tão distante do mundo e tão adorável que parecia que o mal deveria tê-lo esquecido.

Os dois conversaram por quase uma hora, quando Don Miguel disse:

— Chegou a hora do jantar. Permita que um criado lhe mostre seus aposentos, e lhe daremos tempo para pelo menos lavar o rosto e as mãos após sua cansativa viagem. Estava tão entretido com a notícia que o senhor me trouxe dos Estados Unidos que negligenciei seu conforto. O dr. Seltzer subiu a montanha hoje para cuidar um pouco de nosso interesse nas minas, mas espero seu retorno a qualquer instante. Ele ficará encantado em conhecer um compatriota.

O sr. Burton duvidava daquela última afirmação, pois sabia que o remorso de uma consciência culpada levava o indivíduo a uma inquietação que tornava qualquer acontecimento inesperado motivo de suspeita. Quando a porta se fechou atrás dele na grande e arejada câmara para a qual foi levado, o detetive afundou, por alguns momentos, em uma cadeira, e algo semelhante a um tremor sacudiu seus nervos em geral firmes. Estava tão perto do objetivo que mantivera em vista durante dois anos, que, por um instante, a agitação tomou conta de seu corpo. Ele logo se recuperou, porém, e passados quinze minutos, quando o *peon* voltou para anunciar que a refeição fora servida, havia refrescado sua coragem com um jato de água fria, e já era o mesmo quando pôs os pés na sala de jantar.

Apenas duas pessoas estavam presentes no recinto: seu anfitrião e a bela mulher que ele apresentou como filha, a sra. Seltzer, o que o fez ter certeza de que o outro membro da família ainda não havia retornado. Os três sentaram-se à mesa, coberta com uma refeição elegante, sendo o primeiro prato um peru assado de excelente sabor.

Havia uma oferta abundante de porcelanas e pratarias; e não demorou cinco segundos para o sr. Burton concluir que o antigo farmacêutico de Blankville — se fosse realmente ele, como o detetive presumia com tanta certeza — tinha ido parar em um lugar invejável.

Enquanto seu olhar penetrante repousava no rosto requintado que o confrontava através do "pálido espectro do sal", ele ficava se perguntando, com angústia interior, por que não havia contornado aquele aventureiro antes, quando a jovem criatura que viu diante de si ainda não havia unido seu destino com o do culpado.

Ela era linda como nossas fantasias mais sonhadoras sobre mulheres espanholas, de acordo com o relato do sr. Burton, e ele não era um entusiasta. Viu que a moça estava tão inquieta quanto uma ave que sente falta de seu companheiro, seus olhos escuros vagando constantemente até a porta e seu ouvido tão preocupado em ouvir o passo esperado, que mal percebia os comentários feitos a ela pelo estranho. Uma vez, a moça lhe perguntou, com muito interesse, se ele conhecera o dr. Seltzer em Nova York, mas, com a resposta negativa, ele pôde adivinhar que havia caído na estima dela, pois a mulher imediatamente perdeu o interesse nele.

Os sentidos do convidado estavam todos em alerta; mas foi pelo fogo repentino que saltou e derreteu nos olhos da Donna e pela rica cor que brilhou em sua bochecha até então azeitonada, que ele foi informado da aproximação do marido da moça. Ela ouvira ao longe o galope do cavalo e agora sentava-se, emudecida, aguardando, até ele chegar ao portão, atravessar a varanda e entrar no cômodo. Em três minutos, o homem estava na sala de jantar.

O visitante o encontrou da maneira que ele mais desejava — quando não foi avisado de companhia e não teve chance de colocar uma máscara. Por fora, o sr. Burton estava sereno como um dia de verão, mas, por dentro, seus dentes estavam cravados na língua para impedir que gritasse: "É ele!".

Quando o dr. Seltzer notou pela primeira vez o desconhecido na sala e ouviu seu sogro dizer: "É um patrício seu, de Nova York, doutor", seu leve sobressalto de surpresa teria, para a maioria das pessoas, parecido completamente natural, mas a pessoa cujo olhar cortês encontrou o seu viu nele o primeiro impulso de uma apreensão sempre pronta — um alarme, coberto de imediato por uma falsa cordialidade que o levou a cumprimentar o estranho com extrema simpatia.

O recém-chegado se retirou por um momento para seu quarto a fim de se preparar para a refeição. Ao retornar e ocupar seu lugar à mesa, trouxeram-lhe pratos; a Donna também parecia ter recuperado o apetite, prejudicado pela ausência do marido; seguiu-se uma hora alegre e de alta sociabilidade.

O dr. Seltzer poderia ter sido bonito se seus olhos não possuíssem a inconstante incerteza que se lança diante de uma alma que não ousa encarar francamente seus semelhantes e se uma expressão maligna não dominasse suas feições. Seu rosto seria de desconfiança em qualquer companhia inteligente de nosso próprio povo; mas os espanhóis, com quem ele agora se associava, estavam tão acostumados com a traição e a mentira entre os seus, e tão familiarizados com feições afins e sutis olhos escuros, que ele, sem dúvida, nunca os impressionou desfavoravelmente. Ele era um espanhol de coração e encontrara, em sua nova vida, uma realidade agradável. Não que todos os espanhóis fossem necessariamente assassinos — mas seu código moral é diferente do nosso. Don Miguel era um excelente cavalheiro, honrado em um grau incomum para um mexicano, verdadeiro e otimista em seus sentimentos e completamente enganado quanto ao caráter e às habilidades do indivíduo a quem tanto confiara. Havia um sabor amargo na taça do triunfo do sr. Burton: ao prender o malfeitor, ele chocaria aquele amável anfitrião e arruinaria a felicidade de sua inocente filha.

Depois do jantar, sentaram-se na varanda por algumas horas. A lua crescente mergulhou atrás dos bosques de árvores perfumadas; as estrelas cintilavam no céu, grandes e, para um olhar do Norte, sobrenaturalmente brilhantes; o vento estava delicioso com calor e doçura; e a bela mulher, cujos olhos suaves permaneciam sempre no rosto do marido, parecia ainda mais adorável sob o claro luar. (Apesar de toda a seriedade da história, meu amigo insistiu nesses detalhes, porque os observou e eles se tornaram parte da narrativa em sua mente.)

A conversa discorreu principalmente sobre mineração. O sr. Burton tinha domínio científico suficiente para deixar claro que sua expedição exploratória tinha o propósito de aumentar esse conhecimento. Antes de se retirarem para dormir, o dr. Seltzer prometeu acompanhá-lo, no dia seguinte, por toda a parte montanhosa da fazenda.

O visitante se recolheu cedo, cansado da viagem, mas não dormiu tão tranquilamente como de costume. Ficou perturbado com o oneroso dever ao qual se dedicara. Visões da Donna, pálida de tristeza e reprovação, e do interrogatório que ele resolvera fazer com o assassino, sozinho na encosta da montanha, quando, pela força de vontade e pela rapidez da acusação, esperava arrancar-lhe a confissão desejada, mantiveram-no acordado por muito tempo. Uma vez ele se levantou da cama, pois, deitado naquele estado febril em que todos os sentidos estão exaltados, ouviu, ou imaginou ter ouvido, a maçaneta da porta girando e uma pessoa entrando em silêncio no quarto. Conhecendo as tendências desonestas dos servos espanhóis, não tinha dúvidas de que um deles havia entrado para roubá-lo, então permaneceu parado, mas pronto para atacar o intruso caso ele o percebesse perto da cama. O quarto estava mergulhado na escuridão, pois a lua havia se posto algum tempo antes. Se ele fez algum barulho ao se levantar do sofá ou se o visitante desistiu de seu propósito no último momento, o sr. Burton só podia conjecturar. Após alguns instantes de silêncio absoluto, ouviu a porta se fechando de leve novamente e viu que estava sozinho. Logo depois, caiu no sono, e acordou durante o raiar do dia para ver que sua bolsa e suas roupas estavam intocadas.

Foi convocado para um desjejum adiantado, servido apenas para os dois excursionistas; seu companheiro foi, se possível, ainda mais sociável e amigável do que na noite anterior. O sol mal havia nascido quando eles se levantaram para montar nos cavalos que os esperavam na porta. Uma cesta de almoço foi colocada na sela do dr. Seltzer, cuja última ordem ao criado era de que o jantar fosse servido às quatro da tarde, pois precisariam fazer uma refeição quando voltassem. Então, através de um mundo de orvalho, frescor e perfume, brilhando com os primeiros raios do sol, os dois homens partiram em direção às montanhas.

Depois de seguirem por uma estrada tranquila durante cerca de oito ou dez quilômetros, começaram a escalar a primeira de uma série de colinas já mencionadas. A estrada ainda era tolerável, mas, quando avançaram para a região das minas, foram obrigados a deixar os cavalos em uma edícula que pertencia à fazenda e a prosseguir a pé até os desfiladeiros da montanha.

O cenário se tornou selvagem, indo além do pitoresco — era surpreendente, desolador, grandioso. Vestígios de antigas minas, outrora exploradas, mas abandonadas, eram visíveis por toda parte. Enfim chegaram a uma mina nova, que estava sendo explorada com sucesso pelos *peons* de Don Miguel. Havia aproximadamente quarenta homens trabalhando sob as ordens de um feitor. O dr. Seltzer mostrou ao seu companheiro as melhorias recentes que haviam sido feitas, a maquinaria que ele próprio introduziu e parte da qual inventou, dizendo que, com aquele sistema, Don Miguel estava se tornando um homem rico mais rápido do que imaginava ser possível. O riacho da montanha, considerado visível a grande distância, brilhando de grandes alturas, era utilizado para fazer o trabalho pouco romântico de lavar o minério e moê-lo. O anfitrião chamou o feitor para dar todas as informações desejáveis ao viajante, e então foi feita uma longa visita guiada. O almoço foi servido sob a sombra fresca de uma saliência rochosa; e então o dr. Seltzer propôs, se o visitante não estivesse muito cansado, levá-lo mais acima, a um local que havia descoberto no dia anterior, no qual ele tinha todos os motivos para acreditar que continha um veio de prata mais rico do que qualquer outro aberto até então — na verdade, achava que havia uma fortuna escondida no desfiladeiro selvagem a que se referia, e convidou o sr. Burton a fazer uma observação científica.

Esta era a oportunidade que o sr. Burton desejava para ficar a sós com o homem. Pode parecer estranho que tenha proposto confrontar o assassino desta forma solitária, sem testemunhas que corroborassem qualquer confissão que pudesse arrancar do culpado, mas o detetive conhecia o suficiente da natureza humana para saber que o criminoso confrontado é quase sempre um covarde, e não tinha medo de que essa pessoa, se culpada, acusada de ter um nome falso e um caráter ainda mais falso, se recusasse a fazer o que lhe era exigido. Mais uma vez, seu principal objetivo, muito mais importante do que a descoberta do verdadeiro assassino contratado, era obter do cúmplice assustado uma confissão completa e explícita de *quem o havia contratado para cometer o crime* — o verdadeiro assassino, cujo dinheiro pagara pela ação que sua própria mão covarde não conseguira realizar. Forte em recursos que nunca lhe falharam, o sr. Burton estava ansioso pelo encontro singular que havia planejado.

Depois de deixar para trás todos os vestígios, os dois subiram por um caminho acidentado e entraram em um cânion, em cujo centro rugia uma torrente espumosa e que era tão profundo e protegido que, mesmo ao meio-dia, o caminho era fresco e a luz do sol mais fraca. À medida que caminhavam ou escalavam, os dois foram ficando em silêncio. Sobre o que o dr. Seltzer poderia estar pensando, o sr. Burton não sabia — sua mente estava voltada para a cena que aguardava o primeiro momento adequado para encenar. O médico, que deveria ter agido como guia, de alguma forma ficou para trás.

— Que direção devo seguir? — perguntou o sr. Burton.

— Suba o desfiladeiro estreito à direita — respondeu seu companheiro, logo atrás —, mas tome cuidado. Um passo em falso poderá jogá-lo nas rochas lá embaixo. Em três minutos estaremos em uma região segura e bela, com os pés em chão prateado.

Então, ele se aproximou, mas o caminho era estreito demais para permitir que o homem o ultrapassasse, de forma que o sr. Burton continuou a liderar o caminho.

Já me referi muitas vezes às percepções sutis do detetive, um magnetismo que chegava a ser quase mágico, de forma que meu leitor vai entender como o sr. Burton, mesmo estando na dianteira, e sem olhar para o companheiro, sentiu uma sensação curiosa e irritante percorrendo seus nervos.

Ele chegou, então, à parte mais estreita do perigoso caminho. Uma imensa rocha se estendia para cima, uma parede poderosa à direita e, à esquerda, muito abaixo da saliência irregular, uma via de fácil acesso e coberta de arbustos ao longo da qual ele caminhava, espumava e rugia a torrente sobre rochas que se projetam aqui e ali acima da água espumosa. Diretamente à frente, surgiu um obstáculo com cerca de 1,5 metro de altura, uma pedra coberta de pequenos arbustos resistentes, um dos quais ele agarrou para ultrapassar.

Contudo, em vez de continuar, como sua ação parecia indicar que estava prestes a fazer, ele se virou e agarrou o braço do dr. Seltzer. Seu movimento foi rápido como um raio, mas na hora certa. O braço que segurava estava levantado para golpeá-lo, com uma adaga espanhola na mão.

Uma luz furtiva e assassina, quase vermelha em sua intensidade, ardia nos olhos que agora afundavam diante de seu rosto. Por um instante, o assassino frustrado ficou surpreso; então, uma luta entre os dois homens teve início. O dr. Seltzer fez esforços desesperados para lançar seu antagonista na torrente abaixo, mas, embora frenéticos e cheios de raiva e ódio, seus esforços violentos não tiveram êxito. Pelo contrário, o sr. Burton, calmo e controlado, apesar do espanto momentâneo, empurrou o adversário para trás ao longo do caminho estreito até ambos chegarem a um terreno seguro, no meio de um pequeno platô gramado que haviam atravessado recentemente, onde ele o segurou, tendo-o desarmado da faca.

O que causou seu espanto momentâneo foi o fato de que o dr. Seltzer o conhecia e suspeitava de seu objetivo, fato que compreendeu instantaneamente ao se virar e ler os olhos assassinos que encontraram seu alvo. Naquele momento, enquanto o segurava, ele falou:

— Outra facada nas costas, George Thorley?

— Bem, e por que veio aqui, maldito detetive de Nova York?

— Vim para persuadi-lo a entregar as provas para o Estado.

— O quê? — De repente, houve uma ligeira mudança na voz, que dizia, contra sua vontade, que o aventureiro se sentia aliviado.

— Quero que dê seu testemunho escrito e juramentado sobre quem o contratou, pela soma de dois mil dólares, para assassinar o sr. Moreland, em Blankville, no dia 17 de outubro de 1857.

— Quem disse que eu o matei? *Que isso!* Você deve pensar que sou um simplório para ser persuadido a admitir isso.

— Não desperdicemos palavras, Thorley. Eu conheço você, toda a sua história, todas as suas más ações... ou o suficiente para que seja enforcado. Tenho um mandado de prisão em meu bolso, que trouxe dos Estados Unidos. Poderia ter vindo com uma escolta de Acapulco para prendê-lo de imediato, sem lhe dar chance alguma de explicação. Mas tenho minhas próprias razões para desejar manter esse assunto em segredo... uma delas é que não quero que um relato prematuro alarme seu cúmplice, homem ou mulher, seja quem for, até que eu possa colocar minha mão na pessoa certa.

— O que o faz pensar que eu o matei?

— Não importa o que me faz *pensar*... eu não penso, eu *sei*. Tenho o instrumento com o qual cometeu o ato, com suas iniciais no cabo. Tenho a carta que escreveu ao seu cúmplice, reivindicando a recompensa. Em resumo, tenho provas suficientes para condená-lo duas vezes. A única esperança que tem de alguma misericórdia de minha parte é fazer de uma vez tudo que lhe peço... que consiste em fornecer uma declaração completa por escrito, com seu nome verdadeiro, de todas as circunstâncias que levaram ao assassinato.

— Não sou tão tolo a ponto de amarrar a corda em meu próprio pescoço.

Ao responder, ele deu um puxão poderoso para se livrar da posição desagradável em que estava. Então, o sr. Burton tirou um revólver do bolso do peito, comentando:

— Vou soltar você, Thorley, mas, se tentar fugir, atirarei sem pestanejar. Suponha que consiga se livrar de mim... que bem isso lhe faria? Sua vida aqui estaria arruinada, pois eu o exporia a Don Miguel. Teria que abandonar a esposa, o país e a fortuna; tudo que preservaria seria sua vida vil, que não me proponho, no momento, a tomar.

— A vida de um homem é seu maior bem.

O DEPARTAMENTO DE CARTAS MORTAS

— Uma verdade que você deveria ter se lembrado antes de tirar a de outra pessoa. Não conversaria jamais com um canalha como você, Thorley; gostaria, sim, de puni-lo como merece. É pelo bem dos outros, nos quais estou interessado, que lhe dou esta única oportunidade de misericórdia. Eis papel, caneta e tinta; sente-se naquela pedra e escreva o que lhe pedi.

— Que segurança você me oferece contra as consequências de me criminalizar? Quero que prometa que não ficarei pior por isso.

— Você está em meu poder, não pode exigir promessa alguma de minha parte. No entanto, vou consentir isso, como disse antes, pelo bem dos outros: eu o deixarei escapar do mandado que tenho contra você e nunca colocarei os oficiais de justiça em seu encalço. Uma coisa, porém, devo fazer e farei. Não posso deixar este paraíso, no qual você rastejou como uma serpente, sem avisar Don Miguel sobre o tipo de criatura em que ele depositou sua confiança e está abrigando.

— Ah, não faça isso, sr. Burton! Ele me largará no mundo e estarei exposto às mesmas tentações de sempre. Venho levando uma vida melhor, de fato... mudado, bastante mudado, e arrependido.

— Tão mudado e arrependido, tão honrado, que foi apenas impedido, agora mesmo, de me matar e me jogar nessa ravina por minha própria prudência.

— Havia muito em jogo. Eu estava desesperado. O senhor precisa me perdoar. Não seria normal para mim submeter-me a ver tudo que ganhei ser arrancado de mim... Minha vida estava em risco, pois o reconheci cinco minutos após me sentar à mesa ontem à noite.

— Não fazia ideia de que já tinha me visto — falou o sr. Burton, disposto a ouvir como o homem o conhecia, quando ele mesmo só encontrara Thorley no dia anterior.

— Certa vez, estive interessado em um caso de falsificação em que foi contratado para detectar os criminosos, através do exame de diversas caligrafias que lhe foram fornecidas. O senhor acusou um cidadão altamente respeitável, para o espanto de todos, e o condenou também. Eu, que fui contratado para fazer algumas transações, mas que não compareci de forma alguma no caso, o vi no tribunal uma ou duas vezes. Por *acidente*, descobri que era um agente secreto da polícia. Quando o encontrei aqui, fingindo ser um cientista, minha consciência não ficou tão tranquila a ponto de me cegar. Vi o que estava em jogo. Tinha a escolha entre minha própria segurança e a sua. Não fui tão altruísta a ponto de decidir a seu favor, e então...

— Visitou meu quarto ontem à noite.

— Sim. Mas, pensando melhor, decidi que hoje teria uma oportunidade mais produtiva. Se tivesse esperado mais um segundo, seus amigos teriam dificuldade em rastrear seu destino. Uma desculpa para meu sogro, de que você voltou para Acapulco sem se despedir, por um caminho mais próximo, teria encerrado a investigação. — Ele cerrou os dentes, ao concluir, incapaz de esconder o quanto lamentava que o conveniente *dénouement** havia sido interrompido. — Foi por acaso que se virou? — perguntou ele, após um momento de silêncio.

— Eu estava atento. Pensei ter visto assassinato em seus olhos hoje, quando os fitei de repente, mas, como acreditava que era um desconhecido, eu dificilmente poderia crer em minha própria impressão. Ela cresceu, no entanto, à medida que prosseguimos, e "com minhas costelas pinicando"***, virei-me a tempo de evitar o elogio que estava prestes a me fazer. Mas estamos perdendo tempo. Escreva o que quero. Não permitirei mentiras. Posso dizer quando vejo ou ouço uma. Se disser qualquer inverdade, eu o obrigarei a corrigi-la.

---

* Do francês, "desfecho". [*N. T.*]
** Alusão à tragédia *Macbeth*, ato 4, cena 1. [*N. T.*]

Coagido pelo olhar que nunca deixava de observar o menor movimento e pelo revólver mantido ao alcance de seu peito, o médico, relutante, pegou a folha de papel e a caneta-tinteiro que lhe foram oferecidas, sentou-se na pedra e, usando a parte superior do seu *sombrero* como apoio, escreveu lentamente durante dez ou quinze minutos. Então, levantou-se e entregou o documento, assinado com seu verdadeiro nome, ao detetive, que, com um olho no prisioneiro e outro no papel, leu o texto, sem dar a seu oponente a chance de lucrar com qualquer relaxamento de sua vigilância.

— Você disse a verdade, ao menos uma vez na vida — comentou ele, ao terminar de ler o que havia sido escrito. — Eu mesmo descobri tudo isso, fato por fato, exceto um ou dois acontecimentos que fornece aqui, mas preferi receber seu testemunho antes de levar o assunto às autoridades competentes, por isso vim atrás disso — confidenciou o sr. Burton, como se uma viagem a Acapulco fosse uma das coisas mais fáceis e comuns de se fazer.

— Você parece calmo — observou o aventureiro, olhando para seu adversário com ódio, ao qual se misturava uma admiração forçada de "clareza", que, se ele mesmo a tivesse, poderia ter usado para vantagem própria. — E, agora, talvez faça a gentileza de me dizer se o caso gerou muita polêmica.

— Não quero falar com você. Quero, sim, que lidere o caminho de volta aos cavalos, pois, visto que já terminei com o senhor, posso revelar que não aprecio sua companhia. Deve ir comigo até Don Miguel, para revelarmos seu verdadeiro caráter, já que com ele "é melhor prevenir do que remediar".

— Ah, não faça isso! Imploro que me poupe, pelo bem de minha esposa... Isso a mataria, ela me ama tanto! — E a criatura caiu de joelhos.

— De fato, preferiria permitir que você ainda desempenhasse seu papel naquela pequena família em vez de explodir o coração inocente da mulher com tal conhecimento. Porém, sei que, mais cedo ou mais tarde, vai conseguir partir o coração confiante dela, o que pode ser ainda pior no futuro do que agora. Ela ainda não tem filhos, é jovem e a ferida talvez venha a se cicatrizar. É uma função desagradável, mas preciso fazê-la.

Depois seguiu-se uma cena de súplicas, orações e até lágrimas de um lado, e propósito implacável do outro.

7. DE VOLTA PARA CASA

O dr. Seltzer e seu amigo cientista voltaram, descendo a montanha, e chegaram à estrada florida que levava à mansão por volta das quatro da tarde. Até que, de repente, o médico virou seu cavalo e partiu em velocidade máxima na direção de Acapulco. O sr. Burton não atirou para impedi-lo; se ele desejava fugir da revelação horrível, pois não tinha coragem de encará-la, não era mais problema do detetive. Essa fuga provaria sua culpa de forma incontestável. Foi com uma pontada de pena que ele notou a Donna indo até a varanda com o rosto iluminado de expectativa para encontrar o marido. O sr. Burton revelou que o médico havia seguido pela estrada sem dizer quanto tempo esperava demorar e, pedindo para falar a sós com Don Miguel, ele, de imediato, sem rodeios, revelou-lhe os fatos dolorosos.

É claro que o Don ficou bastante chocado e triste, mais por conta de sua filha do que por si mesmo, e culpou-se severamente por ter trazido um estranho, sem as credenciais apropriadas, para sua casa. Se o assassinato tivesse sido cometido por ciúme, raiva ou qualquer impulso de paixão, ele não teria pensado tão mal do rapaz, mas o fato de ter sido cometido por *dinheiro* era, na opinião dele, irreparável e uma desgraça.

O sr. Burton havia pensado em retornar a Acapulco durante aquele fim de dia, considerando que sua presença não seria mais bem-vinda pela família em tais circunstâncias, mas Don Miguel proibiu-o de tentar fazer a viagem àquela hora tardia, que, se já poderia ser perigosa a qualquer momento, imagina com a possibilidade de o médico estar à espreita, esperando-o para um ataque. Da conversa que se seguiu entre o pai e a filha, o sr. Burton não participou e não viu mais a bela e jovem esposa, pois deixou a *hacienda* cedo na manhã seguinte. Contudo, seu pai o informou que ela aceitara a notícia melhor do que o esperado — simplesmente porque se recusava a acreditar que o marido era culpado!

Don Miguel e dois criados acompanharam o sr. Burton de volta à cidade; o patriarca afirmava que tinha negócios que requisitavam uma visita à cidade cedo ou tarde, embora seu convidado soubesse muito bem que o objetivo verdadeiro era protegê-lo de qualquer ameaça de perigo. Por isso, se sentia grato, mesmo que sua coragem não tivesse se dobrado perante a ideia de um assassinato secreto.

O sr. Burton ficou detido em Acapulco por vários dias antes de ter a oportunidade de ir para o istmo. Nesse tempo soube, por um mensageiro que Don Miguel lhe enviara, que, durante sua ausência, nos dois dias de viagem à cidade, o dr. Seltzer havia retornado e pegado todos os artigos de valor que podia levar consigo, inclusive as joias que a Donna herdara da mãe e uma grande soma em ouro. Além disso, persuadira a esposa a acompanhá-lo para alguma região desconhecida. Na carta que Don Miguel escrevera ao estranho, ele se declarava como alguém roubado e desolado. Não foi a perda do dinheiro ou das joias, mas a de sua pobre, confiante e amorosa filha que o deprimira. A moça era dona de um desses caráteres impulsivos e passionais, que precisam amar, mesmo que considerem o outro indigno. Nada que seu marido fizesse poderia torná-lo diferente para a moça do que o homem a cujo destino o dela estava ligado "na alegria ou na tristeza". O sr. Burton dobrou a carta com um suspiro; nada em seu poder poderia alterar o destino daquela jovem criatura, que prometia ser tão triste.

Enquanto estava no antigo local em ruínas, tomou precauções extraordinárias para garantir a própria segurança, pois acreditava que o dr. Seltzer, ou George Thorley, tentaria dar o troco, não apenas pela vingança em si, mas para silenciar a acusação que ele levaria de volta aos Estados Unidos. Foi bom que tivesse sido tão precavido, pois, entre outras provas de que foi perseguido, estava a seguinte: certa tarde, enquanto estava sentado no grande e arejado corredor do hotel, uma idosa entrara com uma cesta e lhe oferecera laranjas particularmente bonitas. Ele comprara algumas das maiores e estava prestes a dar uma mordida quando percebeu que ela *não* oferecera as frutas para outros clientes. Assim, ele a encarou com mais atenção e viu que algo estava errado. Após a mulher se demorar um pouco para ver se o sr. Burton comeria a fruta, ele saiu para a rua e, na presença dela, chamou um porco desgarrado, ao qual deu pedaços da laranja. Ao ver isso, a velha bruxa, que era indígena, desapareceu rapidamente, e, logo depois, o porco morrera.

Foi, portanto, com satisfação que o detetive finalmente se despediu de Acapulco em um navio de retorno. Ele esperou algum tempo no istmo, onde os dias demoraram a passar, mas se consolou com seu lema sobre paciência; como me garantiu no fim de sua narrativa:

— Se os céus nos derem uma passagem favorável para casa, chegaremos *a tempo* e tudo ficará bem.

O dia raiava quando o sr. Burton terminou sua história; a chuva havia cessado, mas uma névoa espessa pairava sobre o mar e a terra, tornando tudo sombrio e desagradável.

— Devo ir acordar minha menininha — disse ele, se levantando.

— Mas ainda não leu a confissão por escrito de Thorley.

— Richard, deve me perdoar se não acho apropriado que a leia no momento. Há um porquê nisso, embora não devesse manter qualquer uma de minhas informações em segredo. A confissão não me surpreendeu; há muito tempo sabia quem era o assassino, só não podia provar. Você logo ficará tranquilo em relação a esse assunto. Rezo apenas para que, agora, façamos uma viagem rápida, e que Leesy Sullivan ainda esteja viva quando chegarmos a Nova York, Richard! — falou com um gesto fervoroso. — Não faz ideia da agitação constante em que me encontro... tenho tanto medo de que cheguemos *tarde demais*. Não posso suportar o horror que isso seria para mim.

E, de fato, parecia, naquela época, que meu interesse cativante dificilmente se igualava ao de meu companheiro, que ainda não tinha coisa alguma em jogo, enquanto eu tinha muito. Não só naquele instante, mas em vários outros momentos durante o restante da viagem, ele expressou tanta ansiedade com a possibilidade de a srta. Sullivan morrer antes de chegarmos em casa, que eu, que estava sempre me torturando com conjecturas, reavivei minhas suspeitas de que ela tinha alguma relação com o assassinato.

Nesse ínterim, o sol nasceu entre a agitação do desembarque do navio para o trem. Por sorte, a neblina desapareceu às oito da manhã, e pudemos apreciar a magnífica paisagem por onde seguíamos — cenários tão variados, em sua selvageria e na exuberância de suas plantas, e o aspecto isolado de sua beleza, com esta barulhenta maravilha da civilização que espalhou seu dilúvio de faíscas ao longo do caminho de lindas flores tropicais que acenavam para nós, às vezes, em longas serpentinas de flores dos galhos mais altos de árvores gigantescas.

Nada aconteceu que prejudicasse a tranquilidade da viagem de volta para casa. No dia esperado, chegamos a Nova York e pus os pés na terra com uma sensação curiosa de animação, pois nos aproximávamos do fim de nossa função, o que quase me deixou tonto.

Pegamos uma carruagem e fomos até a casa do sr. Burton; a governanta esperava por seu patrão, de forma que encon-

O DEPARTAMENTO DE CARTAS MORTAS

tramos a casa preparada para nossa recepção. Um belo jantar foi servido no horário usual, mas eu não consegui comer. O apetite e o sono me fugiam diante da expectativa que me consumia. Meu anfitrião, que notou minha intensa e reprimida emoção, prometeu-me, antes de eu me retirar para dormir, que amanhã, se Deus quisesse, os esconderijos dos ímpios seriam revelados — que eu e todos os interessados testemunharíamos o triunfo do inocente e a confusão do culpado.

8. É CHEGADA A HORA

Levantei-me sem ter dormido nem sequer um minuto e começei aquele que seria o dia mais memorável de minha vida. Não sei o que comi ou bebi, mas notei que o semblante do sr. Burton tinha uma aparência peculiar e iluminada, como se sua alma estivesse regozijando-se interiormente por uma conquista. No entanto, ainda havia preocupação e alguma perplexidade nele. Imediatamente após o desjejum, ele avisou que sairia:

— Richard, fique aqui por algumas horas com Lenore até eu descobrir se a srta. Sullivan está viva ou morta. Não deveria ter ido para a cama ontem à noite sem saber disso, mas estava incomodado com uma severa dor de cabeça. Este é o primeiro passo nas tarefas do dia. Assim que possível, relatarei meu progresso.

E se retirou.

O período de sua ausência pareceu muito longo. Lenore, a doce criança, que herdara muito da percepção do pai, viu que eu estava inquieto e impaciente e se esforçou para me entreter. Cantou algumas de suas melhores músicas, enquanto eu vagava pelos salões como um tigre malcriado. Ao fim de duas horas, meu amigo retornou, parecendo menos perplexo do que quando se retirou.

— Deus é bom! — disse ele, apertando minha mão, como se me desse os parabéns. — Leesy Sullivan está viva, embora muito frágil. Ela mal consegue fazer uma viagem, mas, como lhe expliquei o objetivo, consentiu em ir. Diz que está à beira da morte e que não importa como seja seu passamento; está disposta, pelo bem dos outros, a enfrentar uma provação da qual poderia naturalmente recuar. Até agora, então, tudo caminhando como esperado.

Seria esta dor causada pela iminência de se declarar culpada e cúmplice? O sr. Burton a persuadira de que, já que a doença estava avançada demais para que a lei pudesse pegá-la, a costureira pudesse confessar um segredo perigoso e sombrio?

Não conseguia responder as perguntas que minha mente insistia em fazer.

— Não vai demorar mais que algumas horas — sussurrei para mim mesmo.

— Vamos para Blankville no trem vespertino — disse ele. — Leesy nos acompanhará. Até chegar a hora, não há qualquer coisa que possamos fazer.

Eu preferiria trabalhar quebrando pedras ou levantando barris do que a ociosidade, mas, como o detetive queria que eu permanecesse na casa como precaução, a fim de não encontrar algum conhecido curioso nas ruas, fui forçado a fazer a pior das coisas: esperar. As horas enfim passaram, e o sr. Burton foi na frente com uma carruagem, para levar a srta. Sullivan até a estação, onde eu o encontraria a tempo do trem das cinco da tarde. Quando a vi, perguntei-me como ela teria a força para aguentar a viagem, pois parecia tão mal — uma fraca faísca de vida que poderia ser extinta com um sopro. O sr. Burton quase teve que carregá-la para dentro do vagão, onde a colocou em seu lugar, com o capote como travesseiro.

Tomamos os assentos em frente a ela, e, quando aqueles olhos grandes e insondáveis encontraram os meus, ainda cintilando com seu antigo brilho, sob o cenho pálido, não conseguia explicar as sensações que tomaram conta de mim. Todas as cenas estranhas pelas quais passei na casa dos Moreland flutuaram e me prenderam em um inusitado feitiço, até que esqueci em que lugar estávamos ou que outras pessoas nos cercavam.

Quando o trem começou a avançar rápido e passou pelas imediações da cidade, Leesy pediu para abrirmos a janela.

O ar estava frio e fresco, seus lábios febris engoliram-no como um gole revigorante. Alternava minha visão entre ela e a paisagem, já corada com o vermelho do pôr do sol. Era um dia frio de dezembro, mas claro; o chão estava congelado e o rio brilhava com um azul intenso de aço escovado. A faixa vermelha do crepúsculo pairava sobre as Palisades. Eu envelheci três anos naquela viagem curta, e, quando alcançamos nosso destino, caminhava como se estivesse em um sonho. Já era noite quando desembarcamos em Blankville, e a lua brilhava. Uma mulherzinha agitada passou diante de nós, carregando uma caixa grande, que deu ao entregador expresso da cidade, dizendo a ele para ter muito cuidado e levá-la imediatamente até o advogado Argyll.

— Suponho que seja o véu — disse ele, com uma risada.

— Sim, e também o vestido, todos selecionados por mim — falou a mulherzinha, com ar de importância. — Carregue a caixa nas mãos, senhor, e não permita que algo chegue perto dela.

Quando ouvi aquelas palavras, meu rosto ficou quente de raiva. Que Mary Argyll já estivesse casada ou muito perto de contrair matrimônio, eu sabia, mas não conseguia ouvir essa referência ao casamento ou ver seus preparativos sem sentir dor. Ainda assim, aquele assunto não era de minha conta.

O sr. Burton também tinha ouvido o breve colóquio, e notei seus lábios franzidos com uma expressão feroz enquanto passávamos sob a lâmpada que iluminava o cruzamento. Ele nos levou para o hotel perto da estação. Ah, como era sufocante, como a memória estava próxima! Para dentro daquele prédio que o pobre Henry fora levado naquela manhã miserável. Parecia que havia acontecido ontem mesmo. Acho que Leesy também estava se lembrando de tudo, pois, quando uma xícara de chá foi trazida para ela, a pedido do sr. Burton, ela a afastou com aversão.

— Leesy — disse ele, olhando firmemente para a mulher e falando com autoridade —, não quero que falhe comigo agora. A provação logo chegará ao fim. Prepare-se com toda a força que tem. Vou sair por um momento... talvez por meia hora. Quando retornar, vocês deverão estar prontos para ir comigo até a casa do sr. Argyll.

Fiquei quase tão abalado com essa perspectiva quanto a mulher frágil que estava sentada, tremendo, em um canto do sofá. Entrar naquela casa de onde saíra com tanta ignomínia; encarar o rosto de Eleanor; encontrar todos aqueles que um dia foram meus amigos; saudá-los como estranhos, pois eram, naquele momento, ao menos para mim; aparecer em seu meio sob circunstâncias tão estranhas... para ouvir não sei o quê... para desvendar o mistério... meu coração parecia não bater e estar cercado de gelo. Senti um frio em meu peito.

Tanto Leesy quanto eu nos assustamos quando o sr. Burton voltou para o quarto.

— Tudo está bem até agora — comentou ele, com uma voz clara e animada, que, ainda assim, tinha o tom alto da animação. — Vamos, não percamos os melhores momentos, pois é chegada a hora.

Cada um de nós deu um braço à srta. Sullivan, que mal conseguia colocar um pé após o outro. Seguimos devagar por *aquele* caminho, no qual, aliás, eu não pisava sem estremecer desde a noite do assassinato. Um gemido baixo saiu dos lábios de Leesy quando passamos pelo local onde o corpo de Henry foi encontrado. Passado pouco tempo, chegamos ao portão da propriedade dos Argyll e, aqui, o sr. Burton nos deixou mais uma vez.

— Entrem — disse ele — daqui a cinco minutos. Sigam até a biblioteca e batam à porta. Richard, gostaria muito que ocupasse um lugar perto da janela saliente.

Ele foi em frente e entrou na residência, sem tocar a campainha e deixando a porta aberta ao passar. Olhei para meu relógio sob o luar, forçando-me a contar os minutos, de forma a estabilizar minha cabeça, que estava em transe. Quando o tempo acabou, ajudei Leesy a entrar no vestíbulo mal iluminado e, diante da biblioteca, bati à porta, de acordo com as instruções. Fui recebido pelo próprio sr. Argyll.

Havia uma luz clara brilhando vindo do lustre, que iluminava completamente o cômodo. No meio de uma enxurrada de lembranças, dei um passo para dentro, mas meu cérebro, que estava agitado e tonto, ficou de súbito calmo e frio. Quando o sr. Argyll viu quem era, recuou um pouco e não me deu saudação alguma. Bastou um olhar para ver que todos os membros da família estavam presentes. Eleanor ocupava uma poltrona à mesa de centro, Mary e James sentavam-se no mesmo sofá. Eleanor olhou para mim com uma espécie de espanto e James assentiu quando meu olhar encontrou o dele, o rosto expressando surpresa e desagrado. Mary se levantou, hesitou e, por fim, foi em frente, perguntando:

— Como está, Richard?

Fiz uma mesura para ela, mas não peguei sua mão esticada, e ela voltou para o lugar ao lado de James. Nesse meio-tempo, o sr. Burton colocou Leesy Sullivan sobre uma poltrona. Então, dei alguns passos e ocupei um lugar perto da janela. Tive tempo de observar a aparência de meus antigos amigos, estava calmo o suficiente para fazer isso. O sr. Argyll havia envelhecido muito mais do que o esperado; sua silhueta era um tanto curvada e toda a sua aparência era fraca; fiquei triste ao notar isso, como se ele fosse meu próprio pai, pois um dia o amara dessa forma. Mary parecia a mesma de quando eu a vira, três meses antes, naquela visita clandestina ao carvalho, iluminada e linda, a imagem do que Eleanor fora um dia. Esta, sem dúvida, estava mais pálida do que de costume, pois minha aparição a assustara. Contudo, havia em suas feições o mesmo olhar extasiado, distante e espiritual exibido desde aquele dia em que ela se casara com o espírito de seu amado.

O sr. Burton trancou a porta que ia para o vestíbulo, então cruzou o cômodo e fechou a que dava para a sala. Por fim, sentou-se, dizendo:

— Sr. Argyll, como disse alguns momentos atrás, tenho notícias importantes para passar, e tomo a liberdade de fechar as portas, pois seria muito desagradável se fôssemos interrompidos ou que algum dos criados escutasse o que tenho a dizer. Talvez o senhor já saiba a natureza do que vou falar, por ter trazido essas duas pessoas comigo. Não incomodaria vocês com esse assunto doloroso se não acreditasse que preferem conhecer a verdade, mesmo que seja triste reviver o passado. No entanto, imploro para que mantenham a calma e para que escutem em silêncio o que tenho a dizer.

— Permanecerei bastante calma, não tema — murmurou Eleanor, que pareceu ainda mais fraca, pois foi olhando para ela que o sr. Burton fez esse pedido.

Estava tão ocupado analisando Eleanor que não notara o efeito que teve nos outros.

— Sr. Argyll — disse o detetive —, nunca abandonei um caso até ter desvendado o último de seus mistérios. Quase dois anos se passaram desde que o senhor achou que havia parado de investigar o assassinato de Henry Moreland. Contudo, não permiti, nem por um dia, que o caso ficasse parado em minha mente. Sempre que ficava ocioso, seguia parcialmente todas as pistas que me foram colocadas nas mãos no momento em que discutimos o assunto pela primeira vez. Não foram apenas as tristes circunstâncias da tragédia que me trouxeram um interesse incomum por ela. Tornei-me profundamente ligado à sua família e, como desde o primeiro momento... sim, desde a primeira hora em que soube do assassinato... acreditava ter descoberto o autor do crime, não poderia permitir que o assunto acabasse em silêncio. O senhor se lembra, é claro, de nossa última conversa. Algumas ideias, que eu recusei, foram apresentadas. O senhor sabe como a discussão de todos os fatos que conhecíamos à época terminou. Suas suspeitas recaíam sobre um membro honroso e estimado da família... o senhor *temia*, embora não tivesse certeza, de que Richard Redfield tivesse cometido o ato. O senhor me deu todas as razões que tinha para manter essa opinião... e algumas eram até boas, mas eu, então, combati a hipótese. No entanto, fiquei mais ou menos abalado pelo que o senhor disse, e falei, antes de partir, que, se aqueles eram seus sentimentos em relação ao jovem, o senhor não deveria permitir que ele fizesse mais parte de sua família. Acredito que ele compreendeu o que o senhor pensava a seu respeito e logo depois deixou o local, passando a morar, na maior parte do tempo, em Washington, empregado como funcionário do Departamento de Cartas Mortas. Acredito *agora*, sr. Argyll, que o senhor não estava completamente errado em suas conjecturas. *Descobri o assassino de Henry Moreland e tenho provas!*

Esta afirmação, proferida deliberadamente, causou a sensação esperada. Eleanor, com seu antigo hábito de se controlar, deu um leve grito e começou a tremer como uma folha sob o vento forte. Exclamações surgiram dos lábios de todos — acredito que James proferiu um xingamento, mas não tenho certeza, pois eu, talvez mais do que todos na sala, estava, naquele momento, confuso. Quando me ocorreu a ideia de que o sr. Burton estava agindo contra *mim* e que tinha tomado essas precauções para me colocar sob seu poder, em um lugar em que não poderia me defender, eu me levantei.

— Sente-se, sr. Redfield — falou o detetive para mim, severo. — Não há escapatória para os culpados. — E, levantando-se, pegou a chave da porta e colocou no bolso, lançando-me um olhar de difícil compreensão.

Eu voltei a me sentar, não porque fui ordenado, mas porque estava fraco de espanto. Enquanto fazia isso, encontrei o olhar de James, que ria em silêncio com um triunfo tão odioso que, naquele momento, pareciam os olhos de um demônio.

Todos os sentimentos que, em vários momentos, foram despertados por esse terrível caso em nada se comparavam com aqueles que me dominaram durante os poucos instantes que se seguiram. Meu pensamento percorreu diversos caminhos com a rapidez de um relâmpago; mas não consegui encontrar luz no fim de qualquer um deles. Comecei a acreditar que George Thorley, em sua confissão, incriminara a *mim* — uma pessoa que ele não conhecia e que nunca falara com ele —, e era por *esta* razão que o sr. Burton não quis me mostrar o documento, professando uma amizade falsa enquanto me levava para o fundo do poço! Se fosse esse o caso, que inimigo secreto eu tinha que poderia instruí-lo a atribuir o assassinato a mim? Se ele tivesse *me* acusado, eu estava bastante ciente de que muitas pequenas circunstâncias poderiam ser alteradas para fortalecer a acusação.

Fiquei lá, sobressaltado. Mas sempre há força na inocência, mesmo quando você é traído pelos amigos! Então, permaneci quieto e escutei.

— Quando um crime como esse é cometido — continuou o detetive, bastante calmo em meio à nossa agitação —, em geral, procuramos por um *motivo*. Depois da ganância, vêm com frequência a vingança e o ciúme. Sabemos que o dinheiro nada teve a ver com a morte de Henry Moreland... foram, sim, a vingança e o ciúme. Há três ou quatro anos, morava aqui em Blankville um rapaz, um boticário, de nome George Thorley. O senhor se lembra dele, sr. Argyll?

O idoso assentiu.

— Ele era um aventureiro, autodidata em Medicina, sem princípios. Logo após se estabelecer no vilarejo, apaixonou-se por esta mulher que trouxe comigo, a srta. Sullivan. Ela o rejeitou, tanto porque tinha alguma percepção do seu caráter verdadeiro quanto porque estava interessada em outro. Ela me permite dizer aqui que certa vez confessou amar Henry Moreland. Amava-o de maneira pura e sem egoísmo, sem querer qualquer coisa além de sua felicidade e sem ter esperanças de ser algo para ele além da costureira de sua mãe, a quem ele por vezes ajudava como caridade.

"Contudo, George Thorley, com a agudeza do ciúme, descobriu sua paixão, que ela achava estar escondida de olhos mortais, e concebeu o ódio brutal de uma natureza inferior contra o jovem cavalheiro, que ignorava tanto ele quanto seus sentimentos. Até então, mal algum havia sido feito, e talvez nada teria surgido dali, pois Henry Moreland vivia em um mundo diferente do dele, e os dois poderiam nunca ter tido contato. Mas outro busto também estava possuído pelo demônio do ciúme. Alguém íntimo de sua família aprendera a amar sua filha Eleanor... não apenas amá-la, mas também ver a fortuna e a posição que seriam conferidas por um casamento com ela como algo extremamente desejável. Ele não aceitava o noivado da srta. Argyll com o sr. Moreland. Alimentava pensamentos ruins, que ficaram ainda mais amargos com a felicidade cada vez mais aparente dos dois. Certa vez, ele estava no portão do jardim quando o jovem casal passou por ele, para dar um passeio. A pessoa os observou com um olhar sombrio, falando em voz alta, sem perceber, o pensamento de seu coração. Ele disse: "Eu o odeio! Queria que estivesse morto!". Na mesma hora, para sua surpresa e seu desespero, uma voz respondeu: "Concordo com você... Não deseja a morte dele tanto quanto eu!". Quem falou isso foi Thorley, que, de passagem, vira o jovem casal saindo do portão e que também permanecera observando-os.

"Foi uma coincidência infeliz. O primeiro indivíduo que falou olhou para o segundo com raiva e desgosto, mas ele traíra a si mesmo, e o outro sabia disso. Ele riu de forma imprudente enquanto seguiu em frente, mas logo retornou e sussurrou: 'Eu não faria objeções a tirá-lo do caminho, se fosse bem-pago por isso'. 'O que quer dizer?', perguntou o outro, zangado, e a resposta foi: 'Exatamente o que eu disse. Eu o odeio tanto quanto você, você tem dinheiro, *ou consegue arranjar*, e eu não. Pague-me bem por esse trabalho, e vou tirá-lo de sua vida tão firmemente, que ele não vai mais interferir em seus planos'. O jovem cavalheiro fingiu estar, e talvez estivesse, indignado. De qualquer forma, o sujeito foi embora, sorrindo, mas suas palavras deixaram, como ele planejara, um veneno para trás. Em menos de um mês, a pessoa procurou Thorley, em seu esconderijo na cidade... pois ele havia sido, como devem se lembrar, expulso de Blankville por voz da opinião pública... e conversou com ele sobre a possibilidade de o jovem Moreland ser tirado do caminho, sem risco de descobrirem aqueles que tiveram participação nisso.

"Thorley concordou em fazer tudo sem riscos para os dois. Ele queria três mil dólares, mas seu cúmplice, que sabia que o senhor estava prestes a sacar dois mil de um banco em Nova York, prometeu esse montante a ele, com o qual Thorley concordou e ficou satisfeito. Era esperado e planejado que o assassinato fosse cometido na cidade, porém, à medida que o tempo se acabava, a oportunidade não se apresentou. Finalmente, quando o navio a vapor no qual Thorley desejava fugir para a Califórnia estava prestes a partir, e nenhuma coisa melhor apareceu, ele seguiu o sr. Moreland no trem vespertino e o esfaqueou, sob a cobertura da chuva e da escuridão, em algum lugar entre a estação e a casa. Depois, com medo de voltar para o trem, por receio de parecer suspeito, foi até as docas, roubou um bote preso a uma corrente e remou pelo rio, completamente protegido da observação humana pela tempestade. Na manhã seguinte, estava em Nova York, com roupas e rosto e cabelo mudados, sem qualquer coisa nele que levantasse a mínima suspeita de que estivesse conectado à tragédia que acabara de ser descoberta.

"No entanto, ele escreveu uma carta, endereçada a John Owen, Peekskill, na qual afirmava, em termos obscuros, que o instrumento com o qual o crime foi cometido estava escondido em um certo carvalho nas imediações e que era melhor ele cuidar daquilo. Tenho a carta e o instrumento quebrado. A maneira como foi escondido na árvore foi a seguinte: depois do assassinato, protegido pela chuva, ele teve a audácia de se aproximar da casa, na esperança de se comunicar com seu cúmplice e receber o dinheiro diretamente de suas mãos, o que tornaria desnecessário uma viagem ao Brooklyn para esse fim. Porém, não o encontrou. Notando, então, que poderia ter uma visão melhor da sala através da metade superior aberta da veneziana, escalou o grande carvalho no canto e observou todos vocês por alguns minutos daquela noite. Percebeu, naquele momento, pela luz que brilhava pela janela, que o instrumento estava quebrado na ponta, e como era importante livrar-se dele. Ao descobrir por acaso um ponto oco no galho em que estava, enfiou a arma do crime bem no coração podre da madeira.

"Foi ele quem a srta. Sullivan viu descendo da árvore naquela noite horrível em que ela, infelizmente, levada por um amor desesperado, embora puro, passando por aqui a caminho da casa da tia, não pôde evitar um olhar furtivo da felicidade dos dois seres que tão cedo, na opinião dela, tornariam-se um só. Ela não esperava vê-los novamente até o casamento, e um impulso tolo e selvagem, se devo chamá-lo assim, levou-a para o jardim, para olhar pela janela saliente... uma loucura que quase teve sérias consequências para ela.

"George Thorley escapou e tomou um navio que iria até São Francisco, mas o barco parou em Acapulco, e ele recebeu ali a oferta, de um cavalheiro espanhol, para se tornar o médico de sua imensa propriedade. Era o país ideal para uma personalidade como a de Thorley. Ele aceitou a proposta, conquistou a estima do espanhol, casou-se com sua filha e tinha o que seu coração queria, quando me deparei com ele e perturbei sua serenidade. Sim! Sr. Argyll, fui para a Califórnia atrás do malfeitor, pois tinha rastros dele que me levaram a fazer a jornada, e foi por um acidente providencial que confirmei que ele estava perto de Acapulco, onde também desembarquei, procurei-o e arranquei a confissão dele, que tenho aqui por escrito. Ele contou a história toda, e tenho todas as evidências que um tribunal poderia exigir para confirmá-la. É o suficiente para o cúmplice dele ser enforcado, sem dúvida."

À primeira menção do nome de George Thorley, por acaso olhei para James, em cujo semblante passou uma mudança indescritível; ele se mexia, inquieto, olhava para as portas fechadas e depois direcionava os olhos para o sr. Burton. O detetive não o fitou nem por um momento durante a narrativa, e continuou firme até o fim, em tom claro e baixo, mas seguro e assertivo, para não ser ouvido do lado de fora. Tendo observado James uma vez, não consegui prestar atenção em qualquer outra pessoa. Eu parecia ver a história refletida em seu semblante, em vez de ouvi-la. Ondas de calor passaram por ele, seguidas por uma palidez acinzentada, que se aprofundou em um tom azul doentio. E, à medida que o narrador se aproximava do ápice de sua história, senti-me como alguém que olha para uma janela aberta do abismo sem fundo.

— Já contei *quem* contratou George Thorley para assassinar Henry Moreland? — perguntou o sr. Burton na pausa que se seguiu.

Essa pessoa era tida como certa, e, enquanto ele fazia a pergunta, todos os olhos se voltaram para mim — todos menos os de James, que, de repente, saltou na direção da porta que dava para a sala, que não estava trancada. Mas o detetive era rápido demais para ele, que o segurou pelo ombro; e, conforme ele virava o indivíduo que tentara a fuga para a luz, falou em palavras que pareciam fogo:

— Foi seu sobrinho, James Argyll.

Por um segundo, seria possível ouvir uma folha caindo no carpete, e ninguém falou ou se mexeu. Então, Eleanor se levantou da poltrona, e, erguendo a mão, observou, com um olhar horrível, o assassino acuado. O olhar dela o atingiu em cheio. James se contorcia sob o aperto do sr. Burton, mas, naquele momento, como se em resposta ao olhar da prima, ele confessou:

— Sim... sou o culpado, Eleanor.

E desabou no chão, desmaiado.

9. UNINDO OS ELOS PERDIDOS

A cena que se sucedeu foi angustiante. A repulsa de sentimento, o choque, a surpresa e o horror eram quase demais para a natureza humana suportar. Gemido após gemido irrompeu dos lábios do sr. Argyll, como se seu peito estivesse se rachando em dois. Mary cambaleou até a irmã e se jogou aos pés dela, com a cabeça enterrada em seu colo; se ela não fosse tão saudável e de temperamento tão equilibrado, não sei como teria sobrevivido a esse terrível teste às suas esperanças e afeições. Parecia que Eleanor, que viveu apenas para sofrer durante tantos meses desgastantes, tinha mais autocontrole do que qualquer um ali; sua mão fina e branca pousou sobre os cachos da irmã como o toque de uma pena, e, depois de um tempo, sussurrou para Mary algumas palavras. Minha própria surpresa foi quase tão grande quanto a de qualquer um, pois, embora muitas vezes *sentisse* que James fosse o culpado, sempre tentei afastar a impressão e quase tive sucesso.

Nesse ínterim, ninguém foi até o homem infeliz, que encontrou alívio temporário da vergonha e do desespero na insensibilidade. Todos se afastavam dele, enquanto James estava deitado no chão. Por fim, o sr. Burton o forçou a se levantar e o colocou no sofá, dando-lhe um lenço molhado com colônia.

Mary se ergueu de sua posição ajoelhada e observou o quarto ao redor até seu olhar recair em mim, quando veio em minha direção e segurou minhas mãos, dizendo:

— Richard, *eu* nunca o acusei. Sempre achei que era inocente e nunca me calei quanto a isso. Por favor, perdoe os outros por mim. Meu pai e minha irmã são testemunhas de que sempre o defendi das acusações de alguém que, agora está provado, procurou, com uma baixeza inconcebível, desviar as suspeitas de si. — Sua voz tremia com desprezo. — Nunca quis me casar com ele — comentou ela, explodindo em lágrimas —, mas eles me persuadiram.

— Cale-se, irmã — disse Eleanor, com gentileza, levantando-se e se aproximando. — Todos nós o julgamos erroneamente, Richard... talvez além de sua capacidade de perdão. Ai de nós, mas podemos ver que inimigo nobre você foi.

Naquele momento, senti-me recompensado por tudo que sofri, e disse com alegria:

— Nunca um inimigo, srta. Argyll, e a perdoo de todo o coração.

Então, houve outra agitação: James tentava mais uma vez escapar do grupo que o desprezava, porém o sr. Burton, novamente, ficou entre ele e a saída, falando:

— Sr. Argyll, o senhor deve decidir o futuro deste homem miserável. Mantive todos os procedimentos em segredo do público; até permiti que George Thorley permanecesse no México, pois achei que sua família já havia sofrido muito, sem sobrecarregá-la com a infâmia de seu sobrinho. Se o senhor disser que ele deverá ficar legalmente impune, cumprirei seu desejo, e o assunto será mantido em segredo pelos poucos que o conhecem. Pelo bem de *vocês*, e não pelo dele, eu o pouparia da merecida morte, mas James deve deixar o país para sempre.

— Deixe-o ir — determinou o tio, com as costas voltadas ao assassino, a quem não conseguia encarar. — Vá imediatamente. E lembre-se, James Argyll, se eu voltar a ver seu rosto, se souber que está em alguma parte dos Estados Unidos, tomarei as providências para que seja preso imediatamente.

— Assim como eu — falou o sr. Burton. — Deus sabe que, se não fosse por essas jovens, cujos sentimentos são sagrados para mim, não o deixaria escapar tão facilmente.

Ele abriu a porta e James Argyll saiu furtivamente noite adentro, ninguém sabe para onde, marcado, expatriado e sozinho — para longe, sem nem um olhar para a bela moça que logo seria sua noiva —, para longe da casa que ele havia arriscado sua alma para garantir como sua.

Quando ele se foi, todos respiramos mais aliviados. O sr. Burton ainda tinha muito a dizer, pois desejava encerrar aquele assunto horrível para sempre. Ele pegou o instrumento cirúrgico que havíamos encontrado na árvore, encaixou-o na peça extraída do corpo do homem assassinado e mostrou à família as iniciais de George Thorley. Ele então mostrou a confissão escrita do médico, que todos nós lemos, mas, como continha apenas, de forma clara, os fatos já apresentados, não os repetirei aqui. Prosseguiu então com a história da CARTA MORTA, que também carregava consigo. A missiva revelou ter a mesma caligrafia da confissão. Ao falar da maneira curiosa como esse documento foi perdido para ser recuperado no momento certo pela pessoa certa, ele pareceu considerar os acontecimentos quase celestiais.

Então, ele prosseguiu com uma história minuciosa de todos os passos dados por nós dois, nossa jornada através do oceano, o maravilhoso sucesso que dependia de paciência, perseverança e energia, garantindo o triunfo final da justiça. Para concluir, falou:

— Ainda devo muitas explicações a vocês, sr. Argyll e sr. Redfield. Não posso apresentar-lhes os mil fios sutis pelos quais traço o curso de uma busca como essa e que me tornam um detetive tão bem-sucedido, mas posso explicar algumas coisas que, por vezes, confundiram os dois. Em primeiro lugar, há em mim um poder que não é possuído por todos; chame-o de instinto, magnetismo, clarividência ou notável percepção nervosa e mental. Seja o que for, ele me permite, muitas vezes, *sentir* a presença de criminosos, assim como a de pessoas muito boas, poetas e artistas. No dia em que esse caso foi apresentado a mim, foi trazido por dois jovens, seu sobrinho e o indivíduo aqui presente. Não demorei dez minutos na presença dele para começar a perceber que *eu estava na companhia do assassino*, e, antes de os homens se retirarem, já havia decidido quem era o culpado. Mas teria sido uma temeridade imperdoável denunciá-lo sem provas. Ao fazer isso, teria colocado-o na defensiva, frustraria o objetivo da justiça e me sobrecarregaria com essa denúncia. Esperei e observei... coloquei-o sob vigilância. Naquela noite em que ele pegou a barca do Brooklyn para pagar o assassino de aluguel, estava no rastro dele; ouvi a consternação furiosa com que ele acusou Richard de segui-lo, quando este o encontrou.

"Não demorou muito após eu começar a investigar o caso para que ele se aproximasse de mim cautelosamente, como

fez com o senhor, com indicações sobre quem poderia ser o culpado; ele me fez ver o quanto seria do interesse de seu amigo Richard se os rivais estivessem fora do caminho, e quanto ele amava a srta. Eleanor Argyll. Perdoem-me, amigos, pela franqueza... toda a verdade deve ser dita. Mas não preciso me demorar em seus métodos, pois os senhores devem estar familiarizados com eles. Confesso que ele tinha tato; se não o tivesse lido desde o início, também poderia ter sido enganado. Ele não se mostrou ansioso demais na busca de pessoas suspeitas, coisa que os culpados quase sempre fazem. Ele não *suspeitava* da srta. Sullivan, como Richard fazia. Eu era favorável à perseguição à srta. Sullivan por dois motivos: o primeiro foi ocultar minhas verdadeiras suspeitas; o outro foi depois de encontrar seu lenço no jardim e sua fuga, pois eram motivos realmente fortes para supor que ela estava ligada ao assassinato. Comecei a pensar que ela estava *mesmo* ligada ao crime, através de algum interesse em James Argyll. Eu não sabia, mas achava que ela poderia ter sido apegada a ele, que a criança de quem cuidava poderia ser dele... vejam, eu não sabia de pormenor algum. Sabia apenas que James era culpado e que precisava reunir as provas.

"Foi só depois de meu interrogatório com Leesy, na casa dos Moreland, que me convenci de que ela não tinha ligação alguma com o assassinato e que todo o seu comportamento estranho era resultado da dor que sentia pela trágica morte de alguém que amava secretamente. Quando tive uma conversa com o senhor naquela mesma tarde, vi que James havia envenenado sua mente com suspeitas sobre o sr. Redfield; pela mesma razão que me manteve em silêncio por tanto tempo... isto é, que eu acabaria por desenganá-lo... eu não o defendi, como deveria ter feito. Aparentemente, permiti que o caso fosse abandonado. Era só para que pudesse seguir a investigação sem ser perturbado. Eu já havia escolhido a Califórnia como refúgio do cúmplice e estava prestes a partir em busca dele quando Richard apareceu em cena com a carta morta na mão.

"Naquele momento, tive certeza do sucesso. Minha única preocupação era que não fosse consumado o casamento que selaria minha boca; pois, se Mary tivesse se casado antes de meu retorno, seria tarde demais para revelar a verdade. Isso me deixou bastante inquieto... não apenas por causa dela, mas porque não poderia esclarecer o caráter do sr. Redfield para aqueles amigos que o haviam injustiçado cruelmente. Escondi dele minhas suspeitas, embora fosse meu parceiro nas investigações, temia que sua impetuosidade pudesse levá-lo a cometer alguma indiscrição, e não queria que o culpado se alarmasse até que a rede fosse estendida aos seus pés.

"Hoje, quando cheguei aqui, continuei meu plano de permitir que o senhor permanecesse indeciso até o último momento, pois contava que a acusação súbita e avassaladora teria o efeito de fazer o assassino confessar, o que ele fez. Queria que a srta. Sullivan estivesse presente não apenas para corroborar quaisquer pontos de meu depoimento em que pudesse estar envolvida, mas também para que uma reparação pudesse ser feita a ela, pois nós a perturbamos e assustamos em demasia, a pobrezinha, quando seu único defeito foi uma percepção bastante aguçada da nobreza daquele mártir falecido, cuja memória seus amigos guardam de forma tão sagrada. Não lhe resta muito tempo, e pensei que seria reconfortante para ela saber que ninguém a culpa pela pura devoção que iluminou sua alma e a consumiu como o óleo que queima no perfume."

O sr. Burton nunca teve a intenção de soar poético, mas suas percepções eram de um tipo tão refinado que ele não pôde negar à pobre Leesy esse pequeno tributo a sua nobre insensatez. Suas palavras emocionaram Eleanor; a moça era muito nobre para desprezar a oferta infrutífera de outra humilde mulher no santuário que *ela* teve o privilégio de ministrar; acredito que, naquele momento, sentiu o interesse de uma irmã pela pobre e humilde, mas exaltada pelo amor, Leesy Sullivan. Eleanor atravessou o cômodo, tomou a mão fraca e apertou-a com ternura. Todos nós percebíamos o quanto aquela noite horrível cansara a enferma.

— Ela precisa se deitar imediatamente — disse Eleanor.

— Vou chamar Nora e pedir para colocá-la no quarto contíguo ao nosso, Mary.

As moças se retiraram para dar uma atenção gentil à mulher doente, mas, antes de saírem, pressionaram minha mão enquanto se despediam.

Nós três ficamos muito tempo conversando sobre cada detalhe da estranha história, pois não tínhamos vontade de dormir. E, antes de nos despedirmos, o sr. Argyll teve a hombridade de confessar que foi levado a me condenar sem justa causa.

— Eu o amava como um filho, Richard — confessou com a voz entrecortada. — Mais do que jamais amei James, pois sabia que ele tinha muitas falhas de caráter. Quando fui induzido a acreditar que você era o autor do crime que partiu nossos corações, fiquei ainda mais abatido. Minha saúde piorou, como vê; e eu insistia para que Mary se casasse com o primo, pois sentia que ela ficaria sozinha. Queria que as meninas tivessem alguém para protegê-las. Teria sido melhor deixá-las sob a supervisão de uma víbora — disse ele, estremecendo. — Pobre Mary! Ela tinha razão o tempo todo. Nunca amou James... embora, é claro, não fizesse ideia de qual era a verdade. Graças a Deus a situação não ficou pior!

Eu sabia que ele pensava no casamento, e também murmurei:

— Graças a Deus.

— Sr. Argyll — disse o sr. Burton, colocando uma das mãos sobre a do homem —, esse assunto terrível chegou ao fim tanto quanto possível. Deixe-me aconselhá-lo a refletir sobre ele o menos possível. Sua saúde já foi afetada. Reconheço que é suficiente para abalar a razão; mas, por isso, peço-lhe para retirar tudo isso de sua mente, para banir o pensamento de sua cabeça, para nunca mais se referir a este episódio. O senhor ainda pode ser feliz. Há um futuro justo diante de todos vocês, exceto da querida srta. Eleanor. Adote Richard como seu filho, torne-o seu sócio, como era sua intenção. Eu lhe garanto que ele vai poupá-lo dos negócios e dos cuidados domésticos, e que o senhor se sentirá, durante os anos que lhe restam, como se tivesse, de fato, um filho para confortá-lo.

— No entanto, não acredito que Richard queira ocupar tal lugar, depois de tudo que passou — lamentou o sr. Argyll, em dúvida.

Hesitei, por um instante, meu orgulho se rebelou, mas, se tudo havia sido perdoado, não deveria ser esquecido? Quando falei, foi com entusiasmo.

— Se o senhor precisa de um sócio no escritório e deseja que eu ocupe a vaga, assim o farei.

— Então, o pacto está assinado — falou o sr. Burton, quase alegremente. — E agora tentarei encontrar uma cama no hotel.

— Claro que não — disse o anfitrião. — Esta casa é tanto sua quanto minha, sr. Burton, para sempre. O quanto lhe agradeço por todo o tempo, dinheiro e esforço mental que despendeu em nosso favor não tentarei dizer hoje. Nossa gratidão não é dita porque é ilimitada.

— Não me agradeça por seguir meus instintos naturais — falou o detetive, sem afetação.

Com isso, apertou a mão do sr. Argyll e se retirou para o quarto que lhe fora designado.

Pela manhã, descobriu-se que a srta. Sullivan estava muito pior; a viagem e a agitação a deixaram muito doente, de modo que foi impossível para ela retornar à cidade com o sr. Burton. Chamaram um médico, que nos informou que ela não viveria por mais do que dois ou três dias. Ela ouviu a sentença com alegria aparente; apenas implorou para que o sr. Burton trouxesse a pequena Nora até ela no trem vespertino, para que pudesse ver a criança antes de morrer. Ele prometeu fazer isso e sempre cuidar do bem-estar da menina. A srta. Sullivan ficou muito emocionada ao se despedir do detetive, pois ele havia conquistado seu amor e sua confiança pela maneira com que a tratou.

A criança chegou e foi recebida com carinho pelas irmãs. Elas foram incansáveis nos cuidados com a sofredora, cujas últimas horas foram amenizadas por suas sinceras palavras de esperança e conforto. Leesy morreu com um sorriso no rosto, dando adeus a este mundo que fora tão frio com alguém de sua natureza passional e alegre.

Quando olhei para o cadáver, mal pude perceber que o fogo que havia tanto tempo queimava naqueles olhos maravilhosos estava apagado para sempre — não extinto, apenas levado para uma atmosfera mais pura. Ela foi enterrada sem alardes, mas com muita reverência, em um belo dia de inverno.

Sua pequena pupila era muito mimada pelas jovens. Certo dia, uma senhora por acaso a viu e, sabendo que era órfã, decidiu adotá-la, claro, com o consentimento do sr. Burton, que a entregou a uma nova mãe. Vi a pequena Nora recentemente; ela é uma criança bonita e bem-cuidada.

10. UMA NOVA VIDA

O inverno passou sem percalços. A ausência súbita de James Argyll causou muita fofoca inofensiva no vilarejo. Diziam, e, em geral, acreditavam, que ele tinha ido para o estrangeiro, em uma viagem ao Egito, porque a srta. Argyll o recusara. Por sorte, poucos sabiam dos preparativos para o casamento, pois os sentimentos da família eram sempre muito discretos. A mulher que preparou o vestido de noiva era uma modista nova-iorquina, que, provavelmente, nunca soube que o casamento não foi consumado.

Eu estava muito ocupado no escritório. A saúde do sr. Argyll era fraca, e os negócios se acumularam, o que tomava a maior parte de meu tempo. Ele queria que eu ficasse hospedado em sua casa, mas recusei; embora, como nos velhos e bons tempos, eu passasse quase todas as minhas noites lá.

Além do primeiro choque, Mary não pareceu sofrer com o término abrupto de um noivado no qual havia entrado com relutância. Cheguei até a acreditar que ela se sentia muito aliviada por não ter sido obrigada a se casar com um primo apenas para obter um protetor. Sua risada alegre logo retomou sua doçura; sua beleza brilhante floresceu no meio do inverno, trazendo rosas e sol para a velha mansão. Eleanor parecia adorar ver sua irmã feliz, incentivando-a gentilmente a se esforçar para afastar a sombra que pairava sobre a casa. Sua vida triste não permitia que prejudicasse a alegria de outra pessoa. Já afirmei que meus sentimentos em relação a ela mudaram de amor para uma intensa simpatia, uma reverência afetuosa. Acho que Mary e eu sentíamos por Eleanor a mesma coisa, uma terna consideração por seus desejos e hábitos e um profundo respeito pela maneira como ela sempre suportou sua perda. Não esperávamos que ela voltasse a ser alegre ou ter esperanças em um futuro melhor; então, não a irritávamos tentando mudá-la.

Nesse meio-tempo, uma grande mudança ocorria em minha própria natureza, da qual eu tinha apenas uma vaga consciência. Eu sabia apenas que gostava do trabalho árduo — que me sentia decidido e forte, e que minhas noites eram agradáveis e acolhedoras. Mais do que isso, não questionava. Escrevi para minha mãe um relato cauteloso do que havia acontecido, mas fui obrigado a visitá-la para explicar todos os fatos, pois não ousava confiá-los ao papel. E assim o inverno se fez sol e primavera novamente.

Foi o primeiro dia que realmente parecia primavera. Estava quente e chuvoso; havia um cheiro de violetas e grama nova no ar. A janela de meu escritório estava aberta, mas, à medida que a tarde passava e o sol brilhava depois de uma chuva de abril, não pude suportar a monotonia daquele lugar. Senti os "movimento cegos da primavera", que Tennyson atribui às árvores e plantas. E, de fato, eu estava em sintonia com a natureza. Eu me sentia *verdejante* — e, se o leitor encara isso como um descrédito meu, ele tem a liberdade de ter uma opinião. Sentia-me jovem e feliz — os anos pareciam ter caído como um manto de gelo, deixando aparecer as flores e o frescor. Sem saber para onde meus pés me levariam, caminhei em direção à mansão, e mais uma vez, como naquele outono que vi Eleanor pela primeira vez após a calamidade, direcionei-me até o caramanchão que coroava a encosta nos fundos do gramado. Pensando em Eleanor, entrei no lugar com passos leves e vi Mary sentada, olhando para o rio com um olhar sonhador. Ela corou ao perceber quem havia se intrometido em seu devaneio; percebi a cor cálida dominar, onda após onda, a linda bochecha e o cenho, e soube instantaneamente o segredo que ela guardava. Lembrei-me dos braços que um dia envolveram meu pescoço e as lágrimas que caíram sobre meu peito, vindas dos olhos de uma moça que, com uma voz ávida, dissera: "Não acredito em uma só palavra... em uma só palavra! E nunca acreditarei. Sou sua amiga. Amo você".

Ah, como foi doce aquela revelação para mim! Meu coração estava de todo preparado para recebê-la. Ao longo de meses, transferi a riqueza do amor jovem e esperançoso, que anseia pela felicidade de ser compartilhado, da irmã que foi criada tão acima da paixão mortal para esta querida, de aparência tão semelhante ao seu antigo eu. Meu rosto deve ter expressado minha felicidade, pois, quando fiquei ao lado de Mary, enquanto ela se sentava, e virei seu doce rosto em direção ao meu, ela deu apenas um olhar antes de desviar seus olhos para esconder seus pensamentos.

Eu a beijei e ela me beijou de volta, timidamente. Ela me amava; eu tinha uma companheira, mas bebi do cálice da alegria que é enchido para a juventude. Que crianças felizes éramos, tarde após o pôr do sol. Voltamos para a casa e fomos receber a bênção do pai!

Acredito que a hora em que informamos nosso noivado foi o momento mais abençoado naquela casa desde que a sombra caiu sobre ela.

Casamo-nos em junho, não havia desculpas para a demora, e todos os nossos amigos expressaram urgência para ver o assunto resolvido. Fomos, em nossa lua de mel, ver minha mãe, em uma longa e encantadora visita.

Três anos se passaram desde então, e, nesse tempo, mudanças aconteceram — algumas delas tristes. O sr. Argyll morreu há quase dois anos, sua saúde nunca se recuperou do choque que recebeu durante aquela época difícil. Nós moramos na mansão, e Eleanor vive conosco. Ela é uma mulher nobre — uma das ungidas de Cristo que colocou de lado a própria tristeza para ajudar com a aflição e os sofrimentos. Tanto Mary quanto eu consultamos muito seu julgamento, que é tranquilo e claro, nunca nublado pela paixão, como o nosso às vezes é. Sentimos como se nada de mal pudesse viver onde Eleanor está, ela é a luz e a bênção de nossa casa.

A aflição mais triste que caiu sobre nós desde a perda de nosso pai foi a morte do sr. Burton. Ele, infelizmente, foi vítima da perseguição incansável de inimigos que a vida colocou sobre ele. Os ímpios o temiam e planejaram sua destruição. Se ele foi assassinado por alguém que havia detectado como culpado ou por uma pessoa que temia as investigações que estava fazendo, não se sabe. Ele morreu devido a um veneno colocado em sua comida. Meu coração sangra ao pensar que essa grande e boa alma não está mais neste mundo. Ele era tão ativo, tão poderoso, de temperamento tão genial, que é difícil imaginá-lo morto. Todos nós o amávamos demais! Ah, se pudéssemos descobrir quem foi o assassino covarde! Às vezes, pergunto-me se não foi o homem que ele certa vez expôs tão impiedosamente. Deus sabe — eu não. Tentativas contra sua vida foram feitas muitas vezes, mas suas percepções aguçadas sempre, até então, o alertaram do perigo.

Lenore está conosco. Ficaremos com ela até que algum apaixonado venha no futuro roubá-la de nós. Ela é uma criança especial — já quase uma mulher —, tão talentosa quanto o pai e bastante amável. No momento, está dominada pelo luto, e se apoia em Eleanor, que a consola como ninguém. Com nosso amor por ela, tentamos pagar a dívida que sempre teremos com seu pai.

FIM

METTA VICTORIA FULLER VICTOR PRECISOU CORRER PARA QUE MUITOS PUDESSEM ANDAR

Belém, 19/02/2024
Por Tanto Tupiassu

Quando eu era criança, um dos programas preferidos de meus pais era passear pelas então poucas livrarias de Belém. Minha preferida era a livraria do livreiro Antônio Jinkings, com sua fachada de concreto, seu tanque de peixes na entrada e seus corredores quase infinitos onde se encontrava todo tipo de livro.

Na Jinkings me era franqueada total liberdade de descoberta — e eu aproveitava estar livre para andar sem rumo por todos os setores da livraria, observando as lombadas, sentindo a textura dos papéis e me admirando com o tamanho de alguns livros, especialmente dos compêndios de Medicina, sempre monstros que mal podia carregar.

Foi nessas andanças sem bússola pelos corredores de uma livraria que não existe mais, que me deparei com as lombadas simetricamente iguais de uma enorme e bela coleção da Agatha Christie, que imediatamente me chamou a atenção.

Dentre o ato de folhear um dos livros, e de me deliciar com os títulos maravilhosos dos demais volumes, descobri um mundo que, até então, me era absolutamente desconhecido: os livros de crime, de morte, de mistério e, sobretudo, de inteligência dos protagonistas que, com uma pista, eram capazes de deduções inimagináveis.

Nesses passeios pelas livrarias de Belém sempre tive um direito jamais negado: comprar um livro, não importando o quão meus pais estivessem apertados de grana.

Naquele dia escolhi Agatha Christie, que li com sofreguidão madrugadas adentro, noites inteiras incomodando meu irmão que, então, ainda dividia quarto comigo. Não sei quanto tempo levou, mas lendo em um bom ritmo, não demorei para ter uma bela coleção de livros policiais, todos lidos e relidos, assim como devem ser os livros queridos. Reproduzi, em casa e com muito esforço, a beleza das lombadas simétricas que, meses antes, havia me cativado de forma irremediável na livraria do Jinkings.

Ali, por aqueles tempos, eu já era um bom leitor.

Nas andanças por livrarias, sebos e feiras de livro, nos presentes de Natal e aniversário especialmente escolhidos, só fazia ter mais e mais livros, que se tornaram muitos e muitos, e meus espaços não eram tão grandes, e então tive que fazer a triste escolha de Sofia: decidir qual dos filhos sacrificar.

Jamais entendi a razão, mas, naquele momento, pareceu lógico me desfazer das minhas belas lombadas da coleção da Agatha Christie, que logo foi doada para uma biblioteca de escola pública — e nunca mais comprei livros da grande dama do romance policial, mas me prometi, não faz muito, procurar e reler todos, fazendo justiça a Poirot e Miss Marple — e, foi justo aí, no planejar essa empreitada, que a HarperCollins me jogou no colo esse maravilhoso *O Departamento de Cartas Mortas*, de uma escritora que até então me era desconhecida,

METTA VICTORIA FULLER VICTOR

Desconhecê-la faz parte das ignorâncias que reconheço.

Porque se Agatha Christie é a Rainha do Crime, Metta Victoria — uma norte-americana pouco conhecida, nascida em

1831, pioneira em muitas coisas grandiosas, dentre elas a autoria deste livro de 1866 — é considerada, PASMEM, a autora de um dos primeiros romances policiais dos Estados Unidos.

Quase contemporânea de Edgar Allan Poe (que morreu prematuramente em 1849), Metta Victoria rompe com diversas limitações impostas às mulheres de sua época tornando-se autora de uma centena de romances que, à sua maneira, fizeram imenso sucesso nos Estados Unidos. Além disso, ela estabelece uma espécie de roteiro para todos os romances policiais que viriam depois dela — e fica fácil constatar isso.

Começa que a leitura de *O Departamento de Cartas Mortas* é cativante do início ao fim, daqueles livros que só dão sossego quando chegam à última página. Ali, nas aventuras narradas por Redfield, estão todos os elementos reconhecíveis nos enredos que vieram depois de Metta Victoria, quer tenham ou não bebido de sua fonte.

Obviamente, como o descobridor que vai percorrendo uma caverna com calma, tateando paredes e tetos ante a meia luz, existe, em *O Departamento de Cartas Mortas*, uma mistura talvez não concebível de investigação, dedução e paranormalidade, que destoa um ponto do romance policial convencional.

Mas, se lembrarmos que pouco antes de Metta Victoria não havia fontes tão convencionais, e se lembrarmos que a descobridora de cavernas era ela, temos que tudo ali é permitido, e segue permitido, até que cheguemos ao que comumente conhecemos.

Foi uma delícia passar este carnaval de 2024 abraçado a *O Departamento de Cartas Mortas*, imaginando o que sonhava uma mulher desbravadora das letras em 1866, época em que só homens tinham voz.

Foi maravilhoso descobrir Metta Victoria Fuller Victor, de quem me tornei fã e um modesto pesquisador. Mas, contudo, assumo ter sido angustiante imaginar que Metta Victoria morreu em uma minúscula cidade norte-americana, Ho-Ho-Kus, Nova Jersey (atualmente, com pouco mais de 4 mil habitantes, em 1885, e que até hoje ela seja parcialmente apagada da história literária.

Feliz com a iniciativa da HarperCollins de trazer ao público brasileiro, pela primeira vez, esta pérola do romance policial que certamente vai agradar aos amantes do gênero e, de certa forma, também fará com que entendamos muito do já lemos e ainda vamos ler.

Metta Victoria Fuller Victor (1831-1885)

Nascida na Pensilvânia, Metta Victoria Fuller se mudou com os pais para Ohio em 1839, onde foi matriculada num seminário feminino com a irmã Frances. As irmãs Fuller publicaram histórias em jornais locais e mais tarde se mudaram para Nova York com o objetivo de se dedicarem aos seus interesses literários. Metta Victoria casou-se com o editor Orville James Victor e trabalhou como editora em várias publicações da Beadle & Company. Sob o pseudónimo Seeley Regester, ela publicou dezenas de romances de sucesso, incluindo *O Departamento de Cartas Mortas*, em 1867, reconhecido por muitos acadêmicos como a primeira obra completa de ficção policial da história literária americana.

Este livro foi impresso pela Santa Marta, em 2024, para
a HarperCollins Brasil. O papel do miolo é pólen
natural 70g/m², e o da capa é couchê fosco 150g/m².